U0074692

作者●雪乃紗衣　插畫●由羅カイリ

Kadokawa Fantastic Novels

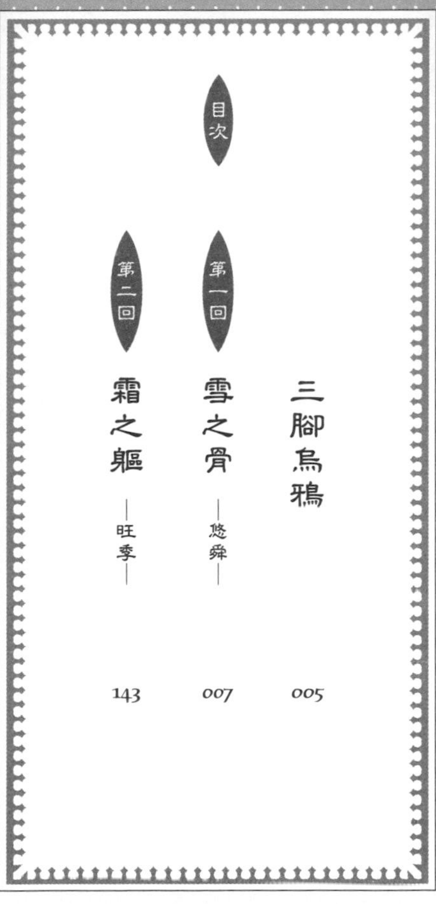

目次

內頁插畫／由羅カイリ

三腳烏鴉

一隻彷彿黑暗化身的大烏鴉，振翅飛過黃昏時的天空。

比黑還要黑的炭色羽翼，燒紅炭火般發亮的金黃色眼睛。

宛如一道劈開世界的黑，翱翔過籠罩在逢魔時刻之下的世界。

那雙比千古更久遠的金色雙眸什麼都看不進。

……只除了人心。

烏鴉思考著至今見過的諸般光景，或者是關於人生的事。那些都是至今已不在意的平凡無奇事物。

本該是這樣的……然而，烏鴉心中卻留下奇妙的痕跡。說是爪痕又太柔軟，太悲傷，如觸摸棉絮般輕輕滲透，毫無理由地擾亂了心。好似引人落淚的秋日黃昏。

牽絆烏鴉內心的總是這種人類。在歸雁還巢，鹿音不聞的昏暗世界中踽踽獨行，迎向不為人知的結束……就像這樣的人類。

回憶著往日經歷的景象，飛過虛空的烏鴉，眼神停留在荒野中的某人身上。

烏鴉想了想，很快地在遼闊的薄暮天空中盤旋，而後無聲降落荒野上唯一一棵老樹，那樹葉落盡的枝椏上。烏鴉的動作是那麼優美，就像一道落在樹上的影子，未將枝椏踩彎，也沒有發出任何聲音。

站在枝頭的烏鴉，有著象徵神烏的三隻腳。

烏鴉遙遙環伺薄暮下的遼闊世界。

白雪開始紛飛。

昏暗的荒野冷冽、寒愴，而春天尚未來臨。

……和這個世界一樣。

第一回

雪之骨

——悠舜——

序

——一直置身事外地，看著落在這世界的雨。
在世界盡頭，豎耳傾聽靜謐的雨聲，每天如淺睡一般地活著。
沒有任何不足，然而有時……
『……起來，悠舜。』
會作這樣的夢，唯一的君主搖醒自己的夢。

❖ ❖ ❖

『真稀奇，你的星宿是「單翼之鳥」呀，不會飛的鳥。』
占卜一族的老婆婆對悠舜這麼說，咧嘴一笑。
『不會飛的鳥光是要活下去都很難。話說回來，只有一片翅膀的「鳳麟」又會是如何……』
也不知道有什麼好笑，老婆婆一直發出難聽的咯咯笑聲。

即使聽到自己不祥的宿命，悠舜也不曾湧現任何感慨。生下來就沒有好命的不只自己，大半族人都一樣。

悠舜手托著下巴靠在桌子上，看著老婆婆住的草庵外叢生盛開的大紅色彼岸花。

不可思議的是，只要沿著盛放的紅色彼岸花，就能走到墳場。

彷彿追隨人們的住所一般，前一天還什麼都沒有的地方，不知何時一夜盛開大紅色的彼岸花。簡直像來預告人們的死。

那年的彼岸花，很早就群生盛放了。

老婆婆不知何時停止了笑聲，回過神時，她正一臉詭異的表情盯著悠舜的側臉，用那雙盲眼。悠舜看出老婆婆想說什麼，於是主動問了她。

——如果找到那隻失落的翅膀呢？

老婆婆乾癟的盲眼抽搐。在族人之中性格特別惡劣的老婆婆，露出促狹而又難以言喻的表情，感覺像對什麼感到同情。同情？同情誰？

我嗎？

——為什麼？

老婆婆滿是皺紋的手，撫上悠舜蒼白的臉頰。隱居紅山的鬼謀姫一族，身為其「鳳麟」的悠舜，此時對她而言就像個隨處可見的普通小孩。

『……如果你找到失落的另一隻翅膀，千萬不要飛。一旦飛上天空，只會墜落身亡。』

悠舜這時才第一次正面端詳老婆婆的長相。

即使得知墜落身亡的命運，仍想展翅飛翔的單翼鳥。

笑著說族人之中難得見到如此星宿的老婆婆。

那時，自己臉上是什麼樣的表情呢。

草庵外，美得令人毛骨悚然的血色彼岸花正在夏風中搖擺。

……過完年，老婆婆就死了。不，族人全都死了。

霧雨無聲降落世界。

從那天起，悠舜耳邊一直聽得見雨聲。

在雨中淺睡的人生，時而拖著只有一邊的翅膀行走，從地上仰望天空。

宛如一隻不會飛的鳥。

一

大鳥展翅。

在涼亭裡攤開書簡的悠舜抬起頭。一棵銀杏大樹上，停著一頭夜色烏鴉，正低頭俯瞰悠舜……才剛這麼想，眨眼的瞬間，烏鴉已無聲消失。彷彿一瞬的幻覺。

悠舜瞇起眼睛，望著蓬鬆的積雨雲和夏日亮晃的陽光。

成為國王的尚書令後，這已經是第三個夏天。

正想伸手遮陽時，忽覺一陣暈眩。坐在椅子上的身體一傾，視野天旋地轉。手杖掉在地上，發出脆硬的聲音。按著額頭，滿手都是令人不舒服的濕黏冷汗。全身微微顫抖，手腳急速發冷。再也忍受不住，悠舜趴在石桌上，用力閉起眼睛，意識漸行漸遠。

世界另一頭，似乎傳來驟雨打在石板路上的聲音。遠遠地、遠遠地。

腦內深處，不知是誰在哭。

『不用……也沒關係。』

聽著那聲音，悠舜垂下睫毛，終於失去意識。

……不知道自己昏迷了多久。

感覺到冷汗沿脖子流淌，風吹過臉頰，這才猛地清醒。

趴在石桌上睜開眼，朦朧的視野前方，有紅色的物體搖曳。

（……彼岸花……）

直到昨天，那裡確實還什麼都沒有，今天已開滿這血色的花。

簡直就像在宣告有人即將死去。

悠舜微微吐出一口氣，閉上眼睛。

忽然。

某人抓住他垂下的手臂，力道強得能從彼岸拉回此岸。

「悠舜——」

一隻手伸到他的後腦勺，撐起頭部。映入眼簾的是紫劉輝——國王不安的雙眼。耳邊是璃櫻皇子跑過來的腳步聲。

「喂、陛下，別突然搖晃他啊！悠舜大人，您沒事吧？現在就給您服用提神藥——」

「……不，我沒事。只是待在樹蔭底下就太大意了。」

悠舜撐起重如鉛塊的身體，聽見從樹梢滴落的水滴聲時，察覺石板路是濕的。

「……啊，真的下了一場雨。」

「……你連在涼亭裡都沒發現下雨嗎？剛才下了好大一場午後雷陣雨。」

國王傻眼地說。然而，看到他身旁的璃櫻皇子卻是臉色鐵青，悠舜立刻心知不妙。去年春天即位皇子的他，頭腦反應比國王紫劉輝快多了。

「悠舜大人，您究竟昏迷了多久——」

「我下次會多注意的，璃櫻大人……啊，太好了，秋天的新官名冊沒有淋濕。」

尚書令氣定神閒地打開黑色書箱，劉輝一陣無奈。朝廷人事是機密事項，他竟然就這麼帶出來外面隨手亂放。

鄭悠舜年紀輕輕還不到四十歲，卻已讀遍萬卷書，擁有從他溫柔言行舉止難以想像的果斷判斷力，輔佐劉輝時更是不吝諫言。劉輝能在雙方衝突一觸即發的國試派與貴族派間順利推動政治，必須歸功於悠舜的存在。

不過，這三年來劉輝也徹底理解，悠舜是個超乎意外堅持己見的宰相。

「……悠舜，算孤拜託你，請在尚書令室內處理政務，你老是趁大家不注意到處亂跑，為了找你，忙壞孤和璃櫻還有近衛了。」

這次，悠舜笑盈盈地一口回絕國王的請求。

「我喜歡在外面看風景嘛。」

悠舜解開書箱的帶子，目光朝秋天的彼岸花望去。蟬聲遙遠。

唉——

「……夏天已經結束了呢。」

橘色的雲，金黃色的銀杏，梨子和紅蜻蜓的季節即將來臨。

國王忽然抓住悠舜蒼白的手。

難得見他露出一臉認真又嚴肅的表情，還兇得有點嚇人。

「悠舜，你太勉強自己了。要是你病倒了怎麼辦……說什麼已經沒事了，臉色不是又和之前一樣差了嗎？孤說過很多次，把工作分一點給旁人。」

「有些工作只有我才能做，這我也說過很多次了吧。」

感應到璃櫻皇子強烈的視線，悠舜在心中嘆氣……自己的臉色看起來真的那麼差嗎。

「……陛下，我認為悠舜大人應該離開都城療養比較好……或許他的身子原本就與貴陽的水土不合。聽說悠舜大人出生在一個有美麗天空與潔淨水土的地方。今年明明沒那麼熱，對悠舜大人的身體來說，負擔似乎還是太大。」

看來璃櫻皇子已調查過悠舜的出生地。或許是向紅家或誰打聽的吧。不管怎麼說，只要去縹家調查姓氏也就能知道了。縹家以一套獨創的方法收集了各州戶籍與名家系譜。

有美麗天空與潔淨水土的地方。開滿一整面雪白梨花的故鄉。悠舜抬起頭，仰望天空。

現在已經不在了。真的就像不會飛的鳥，回不了家，只能拖著孱弱的身體在這混濁、昏暗、蒙塵的王都向前走。

「孩子去年才剛出生，您應該帶著凜夫人和孩子，三人一起離開貴陽療養才是。」

國王沒有答應。也沒有放開悠舜蒼白的手。

看到國王此時的表情，悠舜心想，要永遠記住這個表情。

「……璃櫻大人，我不要緊的。療養什麼的太誇張了。夏天已經過了，天氣轉涼後，身體就會輕鬆許多。」

和一臉為難的璃櫻相反，感覺得出國王似乎鬆了一口氣。

悠舜從塗上黑漆的書箱裡取出秋季新官名冊，攤在石桌上。

「還有，這一年來，朝廷裡棘手的政事大概都得到解決了。碧州地震、紅州蝗災、藍州水災……災後重建的工作都大致底定了。將指揮重建的工作交給十三姬和楸瑛大人果然是對的。秋天起，我會將重建工作完全交給他們兩位與各州府全權執行。如此一來也可以減少我的工作。還有一件事，從秋天的人事異動開始，我想請景柚梨大人晉升左僕射。」

「讓景柚梨大人擔任左僕射？」

身為朝廷百官之首的尚書令，一般設有兩位輔佐官，分別是左僕射與右僕射，官位相當於副宰相，然而至今一直空缺。

「是的，在他和慧茄大人之間猶豫了很久……兩年前，看到他毫不猶豫保護陛下時，就決定是他了。陛下、璃櫻大人……請將他視為下一任宰相。」

璃櫻瞥了一眼放在石桌上的紙——新的人事配置內容令他瞠目結舌。一般來說，秋天的人事異動主要以地方人事為主，這次卻一口氣更動了中央與地方。

國王連看都不看新官名冊一眼，只用非常不悅的眼神瞪著悠舜。

「悠舜，孤的尚書令只有你。別隨便說什麼下一任宰相。」

說著，國王迴避悠舜的眼神。「陛下……」悠舜嘆了一口氣。

……接著微微一笑低喃道：

「……是，我知道，請別發怒……」

「真是的，陛下，為什麼突然擺出這種幼稚的態度？我贊成增加悠舜大人的輔佐官，您自己剛才不也說要減輕悠舜大人的負擔嗎？」

「孤不是發怒，是這件事太突然……」

國王板著一張臉嘟噥。

「孤絕對不能沒有你，沒有你就太傷腦筋了……像『某個誰』一樣……」

說到「某個誰」時，國王深深皺起眉頭，語焉不詳。

「又是這件事？說什麼總覺得朝廷裡曾經有『某個誰』，這到底是……」

璃櫻盤起最近開始抽長的雙手，一臉無奈。

忘了從什麼時候開始，這一年來國王經常說些奇怪的話。總說覺得少了誰。不是在宰相會議上起爭執時，眼神望向朝廷三師之首，始終懸缺的太師座位，不然就是深夜裡獨自前往仙洞宮，抬頭仰望千年樓閣，彷彿有誰在那裡似的。

問題是，打從劉輝即位之初，太師這個位置就是空缺的。比人稱先王戩華雙翼的茶太保和宋太傅地位更高的這個國師之位從來沒有人坐過，也沒有那樣的紀錄。

不管別人怎麼說，至今劉輝仍會站在仙洞宮前，試圖從空白的彼端找出某個誰。那個曾經嘲笑自己「你不過是被捨棄的一著棋」的「某個誰」。

劉輝望向悠舜蒼白的側臉……對於自己的行為，只有悠舜連一次也沒有表達異議。連秀麗都曾否定過的行為，只有悠舜從不曾有意見，這才是最令劉輝百思不解的地方。多虧有悠舜在，不管誰說了什麼，劉輝都不會覺得自己頭腦有問題。

或許悠舜知道什麼。也曾想過他可能針對「某個誰」調查過。關於那個「某人」的存在，國王雖然很想知道，也想和對方見面，見面後詢問對方某些重要的事，另一個自己卻認為現在還不用知道那些事——說不定悠舜連這一點都明白。

（……其實——）

……其實，就算不去見「某個誰」，只要有悠舜在就夠了。無法對近臣們說清楚的話，自己總能在不知不覺中對悠舜吐露，只要悠舜待在身邊，就能消除自己內心的不安。只要有悠舜就夠了……

劉輝強烈地想忘記剛才那句「下一任宰相」。腹底湧上一陣難以名狀的感受。

此時，悠舜的目光朝劉輝望去。

光明與黑暗的狹縫間，昏暗夜色般的雙眸。深深吸引人心的顏色。

話語湧上喉頭，如果不是璃櫻在場，或許已脫口而出。

……往後，國王經常想起當時的事。和悠舜共度的日子太短，在那些每次回想都會心塞的日子之中，悠舜總像這樣給自己時間。悠舜總是在等待——等著國王開口說話，不管他要說的是什麼。然而直到最後，國王什麼都沒有說。

「……悠舜，你不是說有話要告訴孤和璃櫻，才要我們到涼亭來嗎？」

國王以掩飾什麼的語氣這麼低喃，悠舜輕輕低下頭。

「……是，非常抱歉，勞駕陛下與璃櫻大人特地前來。」

「事到如今又何必說這麼見外的話，悠舜。」

站在國王身邊的璃櫻心頭一驚，目光再次落在秋天的新官名冊上。

悠舜長長的睫毛垂落。一陣風吹過涼亭。

「陛下……臣鄭悠舜已隨侍您身旁兩年有餘，建立的功勳並不多，卻承蒙陛下重用，臣甚感光榮。」

「……悠舜，你在說什麼啊，你的功勞還不夠大嗎……」

璃櫻默默地將新官名冊交到國王手中。

國王這才第一次認真望向名冊——瞪大了眼睛。

悠舜雙手環抱胸前，聽見遠方又開始傳來雨聲。

「從下一次的人事異動開始，臣鄭悠舜將請辭尚書令職位，請陛下恩准。」

一直以來記載著悠舜姓名的尚書令欄位，如今是一片空白。

「——孤不允許。」

站在這麼說的國王身邊，璃櫻吞回想說的話。從未看過劉輝露出如此冷酷而面無表情的模樣，不由得背脊一陣發涼。彷彿揭開了面紗之後，出現另一個完全不同的國王。

悠舜也沒有錯過國王此時任何一個表情變化。

「孤不允許。」

咬牙切齒地，國王重複了一次同樣的話。語氣不祥而平板，不容任何反駁。不，這是命令。從未對任何人做出命令的國王第一次做出的命令。

「孤的尚書令只有你，絕不允許辭官。」

衣襬一揚，帶著高傲的表情轉身，頭也不回地走出涼亭。

悠舜始終望著國王離去的背影。

視野角落，紅色的影子搖曳。耳邊是雨聲和烏鴉振翅的聲音，還有璃櫻的聲音。

「陛下！請等一下！悠舜大人一定有他的考量……悠舜大人？……悠舜大人？」

……國王停下腳步回頭。

悠舜的身體，從椅子上無聲滑落。

像一株攔腰折斷的花，橫倒在地。也像折斷翅膀的鳥。

對面，紅色的彼岸花隨風搖曳。

「——！」

國王口中吶喊著什麼。只不過，究竟喊了什麼，連國王自己也不知道。

二

一直以來都事不關己地望著落在人間的雨。

失去梨花盛開的故鄉後，漫長的人生假期。在小草庵的世界裡，度過宛如淺睡般的生活。不抱任何希望，即使人生沒有任何收穫也不在意。

……可是，有時還是會仰望天空。

（————）

目送雙翅健全的鳥兒飛去。這種時候，那彷彿生來就結凍的心臟深處，總會發出不安定的悲切聲音……其實，一直是這樣的。

『……起來，悠舜。』

夢見唯一的主君，在某個時刻撼動自己的心，將自己搖醒。

……遠遠傳來雨水打在屋簷上的聲音。

在雨聲中打盹的悠舜耳中，傳入幾個蠻橫的腳步聲。

悠舜倏地睜開雙眼。

剎那間，分不清現在是何時，自己身在何方。不是深山裡的故鄉，也不是草庵，更不是髒亂的茶州府……記憶中不曾住過如此豪華的宅邸……

想起來了。也難怪一時之間想不出來。去年秋天到春天，前往北方行腳時義無反顧拋棄的尚書令室。在那之前曾在這裡住了幾個月。

（……啊……從五丞原回來後，我重新恢復尚書令身分隨侍君側了啊……）

腳步聲已逼近門口。心知來者何人，悠舜無奈地嘆了幾聲。

不出所料，進來的是茈靜蘭、藍楸瑛和李絳攸。國王的三名近臣。

五丞原一事過了一個月，今年春天起確定他們將各自赴任地方行政區，三人提出好幾次想在那之前與悠舜會晤的要求，因為覺得麻煩便遲遲置之不理，看來今天他們終於忍無可忍，決定找上門來了。

最後一個趕到的是璃櫻皇子。只見那三人露出厭惡的表情，璃櫻卻堅持守候在悠舜身邊。他的姿態令悠舜想起璃櫻的外公旺季。只要看到弱者，就算面對複數對手也會挺身而出。悠舜忍不住露出微笑。

三名近臣希望璃櫻皇子迴避，悠舜卻刻意將他留下。這是因為那三人即將提及的內容，與璃櫻的外公有關。這三名近臣對別人的事抱持諸多不滿，對自己的事卻時常欠缺公平看待的心胸。

絲毫沒有閒話家常的意思，悠舜開門見山地說：

「三位特地前來，想說的是關於對旺季大人及凌晏樹處分之事吧？」

「是的，沒錯。雖然沒有確切證據，但這樣的結果令人無法接受。他們必須接受一定的處分才行。」

茈靜蘭說。儘管態度比較謹慎，一旁的李絳攸也明確表示同意。

「我也這麼認為，悠舜大人。旺季大人與孫陵王大人或許可以姑且不提，畢竟旺季派的官員目前仍占中央與地方的半數以上，跟隨孫陵王大人的武官數量更在那之上。現在處分這兩位並不妥當。悠舜大人推舉璃櫻皇子為陛下的養子，想必也是為了平息旺季派的異議之聲吧？可是，凌晏樹大人不同。此人太危險，正如靜蘭所說，一定得處以某些處分才行。至少該將他從朝廷放逐。」

在此之前，悠舜原本只想隨便敷衍他們幾句，將三人打發離開便罷。現在他卻放棄這個想法，連早已準備好的敷衍之詞也全都丟進垃圾桶。因為……包括他們打量璃櫻皇子的眼神在內，在在令悠舜怒上心頭。

依序望向三人，他們臉上皆掛著自以為正義的表情。

「現在處分旺季大人不妥，但是應該放逐凌晏樹……是嗎？你們以為去年冬天，朝廷百官誰也沒有採取動作的原因是什麼？」

「那是因為……悠舜大人您說不要採取行動……」

「我確實拜託了六部尚書不要採取行動，但是，你們知道下一句話是什麼嗎？『請給陛下最後的機會，請看過陛下最後的應對再做出判斷吧』。」

悠舜不再作態，也將過去表現在外的溫柔親切全部捨去。

只摸了一次國王賜予的羽扇，坐在椅子上的他冷眼環顧室內。

「你們難道忘了事情的開端是什麼？是陛下和你們輕視朝廷，擅自進行人事調動，隨心所欲改變法律，無視門下省的諫言強行推動政事。結果才會失去官員信賴，遭人心叛離。沒能徹底防治蝗災的原因是什麼？是陛下對陳情視若無睹。駕馭不了前吏部尚書的言行舉止，仗著七家權威任憑喜好推動政事的又是誰？從御史台到門下省，前後不知道申告了多少次，對此，陛下連一眼也沒有認真看過吧？」

三人無以回應。

「誰的所作所為才真的被眾人看在眼底，你們到現在還不明白嗎？六部尚書之所以不採取行動，是因為他們做出了選擇。選擇不追回逃離的陛下，選擇不等待拋棄王都、拋棄人民的陛下與其臣下。畢竟陛下逃離了，人民與現實也不會因此改變，隔天太陽還是會出來，日子還是要過。」

「那是……陛下為了迴避在城下開戰——而且最後他是打算回來的……」

藍楸瑛只說到一半就閉上了嘴巴。因為這充其量只是就結果而論，他應該已經想起來了吧？當時國王到底會不會回來，連身為近臣的他們都不敢肯定。

「……六部尚書也好，其他大官也好，與其眼睜睜看著陛下逃跑，任由一國分裂為二，他們寧可默默投效另一個人。另一個在各州受災，國家最艱難的時期回到朝廷的人。」

重建工作最辛苦的那個冬天，撐起朝廷，代替逃跑的國王施政，讓各州受災程度降至最低的人是旺季。不是紫劉輝，更別說是眼前這三個垂頭喪氣的傢伙。這幾個人所做的不過是逃離王都罷了。

「當時如果陛下將王位禪讓，六部尚書早就承認旺季大人的國王身分了。而你們幾位呢？有過什麼足以讓你們批評旺季大人的豐功偉業嗎？憑甚麼認為他們就該被從朝廷放逐，憑甚麼以為自己才是正義的一方？」

茈武官帶著諷刺的表情凝視悠舜。

「……你自己還不是從王都逃走了？」

「是的，我身為陛下的尚書令，為了替陛下爭取最後的機會，當時只能那麼做。因為沒有其他棋子可以運用了……」

這句話是在暗諷三人的無能。

「能不能把握那個機會要看陛下自己。如果他沒有好好把握，現在的國王就是旺季大人了吧……你們給我聽好，我們並不是贏了，只是得到最後緩刑的機會罷了。」

對悠舜來說，說謊明明是像喝水一樣簡單的事，現在卻連嘆氣或皺眉的力氣都快沒有了。

「在抗議旺季大人和孫陵王大人及凌晏樹沒有遭到處分之前，是不是應該先反省自己。不知道有多少中央與地方的大官送來要求赦免他們的陳情書，只是你們不知道而已。反過來說，要求追究你們三人這三年來的責任，給予退職處分或至少降格處分的敦請函，也早就在御史台堆積如山。」

看著三人的表情，悠舜更加厭煩。他們竟然連想都沒想過有這種可能。

「再說，這次的事不可能只懲罰凌晏樹。旺季大人不會讓他一個人背負所有責任與罪刑，任由事件就此結束。在凌晏樹遭到處分之前，旺季大人一定會要求從自己開始處刑……雖說，要求赦免凌晏樹的可不只旺季大人一個……」

「……旺季大人和孫陵王大人也就罷了，連凌晏樹都有陳情書？背後一定有什麼原因吧？」

那忿忿不平的語氣，終於令悠舜出聲嘆氣。

對自己，也對他們。

「……凌晏樹確實是個惡人，這點我不否認，也不認為那是必要之惡。可是，我不能否認那是因為他認為旺季大人更適合成為國王，所以才會做出那些事。這只不過是證明了國王和你們在政事上有多麼失敗，根本沒有什麼背後的原因。要求赦免凌晏樹的陳情書數量之所以那麼多，只是說明了支持他的官員就是有那麼多。如此而已。」

三人嘴上沒說什麼，表情卻是完全相反，一臉無法接受的模樣。「……你的意思是，你不否定凌晏樹？」李絳攸如此確認，悠舜回答「對」。

「凌晏樹只是用他自己的方式，為自己選擇的主君盡力。和你們只是站的立場剛好相反，做的事就我看來是完全相同的。做得好就是凌晏樹那樣，做得不好就像你們這樣。所以我說，你們連證據都沒有，只因視對方為敵人就認為應該剷除的這種想法，根本和凌晏樹一模一樣。」

就悠舜看來，眼前這年輕的三人連這點自覺都沒有，反而更加危險。凌晏樹至少有他自己的原則，並且切實遵守。眼前這三人的主張，卻是隨時跟著狀況改變，有時甚至認為可以不惜為此扭曲法律。事實上他們也那麼做了。

他們的正義也好，說詞也好，公平也好，對事物的看法也好，全部都不夠徹底，半途而廢，其中沒有堅定不移的信念。總是當場才把想到的話說出口，就像土石流一樣崩塌變形。這就是他們施政失敗，失去信望的原因。

「凌晏樹深知自己的失誤就等於旺季大人的失勢，所以絞盡腦汁不留下證據。就像這次一樣。他做的一切都不是為了自己，而是為了旺季大人。只要能保護旺季大人，他什麼都能做……光憑這一點，我就認可他。」

茈靜蘭露出嫌惡的表情，眉毛抽動。

「即使是做了那麼多惡事的人？」

「對。至少他不像你們一樣接二連三犯下失誤，被逼得走投無路，還帶著主君一起逃走。在真正守護主君這一點上，凌晏樹的決心與自負遠勝過你們。」

原來如此。悠舜突然察覺一個不想知道的事實。

悠舜發現自己看不順眼的，是他們輕視凌晏樹的態度。他們以為自己乾淨的忠心，和凌晏樹骯髒的忠心不同——正是這隱藏在態度下的侮蔑令悠舜憤怒。

不管用什麼手段，晏樹確實完全守護旺季到底，不顧一切地拚命。

不惜拋棄對他而言最重要的東西。

相較之下，這三人的所謂「忠心」又為國王守護了什麼？

……沒想到自己心中的天平也有傾向晏樹那天，悠舜簡直對自己幻滅到感動的地步。

「——我就直說了吧。抓不到任何可以處分凌晏樹的證據時，就已經輸了。」

悠舜並沒有說輸的是「你們」。公平而言，應該是「我們」才對，但是他連說謊的力氣都沒有了。

被和自己混為一談，他們也未免太可憐。悠舜暗自嘲諷地想，自己根本沒有「乾淨的」忠誠心。

真有資格處分凌晏樹的——悠舜腦中浮現的是一個女孩。

或許只有她吧。至少，只會跑來糾纏尚書令，試圖走後門排除異己的這三人絕對沒有資格。這點可以肯定。

「……看來，你是打算包庇旺季大人和凌晏樹了？」

悠舜連分辨這句話是誰說的力氣都沒有了。

最後，他想盡辦法將三人趕出尚書室。

「……悠舜大人，那是你誤解了。」

靜下來的尚書室中，剛才一直沉默不語的璃櫻靜靜拋出這句話。在論及外公的言談中，連一句話都沒有插口的璃櫻，在所有人之中或許是最了解何謂公平的人。

「再者，您說得實在太直白了，明明應該可以更敷衍一點才是。」

悠舜很生氣，所以悶不吭聲。璃櫻走向角落的茶桌，拿起水壺。聽到咕嘟咕嘟的水聲後，不一會兒，璃櫻便端上一杯要悠舜息怒的溫水。

「難得看您這麼生氣。」

悠舜驚訝得說不出話。內心的想法都被這不到二十歲的皇子看透，「鳳麟」也真是面子掃地。

「不管怎麼說，他們這次來，最想說的也就是那最後一句話吧。」

——看來，你是打算包庇旺季大人和凌晏樹了？

璃櫻說得完全正確。莊靜蘭、藍楸瑛和李絳攸真正感到不滿的原因，不是旺季和凌晏樹未受到處分，而是決定這件事的悠舜。悠舜既沒有剷除朝廷裡旺季派的人馬，也沒有對那兩人處以嚴刑，這令三人對悠舜感到不信任。因為他沒有做出任何「殺雞儆猴」的動作。

「這次的處分結果，乃是國試派與貴族派以及四省六部正副長官共同協議所做出的決定，並非悠舜大人您個人的決斷，那是搞錯方向的責難，根本沒有跟他們生氣的必要。」

「……是啊，你說得對。正確來說，我生的並不是他們的氣。」

悠舜啜飲一口溫水，撫摸手中的羽扇——王之尚書令的證明。

『孤明白，悠舜，謝謝你為孤做了這麼艱難的協商。還有……這樣應該守得住吧。』

和三位近臣不同，國王對悠舜做出的決定沒有任何異議。

悠舜之所以難得這麼生氣，氣的是他們竟然一點都不懂。

「……陛下不對旺季大人、孫陵王大人及凌晏樹做出任何處罰，並且讓他們留在朝廷，為的是守護我和那三個人……」

被說成包庇旺季和晏樹，悠舜並不在乎。事實上也是這樣沒錯。

然而，國王毫無異議接受悠舜提案的原因卻不一樣。

幾年下來，朝廷與全國上下對紫劉輝的不信任與反感根深柢固，終於在發生蝗災時到達巔峰。

朝廷裡的官員有一半是旺季派，接連不斷的失政又讓國試派輕視國王。國王深知一切原因都出在自己身上。旺季平息蝗災，在重建工作最艱難的那年冬天，獨自坐鎮指揮大局，為支援各州而奔走。相較之下，國王卻在一切底定後才厚著臉皮回來，百官看他的眼光至今依然冷淡。當然，在他們眼中，劉輝不過是一介昏君罷了。

透過對旺季、孫陵王及凌晏樹的不處分，國王承認了自己的過失。藉此乞求最後的機會，給自己及他最重視的近臣一個緩刑的機會。

……這就是事情的另一面真相，別人也就算了，那三個人竟然絲毫沒有察覺。國王對悠舜的決定毫不反駁，立刻點頭同意。對悠舜來說，至少還有這點慰藉。

（……慰藉？）

以手稱額，悠舜自己都感到狐疑。

聽起來簡直像只要國王能理解自己就心滿意足了似的——

「……陛下只要悠舜大人能理解就夠了。」

璃櫻皇子這句話，宛如對自己心聲的回應，悠舜不由得望向他。

迎上宰相那雙謎樣的眼神，璃櫻情不自禁重重嚥下一口唾沫。

「我原本以為……陛下將你置於身邊，是因為你很溫柔。」

五丞原一事之後，璃櫻開始跟在悠舜身邊。這除了是璃櫻自己的意思外，也是外公旺季的指示。

外公說，你去幫悠舜吧，他是個不容易受人理解的男人。那時，璃櫻並不明白這是什麼意思。鄭悠舜很懂待人接物的道理，也受百官信賴，從未做出受人誤解的言行舉止。不過——沒錯，他或許不是個容易受到理解的人。這個人並不簡單，和他愈近距離相處愈明白這一點。也正因如此，反而經常引起自己人的猜疑，就像不久前的國王那樣。

然而現在國王已經不一樣了，現在的國王，心情篤定到了不可思議的程度。

「現在的陛下……將你視為心靈寄託。或許不是因為你有能……不是因為你溫柔……也不是因為他能夠理解你。可是……」

外頭下著雨。昏暗的室內，悠舜半個身體隱沒在黑暗中。璃櫻看不清楚此時宰相臉上的表情。奇妙的是，即使那些近臣無法理解悠舜，國王有時卻能夠理解。反過來說，悠舜總能走到國王內心深處，那些在近臣面前無法展現的地方。

比方說，像剛才那種時候，璃櫻總覺得好像聽見轉動鑰匙打開門鎖的聲音。

國王的手杖。鄭悠舜這根手杖，牢牢站在國王內心某個地方。帶著一股執著。

過去國王身上的不穩定完全消失，如今，國王第一個要找的是……

「我……老實說，直到現在仍想不通為什麼悠舜大人會選擇陛下。陛下有太多需要您的理由，反過來卻令人難以理解。陛下和悠舜大人您相差懸殊，總覺得很不自然……我可以理解那三人為什麼會懷疑背後有另外的原因。可是……」

璃櫻其實不知道自己在說什麼，連話中的真意都不理解，只是把感受到的原原本本說出口。對，到底悠舜有什麼理由選擇紫劉輝……

「如果，陛下的世界有一半需要那三個人，背後的另外一半，陛下需要的就是你。說不定陛下自己沒有意識到……」

「璃櫻大人——」

在悠舜的制止下，璃櫻噤口不語。悠舜的聲音平靜中帶著不容再踏入一步的堅定。這是第一次，鄭宰相打斷他說的話。

不久，悠舜嘆了一口氣，以自嘲的表情苦笑。

「你或許比李絳攸大人更具備成為『王之宰相』的資質。」

「咦……」

在這依舊昏暗降雨的世界中，悠舜凝視璃櫻。

璃櫻感覺自己像是被看穿，忍不住轉移視線。

「……『背後的另外一半』是嗎。」

璃櫻心跳加速。

「最近你看我的眼神總是充滿疑問，璃櫻大人……是不是有什麼話想跟我說呢。關於陛下的事，那背後另外一半的事……」

「————」

漫長的沉默，鄭宰相始終靜靜等待。

璃櫻終於點頭。

「……是……」

一直想說的話。

完全提不起勁對那三位近臣說的話，唯一浮現腦海的對象，只有鄭宰相。

直到現在這一刻仍很猶豫。即使如此，獨自懷抱這件事對璃櫻來說還是太過沉重了。最重要的原因是，在鄭宰相面前，心是如此輕易就能卸防。背後另外一半的事……

「……陛下曾在深夜裡來找我，說是有事想問。」

當時的國王表情陰暗，和平常的他大相逕庭，絲毫沒有平日裡的平易近人與溫暖。

面無表情，一切情感都從臉上消失。

「……他問，紅秀麗是不是真的無法懷孕。」

被他這麼問時，璃櫻內心思考起奇妙的事。國王他——

感覺就像心臟被一雙冰冷而看不見的手揑住。

——國王他到底希望聽到哪一種答案？

❖
❖
❖

璃櫻皇子離開後，悠舜也搖搖晃晃地走出尚書令室。

外頭天色昏暗，持續下著細雨。雨聲中的迴廊上，只有他拖著拐杖走路的聲音。發現庭院裡一棵尚未結實的南天竹，吸引了他的視線。

從前曾有個人告訴悠舜，當大紅色的南天果全部掉落，就會發生好事。

「──沒想到你會包庇我，真是驚人。」

迴廊前方，凌晏樹靠著柱子站在那。悠舜感覺一陣自暴自棄。

看到晏樹的臉竟然鬆了一口氣，悠舜覺得自己一路勉強維持的好人世界大概接近滅亡了。

「……悠舜，你的心聲我聽得一清二楚，剛才，你在心裡說了很過分的話吧？」

「是啊，我也沒打算掩飾。竟然包庇了你，真是連我自己都感到絕望。還以為就算世界末日來臨也不會有這麼一天呢。」

「的確，我也沒想到你會放過我。還以為就算捏造證據，你也一定會將我擊潰。」

晏樹說得沒錯，那並不是辦不到的事。雖然不容易，但不是不可能。再說，剛才自己對那三人也扯了個大謊，說沒有掌握到絲毫證據是假的。

南天竹在風雨中飄搖。

悠舜唇邊浮起一抹辛辣嘲弄的笑。

「……放過你？就我現在看來，你怎麼好像被困在牢籠之中呢，晏樹。」

一陣靜寂降臨。

晏樹臉上失去笑容，雖然低下大半張臉，還是看得出他臉頰正在抽搐。

「我也沒想到你還會留在朝廷。旺季大人已經……無法再擁有任何具備權限的官位，今後再也無法。」

當上尚書令時，悠舜提出的「鄭君十條」最後的第十條。

絕對不容許外戚干政。

在讓璃櫻成為國王養子，旺季退為外公的當下，旺季身為官員的政治生命便永久斬斷了。

不是被別人，正是被悠舜親手斬斷。

……然而，凌晏樹現在卻仍在朝廷。簡直就像代替旺季留下似的。

只為自己而活。本來，這應該是晏樹之所以是晏樹的證明。

「你的雙手雙腳早已戴上手銬腳鐐，我又何必特地將你從朝廷放逐，讓你從這個牢籠中逃脫？晏樹，在你的人生之中，現在應該是最糟糕、最無聊、最難以忍受也最悲慘的時刻吧。」

最悲慘的是，只要有那個意思，晏樹輕易就能逃離。簡單得很，只要自己離開朝廷就行了。老實說，皇毅和悠舜都沒想到晏樹會留下。

近乎可怕的無聊，令人窒息的不自由，而且對自己沒有任何益處。牢籠明明沒有上鎖，他卻不逃離。每天被迫面對如此悲慘的自己。

……為了什麼？只有這點悠舜不明白。

不管為了什麼，只有一點是確定的。凌晏樹是一個最討厭束縛，最熱愛自由的人。

在沒有上鎖的牢籠中，把自己最悲慘的一面暴露在自己最討厭的悠舜面前。

完全守護旺季的代價，就是輸給自己。

「……你現在的遭遇就是最屈辱的懲罰，活該。」

可是，輕蔑晏樹的那三個人對自己的國王曾像這樣付出過什麼嗎？

……不知道也無所謂。

自己和晏樹這樣的人，擁有的東西非常少。要從那些僅有的寶物中獻出最重要的那一個，這是一件多麼困難的事，悠舜再清楚不過。

「雖然你是個無可救藥，死不足惜的惡人。」

「……我說你啊。」

「可是，究竟為什麼呢。與其聽那幾個近臣說著表面上的漂亮話，倒寧可來看你這種無可救藥的惡人，而且還忍不住包庇了你……看來我終究是不適合當好人……」

雨嘩啦嘩啦下進迴廊。

還以為他會笑，晏樹卻沒有笑。認真的表情，難以言喻的奇妙目光。

彷彿在確認，現在站在眼前的是不是自己真正認識的悠舜。

「悠舜，這個朝廷裡沒有能駕馭你的人。對你來說一切都是那麼侷促，像一齣無聊透頂的鬧劇。如果是我，早就不耐煩地回草庵去了。你為什麼不那麼做？」

「……………」

「我呢，一點也不相信看似好人的你。你對紫劉輝愈溫柔，我就愈覺得背後有什麼隱情。你選擇國王只是為了實現自己的願望。為了守護旺季大人……不但是個大騙子又愛與人作對的壞蛋悠舜。你只能用說謊和背叛的方式守護自己所愛的人。謊言和背叛是你的支柱。」

這次輪到悠舜臉上失去溫柔的表情，變成冰雪般冷酷的面貌。

晏樹優雅地靠在圓柱上，唇邊滲著一抹嘲弄的笑。

「你給紫劉輝的，無法比旺季大人給你的更多。我連一次都不曾相信過你真的寧可選擇那個廢柴國王，也不願選擇旺季大人。」

曾經有個人說，當大紅色的南天果全部落盡就會有好事發生。

當知道紅山祕境在紅家的見死不救下滅族時，悠舜的腳也廢了，再也回不去。那個一切都陷入最悲慘境地的冬天。

——……好事？

——是啊。看看天空，悠舜。我遵守約定帶你來了。

已經是春天了，旺季笑著說。在離不開床褥的悠舜面前，門沒有開啟。

紅色的果實全部掉落時，春天來了。

『悠舜，要是明年春天還能一起欣賞就好了。』

那年，悠舜度過人生最悲慘也最幸福的春天。

「原本以為，等在朝廷收拾完五丞原的殘局後，你早晚會隨便編個理由回草庵。你沒有理由繼續擔任尚書令……直到剛才我都這麼認為。」

聽到最後一句話時，悠舜的髮梢微微一動。

晏樹走過來，伸出手，輕輕拉起悠舜垂落的頭髮。悠舜仰起頭。

感情淡薄的眼瞳。為了不讓人看見，他總是迅速將感情藏得乾淨俐落。然而，悠舜不但有心也確實有感情，更有對他而言重要的人和寶物……當然也有想找尋的東西和心願。

「你一直都在找尋什麼。和我一樣。從以前就一臉缺了什麼的表情，自己也差不多該領悟了吧。在這平穩又溫柔的世界，找不到你在找尋的東西。」

晏樹和悠舜，看彼此都像照映在鏡子的自己。

比起自己，他們更了解對方。

「只能用謊言謀略和背叛守護寶物的悠舜，你重要的寶箱在另一個昏暗的世界。就算你到了光明美麗的世界，那裡還是什麼都沒有。會對那些膚淺的近臣真心動怒也是理所當然的事，這裡沒有什麼是能動搖你心的東西。」

悠舜確實甘於承受年輕國王的愚昧，也很喜歡這個能夠扮演溫柔友人與宰相的地方。就算今後一輩子都要演下去，對他來說也不以為苦。

想成為善人的惡人。這是真的。問題是，只有這樣不夠。

「愚蠢又老實的國王也好，表裡一致的友人也好，都不是能留下你的重要因素。不值得你拋棄一切。我沒說錯吧？你為了旺季大人接受國試，為了旺季大人留在這愚蠢的家家酒朝廷。現在還在這裡只不過是附贈罷了，我原本是這麼想的……不過現在的我……已經搞不清你為何留在朝廷裡了。」

眼前的悠舜看起來很疲倦，也有些不耐。甚至到了把近臣和晏樹拿來相比，語出抱怨的程度。

這樣一點也不像他。有什麼改變了。

「……悠舜，你為什麼露出這種表情？」

這種表情？悠舜聽著耳邊嘩啦嘩啦的雨聲。

……什麼樣的表情呢？

「我剛才問了你為什麼不回去。現在換個問題吧。」

悠舜的視線前方，南天竹在雨中飄搖。

「你回不去了嗎？」

這時晏樹看見的，是悠舜從以前到現在最難看的笑容。只有在藏起的箭靶被射穿時才會露出的冷酷笑容，冷酷得像是可以殺人。

「這張嘴真是能言善道……你是我這輩子遇過最爛的人了，早知道應該殺了你。」

——你回不去了嗎？

回不去。

就像晏樹在五丞原放棄自由，悠舜也一樣在那時失去了自己最重要的東西。悠舜已經回不去任何地方。

「……真的是這樣？不會吧……可是，等等……如果是這樣的話，悠舜，你的身體——」

「——晏樹，多餘的話就不用說了。」

悠舜抬頭仰望下著雨的灰色天空。

讓晏樹說出他那種人不該說的話，或許得歸咎於這雨聲。

「……我聽得見聲音。」

『不用……也沒關係。』

昏暗的世界，黑暗的箱子。拖著滿是瘡痍的心的孩子不懂事的聲音。

「至今還留在朝廷，或許都要怪那聲音。」

悠舜往前走，腳步非常沉重。感覺像是已經在那裡站了好多年。其實也正是如此。一直站在原地停滯不前，現在才向前走，或許已經太遲了。

迴廊另一頭傳來腳步聲。正為了遍尋不著某人而四處徘徊的腳步，卻又不可思議地確實朝悠舜的方向靠近。悠舜朝那裡瞥了一眼。

擦身而過時，晏樹拉住他的手，低聲說：

「……快回旺季大人身邊。回故鄉也可以。帶著柴凜和孩子三個人快走。現在我已經懂了，這真是太驚人。和他老爸戩華一模一樣……那個國王會殺了你，這次一定會。」

空白的寂靜之中，腳步聲步步逼近……悠舜發出灰色的笑聲。

「多少次想殺死我的你，竟然說得出這種話。」

「真過分，我這是在救人啊。只有一隻翅膀的鳥光是生存都很艱難。與其加以照顧，不如一把扭斷脖子死個痛快，這麼做還比較親切吧？可是我卻叫你快逃。」

說不定他是真心這麼說的。沒有說謊，真的認為那麼做比較親切。大概有一半是真心的吧。剩下的一半則是發自完全不同的原因。

悠舜突然覺得，旺季總有一天會被他殺死。不管他喜歡什麼，喜歡的東西若不到手誓不罷休，晏樹就是這樣的人。所以，他最想殺的一直是旺季。今後，晏樹總有一天會在某個地方實現他的願望。不是為了收集寶物，而是因為他始終認定那才是一流的愛。

因為他不是個會眼睜睜看旺季死去的男人。

找尋悠舜的腳步聲愈來愈近，悠舜看著自己被抓住的手臂。

——那個國王會殺了你。

微微一笑，從晏樹手中掙脫。

「——我要走了。」

朝國王蹉蹉的腳步聲走去。

三

腳步聲停止了。國王搖晃悠舜，輕聲地說：

「……起來，悠舜。」

悠舜醒了過來。

世界沉沒在黑暗中。

國王的身影不在身邊，悠舜睡得滿身大汗。

遠處傳來嬰兒的哭聲。

腦中閃過大紅色，不是南天果，是彼岸花的紅。在石桌邊將秋天的新官名冊交給國王和璃櫻皇子後……自己就昏倒了……作了一個從前的夢。

一隻纖纖玉手，輕柔地撫上自己的臉頰。

「……凜……」

室內只有從採光窗照進來的月光。妻子在昏暗中凝視悠舜，卻不點燈。彷彿恐懼看見燈下的悠舜一般。凜只低喃了一句話。

「……我好擔心。」

那雙眼中有悲傷的神色。

如果自己能有資格這麼說的話——凜是悠舜人生中唯一能稱為自己擁有的東西。黑暗的寶箱。悠舜手邊僅有的寶物中，唯一有資格投入一切深愛的東西……

悠舜牽起凜的手親吻。他的吻和愛的方式很像。小心翼翼地，溫柔地，然而卻令她感覺自己像被蜘蛛網纏繞的蝴蝶。再也無法逃離。

——再怎麼愛都覺得愛不夠。

悠舜貪婪地愛戀著凜。

這種時候，凜總會露出無奈得近乎哀傷的表情。她的眼神訴說著她深知悠舜打從一開始就欠缺什麼，也知道他打算將原本就有限的時間用盡。

對悠舜而言，連凜的哀傷都是甘美的，給予他帶著罪惡感的幸福。知道自己獲得大量完整的愛，是悠舜人生中難以置信的奢侈，也是本來不該擁有的時光。更別說自己也能愛人。

「……璃櫻大人說，是夏天的暑氣和過勞導致身子撐不住了。」

「…………」

接吻之際妻子說的話，悠舜沒有回答。不管說什麼，她是絕對不會被悠舜的謊言所騙的人。國王有時會故意上悠舜的當，凜卻不一樣。

從很久以前開始，她的眼睛裡只有真正的悠舜。第一次察覺這個，是從五丞原回來之後的事。

月影下，凜的表情痛苦扭曲。

「……所以，那時候我明明都決定不再回你身邊了。」

看到凜啜泣的樣子，比起抱歉，悠舜更覺得高興。

和凜在一起時，悠舜總會被一種難以言喻的感情襲擊。罪惡感、背德感、猶豫不決。這些全部加起來的感情與執著。做了好多失敗和後悔的事，這輩子只有凜能讓他這樣。無論是自私的要求或只站在自己立場想的願望，凜全部都會答應。她從來不為自己，只為悠舜接受所有要求。悠舜對凜做的全都是不正確的事，然而他認為沒有一件事做錯。

看到哭成淚人的凜時，悠舜內心深處突然湧上至今不曾有過的想法。那是一種類似痛楚的，令人頭暈目眩的情感。

心中好像有什麼話想告訴凜，那或許是至今從來不曾對任何人說過的話。

是什麼呢？還差一點就要想出來時——

「……直到剛才，陛下都在你身邊。」

——起來，悠舜。

那聲音和受到搖晃的感覺，把悠舜一口氣拉回現實。

「他一直陪在你身邊。還要我不可以勉強你。」

凜平靜地感覺到丈夫的手——以及心情——倏地抽離自己。

悠舜起身。環顧室內，月光下，一張椅子就放在寢床邊，看似剛才一直有人坐在上面。

椅子上放著一個如夜色般漆黑的書箱，正是在涼亭裡悠舜交給國王的秋季新官名冊。

是誰把這個夜色書箱放在這裡的？……直到剛才還坐在那張椅子上的誰。

「……陛下還說了什麼嗎？」

「只要你願意，這座祥景殿可以一直用下去，也會派御醫來，你要好好休息。」

短暫沉默之後，悠舜輕輕笑了起來。

「……這樣啊，我知道了。難怪孩兒的聲音會從離宮傳來。」

嬰兒啼哭的聲音，現在已經聽不見了，彷彿要把時間讓給父母似的。

「是，陛下也說我和孩兒可以一起過來……」

與其說是喜悅，妻子臉上反而蒙上一層陰霾。悠舜乾脆把妻子沒說出口的話說出來。

「籠中鳥，是嗎？」

「老爺……」

「別瞪我……能和妳從早到晚都在一起，我可是很開心。住在職場還附三餐，上朝也輕鬆。」

悠舜撿起掉在床上的外衣，披在肩膀上。手肘靠在豎起的膝蓋上撐著下巴，鬆開的頭髮滑落肩頭。除了凜之外，悠舜只有在旺季他們面前才會展露這私底下放鬆的一面。

凜嘆口氣，拿起一旁小桌上的髮帶和梳子。

「你跟工部官員說的話一模一樣。我看，工部委託我的工作大概要增加三倍了。他們說，孩子有女官照看，老爺有朝廷照顧，我可以比過去花更多時間和他們一起工作了。還很高興不用顧慮老爺你了呢。」

「……我明天就開除工部尚書，把人家老婆當成什麼了？」

凜撫摸悠舜的頭髮，悠舜乖乖不動。凜眼神柔和，梳子滑過髮絲。

從以前到現在，悠舜很討厭被服侍。所以每當悠舜漸漸不反抗時，凜就會覺得兩人的心意漸漸相通。就像流浪貓逐漸變得親人的過程。其中凜最喜歡的是幫他洗頭髮和繫起頭髮。一看到悠舜安靜任憑擺弄的樣子，凜的內心就會湧現一股難以置信的心情。

「半開玩笑的啦。再說，或許也不會有多忙。楊修大人正好從茶州回來，說是到秋天開始新的人

事配置之前都很清閒，在那之前會去工部幫我的忙。」

「……楊修大人？」

悠舜皺起眉頭。

「嗯？是啊？他大概已經猜到了吧。下一次的人事調動，他將被任命為茶州州牧的事。畢竟影月大人還無法接替過世的權瑜大人。所以老爺才會用監察的名目派他短期赴任茶州府吧？他還抱怨過只有自己和歐陽玉被派到偏僻的地方去呢。不過，楊修大人既年輕又聰明，做事謹慎也有決斷力，我也覺得他確實適任。我猜，他來工部是想從我這裡打聽一些茶州的預備知識吧。」

該佩服她嗎？公文箱裡的人事配置正如凜所說。不過，悠舜突然很想臨時抽換配置，最好把那隻熊貓一腳踢到和凜的出身毫不相關的寒冷北方。

「……想知道茶州的事又不一定要找妳打聽，妳的雙胞胎弟弟直到前陣子都還待在茶州，而現在令弟正好在這座城裡的哪裡晃來晃去不是嗎？」

「彰今年春天才剛通過國試喔。新進官員有多忙，老爺應該最明白才是。幾乎每天都熬夜，和活死人沒兩樣。與其找他不如找我，隨時都能提供資訊啊。」

「……楊修大人年紀比妳大，比我小……而且未婚……」

「什麼？是啊，那又如何？」

「他不但戴眼鏡，個性又實在稱不上好。」

「……你小舅子也戴眼鏡喔……楊修大人是個好人好嗎？雖然嘴巴是壞了點……但是為人親切也公平。他是一位為善不欲人知的男性，只是被性格和語氣扯了後腿，我倒是挺喜歡他的。」

愈說悠舜愈不開心。頭髮繫好後，抓住凜放開髮絲的手指，將她擁入懷中。這一年多來，悠舜養成了這個不可思議的癖好。就像想留住從自己身邊離開的事物。

這種時候，凜總會產生哀傷愛憐又想哭的心情。他明明比自己年長許多，卻想緊緊抱住他。他總擔心和凜在一起之後自己會變得愈來愈不完整，這點凜也很清楚。這個像仙人一樣的人，竟然真的成了自己的丈夫。這究竟是好事還是壞事，直到現在凜仍想不通。

兩人是否該分開比較好？幾度出現這種想法的，並不只是悠舜。

好長一段時間之後，悠舜才總算放開凜，心不甘情不願地。

「……凜，那個箱子是什麼？不是椅子上那個黑箱……對，桌子上的。」

屋內有兩個書箱，其中一個裝的是悠舜寫好的新官名冊，另一個他沒看過。

「那是老爺請我去調查的事，上次說的那個。」

悠舜露出嚴肅的表情。他暗中拜託妻子調查的，有兩件事。

「……是哪一件？」

「……老爺，夜已經深了。先休息吧，你需要充足的睡眠。」

「我睡得夠多了。話說，嬰兒為什麼可以睡一整天？高興睡多久就睡多久，睡飽了就是吃吃喝喝和哭，在床上滾來滾去再繼續睡……會不會變成笨蛋啊？」

悠舜說得相當認真。他真的懷疑自己的孩兒會不會就這樣變成笨蛋，或是變成像燕青那樣。凜倒是覺得，變成燕青那樣也挺好的。

無可奈何，凜只好把箱子拿過來。

「兩件事都調查完畢了，放在箱子裡。只有我看過。」

「放在這裡。」

悠舜臉上的表情像被刷子刷過一般，失去悠舜的特色。朋友們總說這張臉很有尚書令的樣子，他自己似乎也這麼想，看在凜眼中卻只認為，那一點也不像他。

令人絕望的是，即使是這樣的表情，凜還是愛他。

……如果不是因為這樣，為了讓丈夫逃離這座牢籠，自己一定早已用盡一切手段。

從箱子裡取出書簡，凜嘆了一口氣，把除了這聲嘆氣之外的東西全部交給悠舜。

丈夫曾說，他在這世界上第二討厭的事就是快速瀏覽，不過，他大概也是這個世界上第二擅長快速瀏覽的人。知道這事的人不多，不管多長的文章，只要看一眼，一字一句已全都進入他的腦海。舉個凜知道的例子，當初她花了三天精心撰寫的冗長休夫狀，悠舜只瞥了一眼，立刻開始提出強烈反駁——別名歪理——這可是她親眼見識過的。到最後無話可說了，甚至連「這篇文章的內容根本超過三行半，不能算是休夫狀」這種話都說出口。

「……妳在笑什麼？一定是想起什麼有關我的好笑的事了吧？」

「沒有……我已經盡全力在我能調查的範圍內調查了，結果如何？」

「很充分……對了，妳的看法呢？」

「是，關於陛下覺得還有一個『誰』存在的事，感覺很奇怪……」

凜歪著頭。原本以為丈夫是想製作說服國王用的資料，沒想到愈調查反而令凜感到愈混亂。

「從文件資料上全都說得通，沒有不對勁的地方，可是仔細調查就會發現確實有可疑之處。比方說從前戩華王還被稱為妖皇子，搶奪王位的時代……幾場關鍵戰役中，明明沒有其他特別出色的武將，卻能成功扭轉戰局，漂亮地打勝仗。不禁讓我想知道，戩華王的軍師是『誰』。可是，怎麼找都沒找到這個人的名字。一開始我以為是『黑狼』，但又好像不是……」

總覺得有一股說不出的奇怪，像是拼不上的拼圖。

「……該怎麼說才好呢。我也感覺到了，到處都有無法填滿的空白。不是宋太傅也不是茶太保，還有另外一個人……而且是戩華王身邊最近的親信，足以代理他的『誰』……這麼重要的人，關於此人的事卻是一片空白……」

仔細一看，悠舜一點也不驚訝，彷彿早就知道會有這種結果。

在凜的注視下，悠舜把書簡分散放在腳下。

「……不是完全沒有這個可能。事實上呢，凜，回溯過去超過千年的史實，總是會不時出現這樣的時代。」

悠舜說的是「時代」，而不是「時候」。時代。

「重要的位置經常出現奇妙的空白。這種無法填滿的空白隨著時間流逝，到了後世往往被與其他人物混淆，埋沒或成為一筆含糊帳。後人只能推測地說，做這件事的大概是某某人。」

「……老爺，你的意思是說，朝廷裡真的像劉輝陛下所說，曾經有過某個這樣的『誰』？」

「如果得這麼想才說得通的話，這就是真相。不管怎麼說，比起到底是『誰』，我更想知道的是……他為什麼會來到朝廷，又為什麼離開……」

留下許多空白的歷史，幾度來到朝廷又離開的某個誰。

他想看什麼，又在找尋什麼？

他找到了嗎？還是因為沒有找到所以離開？

……今後，這個誰還會繼續找尋嗎？反覆不斷，直到找到為止……

悠舜記憶深處忽然浮現一個黑影般的人物。那是悠舜參加國試，狀元及第之時，站在戩華王身邊微笑祝賀，同時用冰冷的眼神打量自己的男人——

然而，記憶中這個人的長相卻像被塗黑般看不清，就這麼再次沉入記憶底層消失。

（————）

或許每個人都像這樣一次又一次地遺忘了吧。到最後，甚至連與他見過面的事都忘了。包括和他一起共度的時光，建立的關係，交錯雜多的情感等等……一切的一切。

……他到底在找尋什麼，足以令他忍受得了這樣的事一再重複。

「……可是老爺，如果，我是說如果……戩華王身邊真有這麼一個引導他獲得大業年間勝利，輔佐他進行諸多改革的『右手』——如果真有這個對戩華王而言獨一無二的尚書令存在……而且直到近年還一直殘留在陛下的記憶之中……」

凜的表情暗了下來。

「戩華王死後，掀起皇子之爭的那段時間，為什麼連一個空白都找不到？在那最糟糕的時局，難道那個出色的誰明明身在朝廷，卻只是袖手旁觀……兩年前的蝗災和五丞原那件事也是……」

悠舜似乎能明白為什麼。或許是同為惡人的緣故。

如果那個「誰」真的身在朝廷卻什麼也不做地袖手旁觀，確實稱得上是個極為冷淡的惡人。可是話說回來，就算再怎麼有能，看到毫不相干的人陷入不幸時，又有什麼理由特地出手相救？

只不過，當時他如果還停留在這個世界，就一定有什麼原因。

只是在一旁看著。看著什麼？看著誰？看著這宛如滑落斜坡般不斷惡化的最糟糕的時代。為什麼特地選擇這沒有任何一件好事可言的時代？留下來的理由是什麼。

悠舜喃喃低語。

「……說不定，只是想看接下來會怎麼樣吧……」

——我……老實說，直到現在仍想不通為什麼悠舜大人會選擇國王。

——對你來說一切都是那麼侷促，像一齣無聊透頂的鬧劇。如果是我，早就不耐煩地回草庵去了。你為什麼不那麼做？

……悠舜也有他的理由。和那個「誰」一樣，留在這個無聊朝廷的理由。

「你打算把這個報告陛下嗎？」

「……不……不用。或許……陛下雖然在意，但我總覺得其實他並不想知道。至少現在還不想。是否真曾『有過』某個誰並不重要……或許，那是神仙一樣的存在。雖然很想見到對方，也有很多事想問，可是現在見面真的還太早。不想直接從神仙口中問出正確答案吧……如果要見面，也要等自己先找到答案再說……」

悠舜只說到這裡。豎起耳朵，似乎聽得見國王不安踱步的腳步聲。臉上不時浮現有話想跟悠舜說，卻又不知道想說什麼的表情。

「如果是我的話，遇到神仙一定毫不顧慮地盡情提問。」

「喔？問什麼？妳想知道什麼？不能問我嗎？」

「是啊。」

悠舜歪著頭，他不認為有什麼是神仙知道，而自己卻不知道的。

「老爺，第二件事呢？結果還是無法得到確實證據，就連現在掌握的情報本身都很可能是錯誤的……不過，這是和陛下本身相關的事。」

「是啊……該怎麼辦好呢……其實這件事只是我一時想到，才拜託妳去調查的……」

耳邊傳來孩子的哭聲。在凜回頭前，又瞬間安靜下來。

一瞬即止的哭聲，彷彿被可怕的黑影遮蔽。

即使孩子已經止哭了，凜仍用奇異的眼光望著孩子所在的鄰房。

「……凜？擔心的話就過去孩子那裡看看……」

「不……老爺，那孩子出生至今已一年有餘。很多人陸續來看過他，抱過他，熱情地逗他玩。其中只有一個人，說什麼也絕對不碰那孩子一下。」

「……………」

偶爾——真的只是偶爾，他會不經意地現身，不帶隨從，孤身一人前來。

只是望著孩子看——用那不知道在想什麼的深色雙眸——也不太靠近孩子身邊。對照他平常和善親人的個性，這樣的舉止令凜大感意外，也猜想他或許只是不知道該如何與小孩應對。不過，總覺得在更深層的地方，或許有什麼其他原因。

可能是因為他不時露出和平常完全不同的陰暗側臉與眼神的緣故。

「仔細想想……就算有這麼一面也毫不奇怪。考慮到他出生成長的過程……或許連他自己都沒發現也說不定。我們熟悉的，其實只是他表層的極少一部分……」

「…………」

「……有時我會想，他之所以這麼需要老爺和秀麗小姐是因為……」

「凜。」

悠舜打斷她的話。

透著青色的月亮逐漸西沉，籠罩兩人的只有一陣沉默。悠舜打破沉默低語：

「……會變成怎麼樣，我不知道。就算想為他做什麼，那是誰也沒有辦法解決的事。除了陪伴在陛下身邊之外……」

想起白天提出辭官要求時，他那前所未見的冷酷態度與空泛的眼神……

羽羽說過的話在腦中復甦。羽羽曾告訴悠舜，他和先王戩華極為相似。

或許，即使得到了心愛的女孩，仍無法獲得幸福。在他內心深處，有一個比悠舜想像中更深不見底的沼澤。

孩兒又哭了一次，然後再度恢復安靜。

彷彿為了留住打算離去的人，就像有人進入鄰房而正欲離開一般。

悠舜凝望房門……剛才說的話，被國王聽見了嗎。

「……凜，這兩件事，先交給妳保管好嗎？」

「……我？」

「不是為了陛下，而是為了這份書簡中的人好好保管。保管到什麼時候都可以，不管過幾年也沒關係，得出任何結論都無所謂。甚至要不要讓對方看都交給妳決定。不是我，而是妳。如果是妳，或許能找到正確解答……拜託妳了，凜。」

凜也望向鄰房。不知道她是否和丈夫看見了同一個影子。

什麼都沒說，只是靜靜地接受了書簡與丈夫的請託。

回過神時，悠舜又握住了她的指尖。凜動也不動，任由他這麼做。總是這樣。然而悠舜拜託什麼時，為的總是除了凜之外的他人。

從未為凜實現過任何一個心願。總是為了他自己。

他給凜的，只有不斷磨耗與缺損的自己。

（————）

大紅色的彼岸花在腦中搖曳。追逐人們的足跡，點點盛放的花。

一定是從已經不存在的故鄉跟著自己過來的吧。靜靜追蹤悠舜腳步的彼岸花。

跟著花朵走，就會通往墳場。

——三年。把凜放進自己的寶箱，還只有短短三年。

空白的尚書令官位。無法寫入自己名字，是有原因的。

如果有一股力量把悠舜留在朝廷，就有另一股同樣強大的力量使他想要回去。

想好好珍惜這所剩不多的時間。不是待在朝廷，而是自己最重要的人身邊。即使採取的做法有些蠻橫，只要還允許他去愛，悠舜希望能擁有這段時間。

什麼都沒有的安靜草庵。圓窗外只有四季流轉的那個地方。真希望哪天能拋棄在朝廷裡耗損身心的日子，帶著凜回到那個小草庵。

夏天的螢火蟲，秋天的紅蜻蜓，當南天果落在雪地上時，旺季大人一定會帶來春天。

就像這樣，不再傷害，不再背叛重要的人，這一次一定要好好珍惜。

非常珍惜。

好好去愛——

……然而，悠舜口中卻發不出任何聲音。

悠舜鬆開用力的手，正要從凜的指尖抽離時。

凜的手用力回握，緊緊擁抱他，支撐著悠舜孱弱的身體，將他推倒在寢床上。黑暗中傳來凜嗚咽的聲音，悠舜聽著這聲音。

「……我……我無法帶給你春天。不管我再怎麼想都做不到。」

悠舜睜開眼，明明沒有對凜說過關於自己的事，一件都沒說過。

旺季的事也好，故鄉的事也好，南天果的事也沒有……甚至連身體狀況的事也沒有說。

凜的眼淚，落在悠舜打算抽離的手上。

「可是，我可以陪在你身邊，和你一起等待春天。關在同一個牢籠裡，並肩坐在一起。如果你希望我能帶你去哪裡，請告訴我。你希望我帶你去的地方，想在哪裡度過，想看什麼，全部、全部——即使身在籠中，只要和你在一起，哪裡都能去。你一定不知道吧，對我而言，來到你身邊是人生中最長的一段旅途。」

對凜而言，悠舜是世界上最遠的人。多麼想靠近他一點，多觸摸他一點，可是不管怎麼走怎麼走，都無法縮短兩人之間的距離。

不過，在最後的最後，這個像仙人一樣的人全部——毫不保留地——成為凜的丈夫，把他的右手給了凜。即使左手始終牽繫在另一個地方，凜也不能去拉。

就算她應該這麼做。

「總在找尋什麼，總是想前往某個地方的你。」

低頭看悠舜，他的表情很奇怪。變得不完整的悠舜。現在正想給凜夢想中的承諾，對辦不到的自己感到絕望。

……對凜來說，只要這樣就夠了，臉頰觸碰悠舜的手，凜哭了。

「我知道。會留在討厭的朝廷一定有你的理由。等那件事結束也沒關係，到時候我們再去吧。到外面去，請帶我一起去。那裡一定有所有你藏起來的重要寶物。」

「——」

悠舜嘴唇顫抖。

想喊凜的名字，卻不知道自己在說什麼。

凜的溫度，流向體溫偏低的悠舜身體。

雪之骨，冰之血，霜之肉，形成一個冷酷的人偶。

從觸摸的位置開始變熱，悠舜心臟跳動，表情泫然欲泣。

——那裡一定有所有你藏起來的重要寶物。

……等凜哭累睡著後，悠舜悄悄起身。

黑暗中，椅子上那個夜色書箱盯著他看。像一隻蹲在樹上的烏鴉。

下了寢床，赤腳走向椅子，拿起書箱。

打開繫帶，打開蓋在上面的宣紙。

……空白的尚書令官位，已經又填上了名字。悠舜的名字。

國王的筆跡。

——那個國王會殺了你。

悠舜向後一仰，閉上眼睛。

在彷彿永遠不會迎向天亮的黑暗中。

……整個夏末，悠舜都在祥景殿的寢床上度過。

每個人都說，只要暑氣消退，等秋天一來，身體一定就會好起來。

悠舜也微笑回應，是啊，只要等秋天一來……

可是，他從寢床上起身的時間，就像秋陽一樣短暫。

周遭的人開始察覺事態嚴重，每個人，包括後來被稱為鄭悠舜政敵的葵皇毅在內，都開始輪流說服他換個地方療養。

……只除了一個人。

知道那個人是誰的，只有悠舜。

悠舜不理會旁人的說服，很快地，在他靜養的祥景殿周圍，接二連三開起叢生的大紅色彼岸花。

……悠舜再也無法起身。

四

沙沙、沙沙……霧雨的聲音。在悠舜的人生中，不時聽見的雨聲。

好幾隻手，握過悠舜的手又離開了。

有人為了不吵醒他，只是輕輕撫摸他的手，也有人生氣地猛拉他，還有人顫抖著在他手上滴下冰冷的眼淚，發出懇求的聲音。

悠舜的眼皮沉重，怎麼也打不開。

雨聲另一端，似乎聽得見好久以前老婆婆說的話。

『真稀奇，你的星宿是「單翼之鳥」呀，悠舜。』

不會飛的鳥。在雨中不時拖著只有一邊的翅膀向前走，站在地上仰望天空。一直找尋著什麼。

❖ ❖ ❖

雪白梨花凌亂盛放的紅山祕境，是悠舜的故鄉。

只有自古以來一直住在這裡的少數居民才能居住的遙遠高峰。高低落差激烈的幾處瀑布，繚繞於山谷間的雲霧。映在岩壁上的彩虹像光環一樣散發聖光。這裡有人稱四大絕景的怪岩、奇松、雲海與溫泉，令祕境裡的風景不管何時看來都是名副其實的世外桃源。

從很久很久以前就世居在此的紅門姬家，過的不但不是仙人般日日服用長生不老金丹妙藥的日子，反而大部分都是對延續生命一點也不執著的人。

「為什麼會這樣呢？」

悠舜從草庵的窗戶仰望外頭蔚藍的天空。鳶鳥咕嚕嚕的叫聲從遠處傳來。最近，因為某個原因，悠舜養成了不分晝夜，想到時就忍不住仰望天空的習慣。

忽然察覺外面有一隻烏鴉。不知道牠是什麼時候開始停在那裡的，根本沒聽見振翅的聲音，梨樹上卻停著一隻烏鴉。想起一族坎坷的將來，忍不住去數烏鴉有幾隻腳，可惜牠的腳藏在樹葉陰影下，看不清楚。

「只要有那個意願，贏得此後千年的繁榮也不是問題，大家卻只想在這裡等死。」

前幾天，明明也沒有拜託她，老婆婆就擅自占卜了悠舜的命運，還說他這隻不會飛的鳥連活著都很艱難。其實在前方等待一整族人的，不都是艱難的命運嗎。

「怎麼，不想這樣的話，你就下山去啊。找個人投效，做個軍師吧。沒必要對紅家講義氣。憑你的才智，就算想讓一百萬人成為屍體也一點都不難。」

「就像婆婆妳從前那樣？」

老婆婆已經超過一百歲了。聽說從前她也曾下山，做某個人的軍師。

只有一次，雖然不到百萬，但也製造了超過十萬名死者，這件事現在已經成為史實的一部分。她並非運用了什麼戰術，只是因為擅長判斷天候，預測疾病的徵兆，看出哪些年份會出現農業歉收的狀況，然後按兵不動地等待而已。光是這樣，對手就自動死掉三分之二的農民與士兵，接下來只要像踩扁蝗蟲一樣擊潰對方，輕易就能殲滅存活的敵軍。雖然有人認為這種作法很殘忍，悠舜卻認為如果目的只是求勝的話，自己也會選擇這樣的方法。這麼做效率高，又能減少己方的損害，什麼都不用做，只要等待對方擅自滅亡就好了，非常輕鬆。

在那之後，老婆婆回到祕境故鄉，再也沒有下山過。

「只不過是按照當初的契約發揮專長立功，反而因此遭到自己人的猜忌，雙眼被挖掉，雙腳被砍斷，還被下了毒。真是太悽慘了。說我是單翼，婆婆妳自己豈不是更慘，沒了雙眼也沒了雙腳。」

下山的族人幾乎沒有人回來，原因就在這裡。也不知道為什麼，每次贏得愈多勝利，就愈是會遭到自己人的憎恨、猜忌與厭惡，往往落個不得好死的下場。

就算對方是主子紅家也一樣。

……即使如此，族人們仍陸續下山，如今姬家一族的人數已是寥寥可數，往後也只會減少，不會增加了。

儘管被奪去雙眼與雙腳，老婆婆還是回來了。聽說是下令那麼做的人帶她回來的。

那個人正是半世紀前的紅家當家，也是身為「鳳麟」的老婆婆唯一跟隨過的男人。

「雙眼和雙腳都沒了，卻到現在還愛著對方，我實在不懂這是什麼意思。」

老婆婆抿嘴一笑，沒有回答。悠舜來找老婆婆，為的就是這偶爾展現的笑容。老實說，那看起來就像微笑的酸梅乾妖怪，詭異又有點恐怖，可是就是……很想看。

那是在悠舜所不知道的「外面」找到過什麼的人，才有的笑容。

遙遠的藍天上，鳶鳥悠然自在地盤旋，自由自在。

悠舜也不是很想活。老婆婆說，戰爭對他們而言太輕而易舉，容易使人瘋狂。只是不斷反覆單純的算計，站在屍體上，為追求勝負的尾巴團團轉。與其做那麼空虛又憂鬱的事，還不如死了算了。

不是這樣的。悠舜心想，他想做的不是這樣的事。

……可是，他卻看不到接下去的未來。不管他怎麼想，不知道的事就是不知道。

然而老婆婆卻是知道的，知道接下來會發生什麼。

「我們確實是活得很艱難的一族，就算下山也不會發生什麼好事，總是忍不住投入戰爭。人家找上我們只有一個目的，就是為了殺人。雖然對做過的事不會後悔……我一直都覺得好像有什麼不對。」

悠舜聽著老婆婆說的話。對，就是這種時候。可是，老婆婆今天依然不肯透露接下去會發生什麼。

「很想找到什麼，想得不得了，認為那東西一定就在這世界的某處。我們是受到詛咒的一族，空有智慧過人的頭腦，只有自己的事永遠搞不懂。呵呵。」

就算古今東西所有的書籍內容都能裝進腦袋，還是不知道自己到底在找什麼。

那個能填滿自己內心空缺的東西，遙遠的詛咒。

「有這麼多知識，本該能幫上許多人的忙，對世間做出貢獻。」

「偏偏我們只願意幫助自己中意的人，對於不在乎的人是生是死一點也無所謂，就是這種狹隘又無情的惡人性格，為我們遭來災厄……」

「……是啊……就連中意的人，有時也會忍不住想背叛……」

不管怎麼看都是不適合生存在這人世間的一族。

沒有下山的人，大概都將人生投入另一個方向了。

天文、農學、氣象學、史學、軍事謀略、醫學……所有領域，鎮日埋頭其中研究。當悠舜給那些好幾天沒露面的爺爺奶奶送飯去時，不是被他們破口大罵趕出門，就是被抓住聽他們發表三天三夜的研究理論。老實說，這裡根本就是一群令人絲毫無法尊敬的，無論個性或性情都打從骨子裡壞到不行又不聽別人說話的最爛最糟的老人群居地。

即使如此，悠舜還是知道，他們的幸福就在這座山裡。那麼……自己的呢？

雲朵發出沙沙聲，快速從天上流過。彼岸花搖曳。

白晝的天空裡，有星星隕落。

即使是白晝，悠舜眼中仍看得見肉眼看不見的星星，宛如夜空一般。

「……婆婆。」

長長的沉默之後，悠舜終於說出來這裡的原因。

「……我還是決定，明年春天要到紅家去。以我一個小孩的腳程，就算現在馬上出發，還沒下山恐怕就降雪了……所以，明年春天一到，我就出發。」

老婆婆沒有說話。

「……冬天過後，戩華王會來，來消滅這裡。」

「這樣啊。」

「婆婆你們絕對不會離開，只會頑固地坐在原地……」

不管是哪個爺爺、哪個奶奶，一定只會說要來就來吧。等待祕境一族的是比悠舜更艱難的命運。

天上出現了來自霸王戩華的殺戮與滅亡預兆。

「你們一定會說，對老年人而言，與其應付那種對手，還不如死了比較輕鬆。或者是說，都已經這把年紀了，做什麼都很麻煩……我也知道你們早就活得很累，早就想死了。」

沒有熱情，沒有執著也沒有願望。欠缺什麼的一族。最討厭這樣的自己，寂寞的一族。

即使想做自己喜歡的事也沒有辦法。只能筋疲力盡地，獨自老去。

「老實說，這裡都是些讓我氣得要死的臭老頭和臭老太婆。雖然如此，我還是想去。去向紅家做最後的求助。這或許是毫無意義的行動，自己也不知道為什麼要這麼做，可是……」

即使毫無意義還是要去做。這是悠舜有生以來第一次說出這句話。

「……妳一定覺得我很笨吧？可以笑我喔，沒關係。」

老婆婆沒有笑。只是用皺巴巴的手指輕輕撫摸悠舜的臉頰。

悠舜低下頭，不敢看老婆婆的表情。這也是第一次。剛才，他說了一個謊。如果是老婆婆，一定能看穿那個小小的——小小的？——謊言。

下了紅山之後的悠舜，其實也將迎向一連串凶惡的命運。

凶運。惡事。喪失。還有——

不經意地，似乎看見老婆婆笑了。也可能是錯覺吧。

「……好啊，就這樣吧，你去吧，悠舜……」

怪異沙啞的聲音，與敲響內心鐘聲留下的餘音相似。

性情兇惡的老婆婆，彷彿實現了某個心願。

悠舜默默點頭，像個非常普通的小孩。

——隔年，悠舜在依然飄落的雪中孤身下山。

❖ ❖ ❖

春天。

悠舜從小山上俯瞰在夜晚篝火下隨火光搖曳的紅家陰影。

紅家數不清的屋舍分佈在山嶺與溪谷之間，從這裡遠眺過去，就像一隻蹲踞在黑夜中的巨虎。

白色的東西掠過悠舜鼻尖。捻起一看，是一片花瓣。

「……對了……這個季節的李花，是紅家的名勝……」

夜風咻咻吹過，悠舜周遭淺紅色的花瓣如暴風雪般狂舞。凝神細看，花瓣顏色還有微妙不同。從白色到粉紅色都有。悠舜伸手壓住翻飛的外套和頭髮。

（……比起李花，我更喜歡梨花，儘管不起眼……話說回來，其實也很少去想喜歡不喜歡的事。）

雪白的梨花，除了白色之外沒有其他顏色。春天，盛開的白色花瓣覆蓋整座山。紅山的花季來得晚，現在回頭的話，勉強還來得及看到。

夜空中有淡淡的雲朵飄過，還有春宵朦朧月與滿天燦爛的星斗。

「……還是一樣……讀不出戩華王的星象啊……」

霸王戩華生在極度可怕的凶星之下。能讀出他星象變化的人，即使在縹家也只限少數。

在悠舜的故鄉，只有盲眼的老婆婆能讀出戩華王的星象。因此，悠舜早就放棄判讀他的星象，目光望向這一帶目前的星圖。

從下紅山前開始對某顆星感到好奇，現在下山了，那顆星還高懸在天。

（……果然沒錯。這裡有個「命帶妖星」之人，真罕見……）

彷彿落下時將天空大大劈成兩半的掃帚星。擁有這種星宿的人就稱為「命帶妖星」。這顆星的光芒雖然還不算大——

命帶妖星之人雖主凶，一般狀況下大多會在成年前死去。這是因為，與生俱來的凶運首先會為自己帶來諸多不幸。要能逃過成長途中燃燒殆盡的命運，成長到對世間造成影響的地步，需要相當大的意志力。話雖如此，即使只有微弱的影響力，也會為所在之地周遭帶來凶運，甚至能在一段期間內破壞規則，改寫星圖。簡單來說，命帶妖星之人的出現不是好事。

悠舜露出嘲弄的微笑——不是好事？

（……事到如今又何必在乎。）

悠舜以冷淡的目光睥睨眼下的紅家。

即將毀滅的鬼姬一族。在自己命運前方那顆星的宿命，和下山前始終相同。

——凶運。惡事。喪失。還有——

薄雲遮蔽月光。

朦朧月光與紛飛花瓣中，悠舜自行迎向注定的命運。

有想看的東西。

仔細回想，那或許是悠舜有生以來初次產生的情感。

五

當時也好，現在也好，悠舜都不常解讀星象。人人眼中性格乖僻的紅門姬家，向來並不甘於接受星象顯示的命運。以自身的智慧與謀略改變星象，這才是姬家的做法。因此，如非真有必要，悠舜也不會輕易觀看夜空。

不過，人生中有幾個時期，每天晚上他一定會抬頭仰望星空。第一次是決定下紅山時，第二次是剛到茶州當州尹的那段時間。

在茶州時，總是沒發現自己又抬頭仰望了星空。

赴任不久的某個晚上，還是少年的茶州州牧為了尋找不喜歡和別人在一起的悠舜而找到天台上來，走近他身邊。悠舜故意視若無睹，燕青也無所謂。態度落落大方，卻能準確看透對方的內心，不帶壓力地碰觸。這就是他最擅長的方式，直到多年後依然不變。

『你老是望著遠方的天空，有點像一隻從巢裡掉下來，折斷翅膀的鳥。是不是有什麼想回去的地方？』

悠舜沒有回應。

那時的悠舜自願請調偏僻的茶州，在這裡沒有需要作假偽裝的對象，平時那張溫柔待人的假面具也完全卸下。在這位少年州牧面前本性畢露，懷抱自暴自棄的態度，不與任何人接近，每天除了工作之外什麼都不想。

儘管悠舜日日過著這樣的生活，燕青還是鍥而不捨地持續尋找突然不見人影的悠舜。以十幾歲的少年來說，他實在太有毅力，慢慢花時間毫不放棄地走進悠舜堅硬頑固的內心。不但一點也不粗心大意，反而是小心翼翼為對方著想的心意。

燕青的下一句話，深深震撼了連逃跑的力氣都沒有，留在天台上的悠舜。

『還是說，其實你看的不是天空，而是在找尋某顆星？』

站在身旁的少年朝悠舜目光的方位望去，咧嘴一笑。

『該不會是那顆蒼藍色的小星星吧？』

『…………』

『我很喜歡那顆星喔。雖然很小，可是很漂亮。好幾年前吧，那顆星的星光變得有點黯淡，有段時期不容易找到。不過，我還挺擅長找出星星的，因為和師父在山上住了很長一段時間啊。』

燕青口中幾年前那段星光黯淡的時期。

旺季遭人設計，獨身一人離開王都，下落不明，當時悠舜卻什麼都不能做。接受國試明明是為了旺季，狀元及第後旺季卻已不在中央，現在還在地方上顛沛流離。

自願請調茶州，也是因為不想待在中央。那裡的一切都令悠舜生厭。

包括不像皇毅和晏樹那樣能為旺季效力的自己。

——你是不是有想回去的地方？

『我從以前就很想到那顆蒼藍色的星星下……從還在故鄉時，就經常看著那顆星。』

回過神時，悠舜才發現自己脫口而出這句話——是啊，從好久以前就一直看著他。

從第一次在夜空裡看見那顆蒼星燦爛的光芒時起。

在老婆婆的草庵窗邊。在梨花盛開的樹木下。在月亮高掛天空的深夜裡的紅家宅邸……

『一直以為只要遠遠眺望就好……』

無論如何，就是想靠近他。情不自禁下了山。

凶運。惡事。喪失——在那之後，與那顆小蒼星唯一一次的相遇。

實現心願，終於見面了。卻什麼也不能做，現在甚至逃到這麼遠的地方來。

回想起來，悠舜從開頭就老是做這樣的事。

『因為只有一邊翅膀，無法到他身邊陪伴，說不定也是理所當然的事……』

有想看的東西。總是在找尋什麼。現在悠舜已經知道那是什麼。

從下了紅山，前往紅家，一眼看到那個人之後就知道了。

看著悠舜自言自語，燕青疑惑地歪著頭。

『……嗯？呃？換句話說，你原本在找那顆蒼星，後來因為翅膀折斷了，所以變更目的地降落在茶州？也是啦……不然堂堂一個國試狀元怎麼可能會到茶州來……可是悠舜，你的自暴自棄對我來說卻是超開心的事。別鬱悶了，雖然無法成為蒼星，但我會成為茶州之星！為了你！』

『……茶州之星。』

聽起來很不怎麼樣。悠舜忍不住噗嗤一笑。

『喔，終於笑了。你工作時表情真的超恐怖，至少要這樣面帶笑容才行啊。我說悠舜，你就在茶州留下來吧，待在我身邊做你喜歡的事，直到折斷的翅膀長好為止，好好休息。看你一臉想回去又回不去的樣子，要是翅膀的傷一直好不了，我就把你放在手上，帶你回去。不管那是哪裡。』

『……你是想把我當錢包帶著走吧？』

『嗯嗯對——欸、不是啦！』

在燕青身旁的悠舜，不知何時學會了笑。

不可思議的是，悠舜竟然完全不在意對這位少年州牧吐露自己隱藏的心聲，不管悠舜說多難聽的話，或是擺出多難看的臉色，燕青都滿不在乎地接受了，沒有一天不是如此。

和燕青在一起的十年，悠舜無論身心都確實獲得了休憩。

那是人生中一段漫長的假期。

『那、那什麼……你想回去的哪顆星星該不會指的是女人吧？是戀人嗎？難道你像繪卷裡畫的那樣把未婚妻丟在家鄉了嗎？是、是美女嗎？比凜更美？』

『凜……你是說柴家雙胞胎中的姊姊吧？怎麼又提到她。話說回來，有哪個未婚妻願意等待被貶到茶州這種鄉下地方的狀元啊？我說的那顆星是男人啦。』

『沒有未婚妻！太好了！可是那顆星是男的？這、這又是怎麼回事？從都城來的人果然是花花公子？不、事關我和師父欠的錢是否可以獲得減免。我說悠舜啊，你既然都來茶州了，不如就娶個茶州媳婦回去吧？別管什麼星星了，比起大叔當然是年輕姑娘更好啊。你不如改變主意吧，為了我！』

『……你到底是來牽什麼線的啊？』

……交心十年的燕青又大又粗的手輕撫額頭，悠舜輕笑起來。身體還是一樣橫躺在寢床上，沉重的眼皮怎麼也抬不起來。

面對特地來祥景殿探望的燕青，悠舜只能氣若游絲地迎接他。

「……燕青……和你在茶州共度的十年……真的、很開心……」

「……我也是。看到你真的娶了茶州的年輕媳婦，我也很高興。」

「少說得這麼好聽啦，柴彰幫你減免的欠債後來怎麼樣了？」

「什、什麼，你怎麼會知道！」

只感覺到他一個人的氣息。長官秀麗目前應該正前往各地巡察，身為下屬的燕青現在本不應該出現在貴陽。看來燕青是一個人偷跑回來的。

眼前浮現秀麗對擅自脫離工作現場的燕青睜一隻眼閉一隻眼的模樣。

「到中央來之後，看到你在這裡裝模作樣，真是好笑。」

室外又開始下起雨來，悠舜閉著眼睛低喃。

「在你身邊是最自在的，甚至想過要是能一直那樣就好了……」

總是背叛宗主，遭到上位者猜忌，在國王身邊也被近臣投以猜疑的眼光，直到最後都沒能得到信任。只有戴上狡獪微笑的假面具時，人們才會接受悠舜。

然而，那十年卻不一樣。少年州牧從頭到尾都信任著悠舜。

晏樹說悠舜是個騙子……唯有對燕青，悠舜從來不曾偽裝。

在燕青身邊時，似乎可以大口大口深呼吸。

要是能一直待在他身邊就好了。

「……我也是。有你在身邊的人生過得最輕鬆愉快。我們的人生都很艱難啊，為了在這世上輕鬆生存，彼此都是對方最好的搭檔。偏偏我們都寧願待在更麻煩的傢伙身邊，操不必要的心……只為了聽那唯一僅有的一個人說一句『我需要你』。」

燕青的聲音宛如溫柔的雨聲落下。

手被他牽了起來。燕青骨節粗大的手，總是拯救悠舜的那雙手。

對彼此來說，那唯一僅有的一個人是誰，不用說出口也明白。

「悠舜，你還記得我答應你的事嗎？要是哪天你太累了，不管在哪裡我都會回來幫你。除了小姐之外，在這個世界上能讓我做出這個選擇的人，只有你了。」

只有你了。說著，燕青的手撫上悠舜的額頭。

「只要你有那個意願，我立刻就將你和夫人孩子，三人一起帶離這個牢籠。」

從前也說過吧，要是折斷的翅膀一直好不了，不管哪裡我都會親手帶你去。

回到你想回去的地方。

悠舜緊緊回握燕青的手，代替道謝。

不了。接著，溫柔地提出拒絕。

因為我有想看的東西，很久以前，在紅家。

……現在，在這個朝廷。

❖ ❖ ❖

在紅家禁苑見到那個幼子時，內心湧現的情感令悠舜大吃一驚。

（——不對。）

失望的感覺就像消氣的紙球。以為自己沒有期待，直到此時悠舜才發現並不完全是如此。還是有所期待的。

在凶惡星圖前閃爍的東西……與那顆小蒼星的相遇。

似乎解讀錯誤了。

圍繞悠舜的星象原本就極難判讀，會出錯也是無可奈何的事。

因此，就算被眼前那名幼子無情地以「要毀滅就擅自毀滅吧，不關我的事。隨便怎樣都行」回絕時，悠舜並不特別失望。一如這個名叫紅黎深的幼子對他的不屑一顧，悠舜一樣沒把他放在眼裡，心情絲毫不會為了他而動搖。不管他說什麼都不在乎。這也是一族的特質，所以悠舜只回答了「這樣嗎」。

不過，唯有一件事想去做，或許因為內心多少還是有點火大吧。

就在悠舜正想快點離開禁苑時。

「──唷，少主，禁苑裡來了個沒見過的小鬼，他是誰啊？」

悠舜停下腳步。

少年頑皮促狹的聲音，令他全身起了雞皮疙瘩。

花瓣如雨紛紛飄落，悠舜緩緩回頭。直到多年之後，能讓悠舜有這種反應的人寥寥可數。值得紀念的第一人就是這個少年。

年紀比悠舜大一歲或兩歲，捲曲的頭髮披在肩膀上，正優雅地盤著修長的雙手，交叉雙腿，倚靠著李樹。長相──只看得到半張臉。上半部戴著一張詭異的狐狸面具，下半部的嘴唇笑得彎成了上弦月。不知他從何時開始站在李樹旁，然而打從一開始，這個少年就連看也不看幼子一眼，彷彿他的視線從頭到尾只凝視悠舜。

在悠舜觀察對方時，對方也迅速打量了悠舜。老實說，悠舜是第一次遇到和自己年紀相仿又實力相當的對象。或許，對方也這麼想。

狐面少年在面具底下微笑。

「……這裡是紅本家的禁苑，擅自闖進來會發生什麼事，你知道嗎？」

唱歌一般的語氣。幼子一看到他便低聲嘀咕「囉唆的傢伙」、「幹嘛又擅自跟來」。即使如此，這名狐面少年還是一直盯著悠舜看。

紅玉環肯定已將自己的女兒放在那個幼子身邊了。不過，眼前的少年並非「讓葉」。從先前聽到的對話內容判斷，那個少年應該是最近成為紅家侍童。擁有討人喜歡的聰慧機伶，擅長待人接物之道，但其態度卻連紅家少主也不放在眼中。不只如此，感覺這一切還全都是謊言與偽裝，只是角色扮演罷了——演技精湛。

（……以那個廢柴宗主的才智來說，這個侍童聰明得太不正常了。是在哪撿來的？）

和昔日人稱妖姬，足智多謀的才女紅玉環相比，說來固然令人同情，卻也不得不說現任宗主的才智實在過於平庸，不足以在戩華王的時代下帶領紅家。怎麼想也不認為那個宗主能有如此先見之明，懂得將這個與惡人只有一紙之隔的人才放在兒子身邊。不對——

（……是他自己想辦法獲得宗主採用的，這麼一想就說得通了。）

「少主，我的工作就是保護你，這也是沒辦法的事。畢竟讓葉大人光是伺候玖琅少爺就忙不過來了——老爺吩咐過，如果發現可疑人物，可以憑我的判斷處置。這位如果不是您的朋友，我可以儘速按照老爺吩咐下手處置嗎？」

紅黎深只丟下一句「隨便你，高興怎麼處置就怎麼處置吧」就離開了禁苑。

等到礙事的幼子身影完全消失後，狐面少年散發的氛圍立刻變得完全不同。

「……怎麼可能啊。畢竟，你可是代代守護紅家的重要守護神，竟然說趕走也好殺掉也好，真是個笨到不行的小少爺。」

這似乎才是他的真面目。即使態度粗魯，卻仍不可思議地帶有一股高貴的氣質。

狐面少年好像也察覺悠舜表情的變化了。

「喔喔，這種冷酷的樣子好多了。比起笑著說李花也很漂亮的違心之論，我更喜歡像這樣的表情。像朵冰雕的美麗的花……你應該就是紅家的『鳳麟』吧？」

悠舜沒有否認。從他的話中已可明白，否認也沒有用。

從蓋住眼睛的外衣下方回望少年。對方依然戴著狐狸面具站在那裡。

「……你早料到我會來，所以在這裡等著是嗎？」

「算是吧。不過，我這邊也有各種理由，其實根本不想來。只是來了之後，發現這個家裡只剩下笨蛋宗主和不知世間疾苦的小鬼了。心想哎呀，搞成這樣『鳳麟』也不會來了吧，還是先撤退好了，正這麼想的時候……你就來了。哎呀，真沒辦法。」

雖然不知道原因是什麼，看來他是真的不希望自己上鉤。

悠舜也嘆了一口氣——「命帶妖星」的就是他嗎。

儘管早已從卦象預知，卻沒想到會在這裡遇上。更別說這個少年不但不會在成年前夭折，看起來反而能操縱凶運於股掌之間。

「那還真是不好意思，我就是來了。這麼討厭的話，你何不早點離開。」

「就是不行啊，不過……讓我想想看喔。」

狐面少年以行雲流水般的姿態走過來。無聲地，像一隻貓正打量即將被自己吃光的獵物。

直到少年走到面前，悠舜才發現狐狸面具下的眼睛是淺褐色。

他輕柔的指尖伸向悠舜的外衣。悠舜沒有逃。

外衣隨著堆在肩上的李花一起被拍落。

看到剛才隱藏在花瓣下的悠舜長相，少年發出厭惡的呻吟。

「臉長得還可以，又是比我小的小孩啊。嗚哇……沒有比這更糟的了。更何況，還和我一樣是個惡人。」

「……我不懂你的意思，這有什麼不好嗎？」

「嗯……以我個人來說，有一種會相當礙事的預感。多了一個人已經夠煩了，再來一個人更是令人絕望。雖然是喜歡的型，但是現在就想殺掉。如果不想被幹掉，還是趁早裝作不知情，放著紅家別管，變更預定計畫吧。」

完全省略主詞的自言自語。

「因為我已誘導紅家宗主和我約好，就算萬一『鳳麟』從紅山來求助，也要殺了滅口，對祕境裡的紅門姬家見死不救。」

「……還以為是誰慫恿的，原來如此。接近紅家當家並誘導他向戩華王提出交換條件，以出賣姬家做為換取紅家存活的人，原來就是你。」

「沒錯。笨蛋宗主還以為那全部是他自己思考過後做出的決斷呢。抱歉喔，這就是我的工作……怎麼？」

「……有一件事說不通。那麼，你剛才說要想想看，是在猶豫什麼？如果不殺我，難道還有什麼其他打算嗎？想把我帶到哪裡去？我不認為會是戩華王那邊。」

狐狸面具下的雙眸暗了下來。像是加了劇毒的糖果，甜美卻令人膽寒的殘酷覆蓋了那雙焦茶色的眼瞳。

「……我確實想殺了你。你們一族世世代代在紅家陷入絕境時出手拯救，卻總是一而再、再而三地遭到宗主或其近臣的猜忌懷疑，慘遭殺身之禍。原先我不懂為什麼，現在完全明白了。的確是不想把你這種人放在身邊。」

一時之間難以呼吸。花了好長一段時間，才吐出那句簡單的話。

「……不用你說我也知道。」

聲音嘶啞，為什麼呢。明明在面對那幼子的辱罵時，可以那般滿不在意，絲毫不往心裡去。

「聰明如你，自然知道紅家的內情，當然也知道來求助也是徒勞無功。明知結果會是如此，為何仍然傻傻地跑來紅家，這一點我很想問清楚，不過還是算了。你的確是危險人物。對你們見死不救的紅家和那個少主，真的是一群笨蛋。」

狐面少年吹響三次警笛。

瞬間，十幾名殺手無聲地滑入禁苑。雖然不是鼎鼎大名的「黑影」，但看來也不是「檯面上」的私人軍隊，而是「檯面下」的殺手。儘管不知道養這批殺手要做什麼，由此可知狐面少年相當受到紅家宗主的器重，一定花了不少力氣取得深厚信任了吧。不知道是少年的手法高明還是擅長花言巧語，總之紅家大概已經快垮台了。或許兩者皆是吧。

稍稍掀起狐狸面具，少年帶著毒辣的冷酷轉身。

「——去向當家的報告，魚已經上鉤了。至於怎麼處置他，就隨便你們。」

殺手從四面八方逼近悠舜，將他粗魯地推倒在滿地堆積的李花花瓣上。腹部遭到重毆，手腳被捆綁起來。悠舜發出呻吟，吐出胃液。

飄揚的各色花瓣，和故鄉全白的梨花完全不一樣。

這種地方，根本不是悠舜想去的地方。

——明知結果會是如此，為何仍然傻傻地離開故鄉跑來？

「————……」

因為有想見一面的人。那顆光輝燦爛的小蒼星。還不知道名字的那個人。

可是，似乎是搞錯了。

被淺紅色花瓣埋葬的悠舜，已經看不見星星。

六

躺在祥景殿的寢床上，悠舜半夢半醒地聽著遠處雷聲。

眼皮一直睜不開，悠舜已經分不清是現在外面真的在下雨，還是聽見了記憶中的雷雨聲。燕青是昨天來訪的，還是好幾天前呢？連這也無法分辨了。

自從臥床不起後，在短暫清醒與深層昏睡中不時聽見的雨聲，將腦中深埋的記憶一一喚醒。

『明知結果會是如此，為何仍然傻傻地離開故鄉跑來？』

這是好久以前，戴著狐狸面具的晏樹在紅家禁苑說的話。

為何？

……如果是現在的晏樹，聽到「因為有想見的人」這種答案，大概會對悠舜嗤之以鼻吧？又或者露出不滿意的眼神，「哼」的一聲轉過頭，輕聲發出苦笑。不管怎麼說，那都已經是失去的人。

忽然間。

附近傳來一陣腳步聲。

噠噠的腳步聲，朝如今全城受到最嚴密戒備的這間房間走來。筆直地，輕易地靠近。腳步聲具有威嚴，但也透露著一股輕快，沒有絲毫猶豫。

那是悠舜非常熟悉的腳步聲。只是，那個人怎麼可能來到祥景殿。眼皮顫抖。心臟好不容易才能順利跳動，脈動卻急速地激烈起來。很快地，悠舜心跳的節奏與那人的腳步聲合而為一。

打動自己內心的聲音。悠舜發出呻吟。怎麼可能。

怎麼可能前來。他現在怎麼可能踏入這個朝廷。那個人的政治生涯已完全斲斷，實際上將他逐出朝廷的人不是別人，正是悠舜。不管旁人怎麼想，那個人應該最清楚才是。沒有人阻止他嗎？沒有人嗎？

隨著腳步聲出現的是鎧甲的聲音、武官出言制止的聲音。「請留步」。「請不要再往前」。

然而，腳步聲不停。

無視一切，擺脫一切，踩著規律的節奏靠近。或許連皇毅或晏樹的制止也沒有用吧。拜託，請回頭吧。可是內心同時又懷抱另一個希望。

（求您——）

和悠舜那優柔寡斷的國王完全相反，鋼鐵般的意志力。

忠於自己的願望，絕不動搖，別人怎麼想也無所謂。不可思議的是，這樣的他總是在為別人實現願望。

腳步聲終於停止，停在悠舜臥床的房門前。

正如他所願。

悠舜用盡現下所有的力氣，抬起沉重的眼皮。無論如何都想看到那張臉。

嘰噫。門打開了。

和初次在紅家見面時一樣。

❖ ❖ ❖

結果，悠舜雖然被抓起來，卻沒有被殺掉。

紅家連做這點覺悟的本事都沒有。

悠舜的到訪，在紅家內部引起相當大的摩擦。姬家總是隨著危機出現，這已成為紅家人根深柢固的觀念，在當時的情境下，很容易令他們聯想到與戩華王有關的危機。悠舜的出現，因此被紅家人視為凶運即將降臨的惡兆。就算打算與戩華王交換條件，又擔心那個深具毀滅性的國王背後另有把戲。於是，有人主張應該偷偷留下這孩子的性命，將他囚禁起來，或許日後還可用來當作祕密武器。也有人主張應該按照與戩華王的交易，斬下他的首級交出去。意見一分為二。摩擦的原因之一，或許跟悠舜一句話也不說有關。無論遭到多麼嚴厲的酷刑也悶不吭聲，始終保持沉默。這使他看起來像個非常駭人的小孩，不知道是誰啐了一句「就算留他一條生路可能也派不上任何用場」。或許是出自紅家宗主之口。

結果，他們就這樣無法決定悠舜的生死，唯一能做的只是把像個破爛娃娃一樣遍體鱗傷的悠舜丟進地洞裡，放著不管。悠舜在時而清醒，時而昏迷的模糊意識與不時遭受的嚴刑拷打中，只能一天一天數著日子度過。

故鄉的花季就要結束。那天，在心中折手指數日子的悠舜只為了這件事感到十分頹喪，此外內心就沒有任何情感了。

無光的洞穴裡，看不到太陽與月亮，待起來竟然不怎麼痛苦，彷彿黑暗也隨著空氣一起吸進了身體。就連那切開身體時會有黑暗溢出的紅家，都稱他們是「無光的一族」。

外面的世界對自己和族人來說或許太明亮刺眼了。躺在冰冷的地牢裡，腦中恍惚想著這樣的事。為了尋求生來便感到不足的東西而離開家鄉，說不定還是沒能適應外面陽光普照的世界。偏偏族人對此渾然不覺，依然不斷為了尋求什麼而來到外面的世界。等到某天察覺了，就從先感到絕望的人開始陸續死去。真是受到詛咒的一族啊。

悠舜已經不再祈求什麼。只要有那個意願，或許他還是逃得出去，只可惜他提不起那個力氣了。不像決定下紅山時那樣。

（……只要再一次就好，真想看看哪……）

在祕境故鄉裡抬頭仰望時，夜空中的蒼星。

撼動悠舜冰冷的心，使他動念下山的星圖。

凶運。惡事。喪失。在那之後，與那顆小蒼星唯一一次的相遇。

『……好啊，就這樣吧，你去吧，悠舜……』

像隻死掉的小蟲子蜷曲身體，有時會想起老婆婆送自己下山時的聲音。

從外面滲進來的稀薄空氣，輕撫躺在地上的悠舜臉頰。

「……嗚哇，真的還活著……怎麼不快點死呢。」

忘了是什麼時候，聽見那隻狐狸的聲音。

打開地牢大鎖，木頭牢籠發出嘰噫聲，黑暗中點燃一小簇火光。

「哎呀……那時我真該殺了你才對。紅家抓住你的事洩漏了，害我被狠狠罵了一頓。比起我，更過分的明明就是紅家的人。話說回來，他們不知道什麼叫生不如死嗎？拷打的技術太差了。看這樣子你明天就會死了。站得起來嗎……？」

身體被抱起來，狐面少年的臉映入眼簾。要是還有力氣，早就推開他了，然而現在的悠舜連對這隻狐狸回嘴的力氣都沒有。筋疲力盡，自暴自棄。

狐狸輕輕撫摸悠舜的臉頰與髮絲。一副心滿意足的樣子，涼薄的嘴角浮起一抹微笑。臉上的表情，像是發現一隻從鳥巢掉下來，動彈不得的鳥。

「……哼。乖乖不動時倒是滿可愛的嘛。一副對什麼都不在乎的表情。不如我現在就動手殺了你吧？你啊，從第一次見面時就是這種表情。死掉對你來說還比較幸福吧？順便告訴你，對我來說那樣也比較幸福。」

狐狸的雙手溫柔地撫上悠舜的脖子，指頭一一扣上。

悠舜的手指微微一動……幸福？

狐狸淡淡一笑。還不行。心裡有個小小的聲音這麼說……「還不行」？

還不行是什麼意思？悠舜對自己生起氣來。正如狐狸所說，死了還比較好，然而，自己卻無法選擇死亡，還死撐在這裡不放——還不行……心裡那個小小的聲音再次提出反駁。

幸福是什麼？誰知道那是什麼東西啊。為什麼我現在這麼想活下去？

狐狸眼中的笑意忽然消失，悠舜的喉嚨感受到毫不留情的壓迫。

瞬間——

「——晏樹！他在嗎！還活著吧。要是敢跟我說人死了，我會生氣的！」

不遠處的門被人踢破，發出劇烈聲響。

悠舜睜大眼睛，用力呼吸，掙扎，抓住狐狸的手。

狐面少年倏地放開扣住脖子的手，嘴上嘖了一聲。

「還活著啦，旺季大人。不過我想大概明天就會死掉了吧。正如旺季大人所說，紅家沒有處理掉他。我還真沒料到會這樣，做事也太拖泥帶水了。只知保住眼前的安危，毫無決斷力。太沒用了。拜他們所賜，我們又繞了一大圈。」

「你在失望什麼？再說，要不是你把他丟著就走——」

是是是，不好意思都是我的錯！回嘴的聲音聽起來非常遙遠。

筆直地，有個人接近悠舜，動作迅速。

悠舜冰凍的心臟不可思議地跳動起來，但卻無法順利呼吸。

沒有人會來幫助悠舜。那座山裡除了悠舜之外已經沒有小孩，剩下的都是老人。其他人都離開了，不在了。明明沒有任何人了，不管怎麼等也不該有人會來。

（……不管怎麼等……？）

可是——自己卻一直在等待，等到現在。

那個人踏入地洞，一看到悠舜的模樣，似乎大驚失色，停下腳步。

接著，用憤怒的聲音大喊「我怎麼沒聽你說『鳳麟』還是個孩子？」，然後是狐面少年狠狠挨了一拳的聲音。

悠舜忽然有點想笑。在故鄉從來不會有這種烈火般的情感波動，平靜得像死亡。這種從未體驗的吵吵鬧鬧，莫名令他心情愉悅。

被抱起來，動作輕柔地像撿起一隻折斷翅膀的小鳥。

「糟了，傷勢根本沒有好好處理。得儘快離開這裡才行。你站得起來嗎？……唔！」

「不行了啦，旺季大人。紅家那群傢伙因為怕他逃跑，把腳筋給砍斷了。還灌了他各種無聊的毒藥。他們好像以為就算被綁起來，姬家的人也會運用仙術逃脫。真是迷信到不行，嚇壞我了。」

「……你這白痴！」

連悠舜都能打從心底感受他的怒氣。

頭靠在那溫暖的胸口，悠舜錯覺自己只是個隨處可見的平凡小孩。眨了眨眼，想凝神細看對方。剛才明明還看得見狐狸的臉，現在卻什麼都看不到。雖然有火光，視野卻是一片模糊，扭曲。看不清「那個人的臉」。

悠舜好像低喃了什麼。大概是「請不要管我」之類的吧。

拖著現在這副身體，就算被帶出去也活不了多久。狐狸說的對，救悠舜只是浪費時間。可是，自己究竟是不是真的那麼說了，其實也不確定。明明應該那麼說才對，卻不願意對這個人說出口，內心湧現這種難以言喻的情感。

不管悠舜是說了還是沒有說，那個人——旺季只說了一句話。

抱起受傷的悠舜，撫慰地輕輕搖晃他，在耳邊低聲說：

「沒事了。」

……沒事了？

什麼沒事？哪裡沒事？完全不明白。沒有任何一件事是「沒事的」。

一切都錯了，一切都模糊不清。然而，內心卻受到衝擊。

冰封的心開始融解，眼眶發熱。悠舜朝那錯誤百出的答案伸出手，抓住，拉近，萬分珍惜地抱在胸口，閉上眼睛。

故鄉的梨花，在眼皮內側如雨般飄落。已經夠了，這樣就夠了。

悠舜輕聲低喃。

「……請帶我回去，回我的故鄉……」

七

那個人就站在悠舜身邊。現在，再一次。

拂開悠舜額前的髮絲，撫摸消瘦凹陷的臉頰，再一把揉亂他的頭髮。那天之後已經過了三十年，曾經屬於二十幾歲青年的那隻手，如今也增長了三十歲。

「……想起好久以前，每天照顧傷痕累累的你。能讓我兩度奔去搭救的，三人中只有你了。」

大概問了「為什麼」吧。有點生氣地。為什麼到這裡來？

「為什麼？為什麼不？」

好想看看他的臉，可是這次眼前仍然只有朦朧的影子晃動。

眼見輕拍頭頂的那隻手就要離開，悠舜抓住了他。這一年來養成的習慣，明明只會對凜這麼做的。旺季看著被抓住的手指，像看見什麼稀奇的東西。

「……好熟悉的感覺啊。那時，你也會這樣抓住我的手。」

還以為是幻聽……那明明是最近才養成的習慣。

旺季似乎歪了歪頭，聽見令人懷念的耳環碰撞聲。

「怎麼？你不記得了嗎？說得也是，那種時候你總是睡得昏昏沉沉的。我只想去看看你的身體狀況，你卻總能準確地抓住我的手。還以為你是裝睡，其實醒著呢。」

……一點都不記得了。

那時的自己，怎麼可能願意與人親近。

「不管怎麼說，我都放心多了。在那之後，整整一年左右的時間你都臭著臉，開口就是抱怨，恨恨地說什麼死了比較好。」

如果悠舜人生中曾有自暴自棄的時期，大概就是那一年了吧。

「你真的是個棘手的孩子呢。明明身體差得快死了，聽到我要去你的故鄉時，說什麼也不願意留下來，無可奈何之下，只得一邊照顧你一邊把你帶去——」

聲音突然止住。

雨聲沙沙。悠舜故鄉滅村那天，也下著這樣的霧雨。

「……我不明白為什麼你還能笑著說不恨紅家與戩華。獲救之後，等著你的只有艱難的人生，晏樹說我明明知道還救你，只是為了滿足自己。他說得沒錯。在那之後你回故鄉，對戩華和紅家也報了一箭之仇。那確實是你辦得到的全面勝利。可是，不知為何我就是覺得很生氣。太完美了，讓人不滿意。」

聽著最後一段話，悠舜眼皮跳動了一下。

「即使被關在那個看不到太陽和月亮的地洞裡，你還是拚命想要活下去，為的難道就是這麼無聊的理由？我不認為。我把你撿回去，難道只為了這種程度的原因？明明是我擅作主張救了你，你有權利生氣。」

悠舜的手再也使不出力氣，被旺季輕輕放在棉被上。

離開梨花綻放的故鄉，對老婆婆撒了一個小謊，第一次也是最後一次踏上離開故鄉的旅程。

「可是，看到你一邊嚷嚷著死了比較好，一邊還是抓住我的手的樣子，我總覺得你真正希望的事正好相反。特地修繕看得到李花的草庵，其實你根本最討厭紅家的李花，心中深愛的只有故鄉的梨花……所以，那時你下山一定不是為了去見紅家宗主，而是另有原因。為了找尋什麼……悠舜，你找到那個了嗎？」

無論如何都想見上一面，所以才下山。明知下山後等待自己的只有厄運。

旺季那時候也不在他應該在的地方。只是一介太守的他不惜反抗戩華王，未經允許闖進大貴族紅家救出悠舜。

他總是這樣的，繞不需要繞的遠路，一路遭到貶抑。即使如此。

「我是否給了你足夠的時間，讓你做到那件事了？」

然而對我們這幾個人來說，那樣繞遠路的他展現在我們的眼前的景色才是正確答案。是重要的寶物也是寶貴的時光。

直到這最後的最後仍是如此。

悠舜像個孩子般落淚，為來此開了不該開的門的人。

❖
❖
❖

……當悠舜拄著拐杖，一瘸一瘸地回到故鄉時，梨花早已落盡，村裡屋舍半毀，爺爺奶奶們消失了身影。很久以後他才知道，在戩華王抵達前，他們先動手燒了村子，再一個接一個跳下斷崖。

悠舜穿過毀壞的村莊，朝老婆婆住的草庵前進。老婆婆的草庵很隱密，需要解開幾重機關才能抵達，一般人絕對無法發現。不過，只要戩華王身邊有那個身兼軍師的黑髮宰相，解開這些機關也只是時間的問題。

老婆婆等著悠舜。雙眼雙腳皆毀的她無法跳崖，想逃也逃不了，一個人端坐在草庵裡的椅子上，為了悠舜留下來。

看到踉蹌走入草庵的悠舜，老婆婆的態度還是一如往常地冷淡。

「……你回來啦，悠舜。我聽到拐杖的聲音，你真的只剩下一隻翅膀啦？」

「婆婆！」

「你一個人嗎？把旺季關在黃泉之窟那邊啦。那裡的機關，憑旺季是解不開的……把他關在那裡，確實就不會拖他下水了。那麼，接下來……」

旺季的名字再自然也不過地從老婆婆口中說出。只見她叼起菸桿，吸了一口菸，草庵裡頓時煙霧瀰漫。抽完一管菸之後，老婆婆把菸桿丟在托盤上，悠舜被菸味嗆得喘了起來。

「婆婆。」

悠舜不知道自己為什麼會這麼說。

「──一起走吧。下山去，逃得遠遠地。」

像個笨蛋一樣。「鳳麟」怎麼能說這種不可能實現的夢想。老婆婆笑了。

「……呵呵，這樣啊，悠舜。你找到了是嗎？」

「什麼……」

「你明明看到了那星象，卻還是決定下山時，我們幾個老傢伙開心極了。我們每個人都是只為自己活的自私鬼，這就是做一個惡人的條件。奇怪的是，你就是少了這一點。和一群邪惡的老頭子老太婆住在一起，還堅強地想著要在這裡終老一生，姬家從來沒有出過這種『鳳麟』啊。」

「…………」

「你怎麼可能是為了救我們而下山。我們太高興了，其實你是為了自己，對吧？即使代價是一族的毀滅，你還是為了自己想看的東西下山。這才是姬家的『鳳麟』啊。星象是那麼凶惡，明知將失去一切，你還是下山了，只因為你想看看會出現什麼。」

「──────」

沒錯。當時悠舜對老婆婆說謊了。

嘴上說想去求援，然而那卻不是真正的目的。就算要拋棄故鄉，就算爺爺奶奶們會死，他還是要去。

「悠舜，你從前問過我，為什麼就是不背叛紅家。其實我並沒有承諾他們什麼。也並非因為那是宗主家的緣故。每個人都有自己的理由，我也有……那個白痴紅家宗主，雖然毀了我的雙眼和雙腳，卻哭著說唯有對我下不了手，不但放我一命還自己把我帶回這裡來，或許是因為這樣吧。那個笨蛋不知道有時活著比死了還痛苦，託他的福我活到一百歲。都活到一百歲了，還得聽曾孫輩的孩子說什麼一起逃到遠遠的地方去……呵呵，就像個『普通人』一樣。」

瘸了腿的姬家「鳳麟」，對這個已經活得太久，失去眼睛和雙腿，只會成為包袱個性又差的老太婆說出「一起逃到遠遠的地方去吧」這種痴人說夢的話。真是亂七八糟。老婆婆卻顯得很高興。或許她從來沒想過，走到人生的最後還能享受這麼「普通」的事吧。

看不見的眼前，浮現昔日那個笨蛋紅家宗主的臉。那男人經常說，要是妳是個「普通」女人就好了。活了一百歲，終於實現成為普通人的願望。

「死前得到這份禮物，我也可以安心上路了……」

咳咳。老婆婆輕咳了幾聲，嘴角滲出幾縷血絲。悠舜聞到刺鼻的獨特氣味，老婆婆口中流出的血一定是黑色的吧。她剛才抽的是毒菸。

「婆婆！」

彷彿看見曾孫輩混亂的表情。

如果悠舜真能丟下旺季不管，不會都走到黃泉之窟了才那麼做，早就把他丟在其他更遠的地方了。可見悠舜不想離開旺季，盡可能延長和他在一起的時間。

悠舜一定非常猶豫，不知該如何是好，帶著微妙的表情把那男人帶到離故鄉這麼近的地方來。即使眼睛看不到，老婆婆還是能明白。

……因為認為在一起會帶給對方不幸，她才決定再也不下山。

可是，其實，其實真正的心願是──

「哼，如果是不值得侍奉的王，我們姬家不會出面幫忙任何事。命也不會給。悠舜……婆婆我要一個人去某個很遠的地方了。」

嘩啦嘩啦，雨開始打在屋簷上。

……不久之後，悠舜被士兵抓住，帶往戩華王身邊。

如夢似幻的霧雨飄落。毀滅的村落裡，只剩下樹根和住過的人跳崖之後，房屋燒毀的痕跡。

戩華王像散步時順便經過一般現身，看了悠舜一眼就遣走士兵。

王在燒焦田裡的樹根上坐下，望著蜷曲躺在地面的悠舜。士兵抓住悠舜時，將他那粗製濫造的拐杖壞心地丟在稍遠的地方。

戩華王說，還是個孩子嗎，接著就沉默下來，不知思考著什麼。悠舜也開始思考。婆婆埋在草庵後方，沒有花可以供給她，怎麼辦。婆婆雖然總說會凋謝的花一點用也沒有，其實悠舜知道她很喜歡美麗的花。

不知何時，戩華王拿出一個桃子放在手上，像顆球似的拋過來。

「選吧。要活命，還是要一顆桃子？」

悠舜本來背對戩華王，結果還是忍不住看了他。雖是一張令人火大的臉，看了之後總算感到一絲欣慰。因為他臉上有旺季的影子。悠舜回答要桃子，把桃子埋進土裡。

「要跟隨我嗎？」戩華王這麼問。「抱歉喔。」悠舜這麼回答。「我的主君不是你。」附加了這句之後，心中一陣刺痛。事實上，心一直痛著。爺爺奶奶們沒有告訴過他心在哪裡，似乎得等到心痛才會知道正確的地方……知道自己還有心，真是一件悲哀的事。

風吹過死去的故鄉，沒有花的梨樹搖曳。

「你對我來說，一點也不重要。」

戩華王也好，紅家也好，和這令人絕望的痛楚相比，全都不重要。

「光是那樣，我的人生就值得了。」

即使是這麼無趣的人生……只有最後那場旅行難以忘懷。心又痛了起來。

「原來如此，你就是當代『鳳麟』。」

戩華王這麼說。悠舜沒有回答。挖地埋桃的手被泥土弄髒了，指甲變成黑色。喉嚨發癢欲咳，硬生生忍著吞回去。為婆婆埋下桃子的事，讓悠舜心情好了一點。總有一天這裡會開滿整片桃花與梨花，就用來充當婆婆與無人故鄉的墓碑吧。

「你的腿是怎麼回事？身上也纏滿繃帶。我還什麼都沒做，你就自己變成一個破破爛爛的布娃娃？……我知道了，是紅家幹的好事。」

悠舜的好心情，被迅速破壞得不能更糟。

「這麼說來最近確實形跡可疑。你傻呼呼地跑去找那個笨蛋宗主了嗎？要是紅玉環在，或是至少長男在的話還好一點。話說回來，長男早就是我的手下了。」

「…………」

「……你其實不是『鳳麟』，只是住在附近的小鬼吧？」

悠舜理智斷線了。竟然說自己是住在附近的小鬼？

「……要殺就快點動手，不快點的話就太遲了喔。」

「什麼？」

「雖然我的長處只有頭腦好，擊敗對手的能力還是有的。」

這次悠舜忍不住咳了出來。和婆婆一樣的咳嗽聲。

擦拭嘴角，抹了一手黏膩的黑血。婆婆毒菸草的氣味刺鼻，喉嚨發出難聽的咻咻聲。

「我們這一族的個性沒好到願意為討厭的人做什麼或給什麼。對你也好，對紅家也好，無論感情或生命都不會給的，我沒那麼好心。」

紅家也好。光憑這四個字，戩華王馬上懂了。

「……這樣啊，他們對你們見死不救嗎。」

「是啊。再怎麼說對方還是宗主家，心想至少照他們說的做吧，才會特地回到山裡來。不值得侍奉的宗主家，我什麼都不會給。」

「這就是你的復仇吧。」

要是姬家一族消隕了，最頭大的應該是紅家。紅家人或許得等到很久以後才會發現這一點，只有這個孩子已經正確理解紅家將會失去什麼，並且迅速動手執行。

今後，無論紅家面臨任何危難，紅門首席姬家都不會再出現了。再也不會。

拋棄姬家的紅家侮蔑了「鳳麟」，卻也同樣被「鳳麟」放棄，此後再不相干。

咳咳、咳咳。咳出了血，悠舜笑著說：

「……我不是說了嗎？我還是有擊敗對手的能力。」

「好像是呢。」

戩華王說得不痛不癢，煩躁地撥開被霧雨沾濕的頭髮。

「有意思，就讓你自己選擇死法吧。我會看著你死，折斷翅膀的虛弱小鳥。死前也可以餵你一點水喝，反正我現在很閒。」

悠舜發出呻吟……這是誤算。死前的時光得和這惡毒的王一起度過，有哪個「鳳麟」會做出這種蠢事。可惜後悔也來不及了。

在瀕死的孩子面前，戩華王擺出一副看好戲的嘴臉，怎麼會有這麼惡劣的王。

「我聽過人家說，世界上再複雜的謎題，也有兩個人能完美無缺地解開。一個人在藍家，另一個人在紅家。其中之一指的就是你吧？『鳳麟』。」

「…………」

「不過呢，就算答案再完美，世界上還是會有對那答案不滿意的傢伙。我確實勝不了你，但或許也不會輸喔？」

什麼？正想這麼回應時，舌頭卻動不了。手腳開始麻痺、抽搐。悠舜像個壞掉的人偶，滾落地面。想咳嗽，可是無法順利吸氣。不過，這樣也好。悠舜嗆咳起來。勉強完成的完美答案。已經可以了。已經沒有想要的東西了。

視野角落，國王托著下巴的手放在膝蓋上，盯著悠舜看。虛無飄渺的眼神。

（骸骨之王……）

踏在層層堆積的骸骨上，一行走就會發出喀啦喀啦的聲音。

在這位霸王心中塞的不是稻草，是什麼呢。往後，他仍會為了想看見什麼而繼續往前走吧？獨自一人。

和半途而廢的悠舜不同，他一定會走到最後。

（而我，這樣就好。）

纏繞手腳的骯髒繃帶映入朦朧的視野。手工削成的粗糙木製拐杖掉在遠處。伸出手也撿不到的地方。

像被悠舜丟在黃泉之窟的旺季。

「————」

在那昏暗的地洞裡抱起悠舜，每晚替他更換繃帶，換藥療傷，還餵他吃藥，親手給他做了拐杖。一路走來，向途中經過的家家戶戶低頭分來吃了能增加活力的食物，全都是為了給悠舜吃。儘管不願意，最後還是答應了悠舜的要求，帶他回到連鹿都爬不上來的天險紅山——背著悠舜爬到這裡來。

完全不知道悠舜是為了回來死在故鄉。

悠舜把旺季給自己的所有關懷與照顧，和旺季一起丟在洞窟裡了。

『沒事了。』

在凶運、惡事與喪失之後的，是那顆閃亮的小蒼星。這就是悠舜想看的東西。

『……………我確實想殺了你。的確是不想把你這種人放在身邊。』

內心激動，眼角泛淚。姬家人的下場就是會受到主君憎恨。現在收手的話，至少還擁有一句「沒事了」。所以，悠舜不再冀望更多。

每天晚上都要說服自己，拐杖是借來的東西，不要貪求更多。

然而，就在自己也不明白的狀況下，一路將他帶到黃泉之窟。

坐在樹根上的骸骨之王，嘲弄地宣告悠舜的命運。

「你看，他來了。」

每天在耳邊迴響的腳步聲愈來愈接近。這次也一樣，又來了。

悠舜發起抖來，匍匐著想逃離那腳步聲。攀住戩華王，伸出自己的脖子，對方卻用一副不屑下手的傲慢表情睥睨他。

「拜旺季之賜，看來我和你算是扯平了。凶運、惡事與喪失——然後是……」

「——」

「唯一一次的相遇。就那麼一次嗎？你真是隻難搞的鳥，選我當主君豈不是輕鬆多了嗎？與其背叛旺季，背叛我要輕鬆多了吧？」

悠舜口齒不清地回答——輕易就能獲得的東西，有什麼價值？

儘管語不成聲，骸骨之王一定能聽懂。

果然，國王笑了。「我深有同感。」在綿密的霧雨中。

「既然如此，你選擇的就是正確的對象。那傢伙可沒我這麼親切喔，不但不會看著你死，也不會在最後給你水喝。如果是我的話，可以讓你死得痛快一點，但那傢伙只會毫不留情地讓你的人生陷入生不如死的境地。」

悠舜顫慄不已，再度匍匐著想逃離那逼近的腳步聲。

被抓住了。拉起身體的力氣，強大得足以摧毀悠舜的意志。

旺季的憤怒如狂風暴雨，幾乎要把霧雨一口氣吹散。

「這個笨蛋！看你做的好事！——是你幹的嗎？戩華！」

「我什麼都沒做喔。只是想來滅了這個村而已，連梨樹都還沒動手砍一棵呢。再說，要桃子不要命的可是這傢伙自己。」

「什麼桃子，少說那些莫名其妙的話！他都要死了你還袖手旁觀，敢說自己什麼都沒做？晏樹、皇毅！去井裡打水來，再到附近屋子裡把床鋪好！」

「姑且還是給你個建議吧……最好讓他一死了之。他已經對我和紅家都報過一箭之仇了，現在正是壯烈一死的好時機。反正也已經沒救了，現在救他只是延長生不如死的痛苦罷了。就算真的救活了，那雙腳也廢了。麻痺的後遺症是一定會留下來的，說不定從此臥床不起唷。」

一個竹筒被塞進悠舜口中，大量的水粗魯地灌進喉嚨。

「你是白痴嗎！什麼叫壯烈一死的好時機啊。我的字典裡沒有這樣的字。既然我擅自救了他，如果他真的想死，我也該負起責任殺死他——但不是現在！怎能只為了向紅家和你復仇這種無聊的小事去死。這孩子是自己選擇下山的，一定有更重要的目的，絕對！」

悠舜從混亂的腦袋聽著這番話。

「吐掉！再多喝點水，然後吐掉！烏頭鹼的毒性只要能撐過一天就……可惡，在那個奇怪的洞窟裡你突然不見了，要是沒有晏樹的話，我到現在還被困在那裡出不來。雖然已經撿了兩個不成材的孩子，像你這麼麻煩的還是第一次遇到！」

手指戳進喉嚨強制催吐，悠舜乾嘔了好幾次，直到把殘留在胃部的東西全部吐出來為止。眼淚大顆大顆地滾出來，不知道是嘔吐時的單純反應，還是來自其他原因的淚水。也不知道極度痛苦的是身體還是心。

悠舜甩開旺季的手。即使如此，還是被他揪著脖子灌水。悠舜揮動手腳掙扎著想擺脫，有生以來第一次產生這麼自暴自棄的感受。

「上次受了那麼重的傷都乖乖聽話了，現在怎麼突然變成這樣？喂，好好讓我救！」

「……我又沒拜託你來救！」

悠舜聲嘶力竭地吶喊。

『沒事了。』

——沒有任何一件事是「沒事」的。

輕易獲得的東西有什麼價值。這是悠舜剛才說過的話。戩華王嘲弄地笑了。

骸骨之王明白。

明白那和永遠無法獲得的東西之間，只有一紙之隔，只是單純的絕望。

凶運、惡事與喪失之後遇見的那顆小蒼星。人生的分歧點，就那麼一次的相遇。

如果一直留在祕境故鄉，悠舜一輩子都不會遇見那顆星的主人。所以他下山了，用喪失一切——自己的雙腿、族人、宗主家——做為交換。

當悠舜在地洞裡一眼看到他時，已經直覺到絕望。

天生缺少的那隻翅膀，雖然找到了，卻是在永遠不可能得到的地方。

「旺季。」

小雨中，國王的聲音聽來像在唱歌。

「你真的要救他？——即使你絕對不可能實現這傢伙的願望？」

悠舜死也不想聽到旺季的答案。

失控掙扎，猛烈嗆咳，在聽到旺季的答案前失去意識。

……紅山有豐富的靈草，加上緊急趕到的黑髮宰相做了緊急處置，悠舜中的毒不幸受到控制，保留了一條小命。之後，他便一直徘徊在意識不清的生死邊界。

完全不記得是什麼時候被帶走的，醒來時悠舜已經不在故鄉，躺在某個陌生的宅邸偏房中。很快地他也從窗外的花朵察覺時序已是夏季，某天，在陽光與風的慫恿下睜開沉重的眼皮，隔著小窗看見的庭院裡，開滿血一般的彼岸花。

彷彿那些花是從故鄉追著他來到這裡似的。

得知自己現在身在紫州，躺的地方是旺季家偏房裡的草庵，幾乎同時也得知自己雙腿已經殘廢。兩條腿都留下了麻痺的後遺症，尤其是腳筋被砍斷的那一邊更是毫無反應，也沒辦法站起來。還有，由於吸入了毒菸草，內臟受到一定程度的傷害。

旺季因為忤逆戩華王——救出悠舜——被調離了工作崗位。

主屋那邊雖然經常有旺季的門生進進出出，悠舜住的偏房這裡倒是很清靜。

晏樹或皇毅偶爾會送食物來，有時講些挖苦的話，有時裝作要跟悠舜玩的樣子，其實不是要趕跑他就是威脅要殺掉他，悠舜全都板著一張臉不加理會，或是丟出不幸的桃子還以顏色，沒讓晏樹殺死他。

因為變成了冗官多得是時間，旺季一手包辦照顧悠舜的事。說什麼五天會有一天完全沒客人上門，整天待在悠舜身旁看書寫字度日。悠舜心想，最好是每隔五天就有一天客人真的完全不會上門啦，從政的人竟然說得出這麼蹩腳的謊言。

整個夏天，悠舜都對旺季視若無睹，到了秋天則開始說話挖苦他。不過，只有旺季彈起琴中琴時，他總會轉過頭默默聆聽。

——然後，到了那年冬天。

下起第一場初雪的早晨。

悠舜從小窗縫隙看見庭院裡的南天竹像葡萄一樣結滿大紅色的果實。昨天那裡還是一片冬季單調的顏色，或許是今早下的雪把大地染成一片銀白的緣故，白雪與綠葉，加上鮮血一般紅色的果實，吸引了悠舜的目光。

旺季正好在此時走進室內，察覺悠舜正在看什麼，為了讓他看得更清楚，嘰噫一聲推開圓形小窗。

「很美吧？這種樹叫南天竹，聽說能去除艱難，是除厄之木。」

戶外的冷空氣灌進來，庭院裡某處有積雪崩落的聲音。

「……在種下南天竹前，還是先把到處撿麻煩的毛病改掉比較好。」

「幸與不幸往往是一體兩面的事，座敷童子出了家門也只不過是單純的瘟神。」

悠舜又不是座敷童子，不會帶來任何幸運。反而因為自己的緣故害旺季被調離工作崗位，變成冗官，為了照顧悠舜，這一年來不知花了多少錢。真像個笨蛋。差點又想開口挖苦他，悠舜低下頭。

要是他真的這麼想……不如死了算了。

「看著都覺得不可思議呢。南天果會一天一天減少喔，地上找不到任何果實，樹上的南天果卻一天一天消失。發現這點的我，整整想了三天三夜。」

「………被鳥吃掉了吧。」

「……那你知道嗎？當南天果全部掉光時就會有好事發生。」

「……好事？」

「對，我和你都會有好事發生。你可以數數樹上紅色的果實，全部掉光之後，就會帶來了。」

帶來？帶什麼來？醫術高明的醫生嗎？悠舜忍不住又想挖苦。

心裡很清楚不管來多好的醫生，這雙腳都沒救了。直到現在還有麻痺的感覺，痛的地方也還很痛，尤其是入冬後，一整天都痛得不得了，連習慣忍痛的悠舜都快受不了，寧可接受其他嚴刑拷打。除了肉體的痛苦之外，面對如此悽慘的自己，更痛苦的是心。

「……旺季大人……您曾說過『既然我擅自救了他，如果他真的想死，我也該負起責任殺死他』吧？」

旺季回頭看悠舜，雖然沒有戩華王那麼俊美雍容的長相，端正的五官依然很吸引人。覺得他們兩人長相上有相似之處，或許是血緣相近的緣故。從戰爭中活下來的旺季和那些軟弱的文官貴族就是不一樣，散發一股精悍而聰穎的氣質。

旺季眼中沒有憤怒或失望的神色。

只有願意對自己說過的話負責的冷靜。他這麼回答：

「——是啊，我說過。說話算話。」

沒有企圖說服的意思，也沒有藉口或收回前言的打算。這一點很有他的風格。

從春天到夏天，再到秋天，一直在悠舜身旁看著他，不可能什麼感覺都沒有……他是否後悔出手相救了呢？不知道。旺季會不客氣地露出厭煩的表情，也會說難聽的話，對悠舜說的話加以反駁，就是不曾露出後悔的模樣。不過，悠舜一直覺得，他只是把最後的選擇權交給自己而已。

悠舜發現，自己並沒有在思考該回答什麼。

看了一眼覆蓋樹葉的積雪上紅色的果實，等那些果實全都掉光了，就會有好事發生？

「……等南天果……全都掉光……」

心中採取的是另一種說法——直到南天果掉光之前……

之後，悠舜什麼都不說了。

旺季也不多問，只是點頭「嗯」了一聲。

啪哩。炭爐裡的木炭發出崩塌的聲音。

那年冬天，悠舜在觀察南天果中度過。不像夏天那樣什麼話都不說，也不像秋天那樣把氣出在旺季身上。已經沒那個體力了。腳的疼痛沒有停過，身體極度衰弱，反覆咳嗽與發燒。族人調出的毒藥沒那麼容易解毒，毒素今後也會留在悠舜體內，慢慢侵蝕他的身體。

失去一切——雙腿、族人、宗主家，以及性命。

很快地，悠舜變得幾乎一整天都沒有活力，無法掌握時間流逝的感覺。

……忘了是什麼時候，昏昏沉沉的悠舜耳邊，彷彿聽見霧雨的聲音。一如故鄉毀滅那天下的細雨。

只要像這樣陷入昏昏沉睡，旺季一定會過來察看狀況。

當這種安靜的日子超過一百天時。

悠舜難得被強行搖起，醒了過來。

探頭窺看的旺季臉上掛著謎樣的微笑，令悠舜大吃一驚。

「……嗯？什麼事？」

「你忘了嗎？我不是說過，只要南天果全部掉光就會有好事發生。」

「……喔。」

悠舜心情低落。還以為是醫生的事呢。整個冬天都沒提過這個話題。

（這麼說來……現在是幾月幾日來著……？）

旺季大踏步橫過屋內，把圓形小窗和通往露台的門全部打開。

呼嘯吹進屋內的風，令悠舜瞠目結舌。這是春天的第一道風。

「南天果全部掉光了。悠舜，春天已經到了。」

旺季這麼說著，回到原本站的地方，也不管悠舜悶不吭聲，單手繞過他的腰，將悠舜輕輕抱起來。

「梅花都開七分了，正是賞梅的好時候。」

另一隻手為悠舜拉攏外套，帶著他踏上露台，走出庭院。

正如旺季所說，整個院子裡充滿梅花的香氣，樹枝上小巧美麗的梅花剛綻放不久。有紅有白，彷彿聽得見花苞碰地打開的聲音。

「悠舜，要是明年春天也能一起賞梅就好了。」

「——」

東風吹過院落。

（春天？）

南天果全部掉光時，就會有好事發生。

他帶來的不是名醫也不是良藥，是春天嗎？開什麼玩笑。

（真是個白痴。）

真是個白痴。原來是春天啊。腳還是一樣那麼痛，不能走路的事實也沒有改變。現在的悠舜依然那麼悽慘。倒不如說，從今以後，每年一到春天，身體都會因為冬天的寒冷和疼痛而一年比一年衰弱吧。

「……悠舜？你、你怎麼哭了？」

一直這麼想。決定絕不開口的夏天，把怒氣全部發洩出來的秋天，抱著死亡的覺悟度過的冬天。夜裡一作惡夢，旺季就會安慰自己「沒事了」。明明沒錢，還是一再為了奇怪的藥散財，為了陪伴悠舜，寧可繼續做個冗官，這一整年就這麼虛度。沒事了？有哪件事是「沒事的」？

到最後，竟然還說什麼南天果掉光了，所以春天來了。真是不行了。

——不行了。悠舜發出嗚咽，抽抽噎噎地哭了起來。

那時真該在戩華王面前服毒自殺才對。

悠舜終於放棄了。旺季絕對不可能實現悠舜的願望。

另一方面，悠舜也無法給旺季什麼。什麼都給不了。空有滿肚子的謊言、壞主意、謀略。悠舜想受到喜愛，他不怕死，卻無法忍受自己像世世代代的族人那樣遭自己選上的對象猜忌、憎恨，以懷疑的目光相向。悠舜終於理解族人在面對處刑時為何總是什麼都不說。因為死了還比較好。所以悠舜無法為旺季做任何事。即使如此——

——還是想待在這個人身邊。

悠舜擦拭淚水，一邊嗚咽一邊說：

「……官、官職已經決定了吧？」

春天來臨後，旺季將再度復職任官，離開這座宅邸了。看到不斷登門拜訪的貴族官員，悠舜大致能想像一二。那些人從去年秋天就開始計畫他的復職，只是旺季大概都拒絕了吧。

旺季感到意外地挑眉。耳上的耳環發出清脆的聲音。

「怎麼？你就為了這而哭嗎……原來醒著時也偶爾有可愛的時候嘛。」

「……醒著時？」

「不、沒什麼。是啊，已經決定了。我和陵王年輕時，在戰場上成為戩華王的手下敗將，從此之後，一直輾轉偏僻鄉野任官。這一年對我來說是很好的休養生息，拜你這個座敷童子之賜啊。」

「南天果全部掉光之後——」

「……是啊。」

「我真的打算一個人回山上的……」

不能再給旺季添麻煩，也不能再讓他繞遠路。完美的正確答案。

你一個人怎可能在山上生活。旺季一臉沒轍的表情，悠舜戰戰兢兢地伸出手，碰觸他的耳環。耳環發出叮叮噹噹的聲音。接著說。

「……可是，明年還可以和你一起迎接春天嗎？」

旺季沒有立刻回答。即使對一個孩子也不能說謊。

他或許在想，不會有明年春天了。即使只是來年的事也說不準。旺季踏上的就是這麼一條道路。只要骸骨之王戩華一直在身旁虎視眈眈。

過了一會兒，旺季伸出手拭去悠舜臉上的淚水，嘴角微微上揚。

「……是啊，悠舜。真想再和你一起見證春天。」

即使如此，旺季還是這麼說了。這是他所能給出最大限度的誠實答案。

悠舜空蕩蕩的寶箱裡，第一次發出裝進東西的聲音。

旺季凝視悠舜，一臉得意。

「總算看到你笑的樣子了。看吧，我就說春天一來會有好事發生。」

最悽慘也最幸福的春天。或許，再也無法和旺季共度第二次。

「聽說家裡有座敷童子上門時，回家就會有好事。」

「是嗎。我是不清楚啦，不過應該不會再有東西被偷或金錢減少的事了吧。」

「你怎麼連這都知道？偶爾連整棟房子都會消失呢。所以我才嘗試種了南天竹。」

「……這已經是用災難都不足以形容的問題了。」

旺季有些地方莫名其妙少根筋。這一年來，晏樹、皇毅和悠舜三人聯手趕跑了不少手腳不乾淨的佣人，更暗中重新整理旺季家的帳簿。三人只聯手過這麼一次，悠舜確信這輩子應該就只有這次了。旺季口中的「整棟房子都消失（不是燒失）」雖然是個謎，只要座敷童子悠舜繼續留下來，這個謎團說不定也能解開。

「還有，下次你回來的時候，我應該可以不拄拐杖走路了喔。」

「……所有醫生都說那是不可能的事。」

「就算凡庸的醫生辦不到，我卻沒有辦不到的事。雖然應該無法跑步了……如果只是慢慢走，應該有辦法。所以，不管你調到什麼偏遠的地方，請不要再聽信蒙古大夫的話，也不要再拿錢買藥了。」

……嗯？既然如此的話，這一年來努力一點不是早就可以走了嗎？旺季露出如此狐疑的表情，悠舜故意裝作沒看見。

「旺季大人，我無法像皇毅和晏樹那樣和您一起去。」

抱著悠舜站在梅樹下的旺季抬頭看他。

內心充滿哀傷，不斷反覆……無法一起去。

悠舜無法像皇毅和晏樹那樣，用盡各種手段保護旺季，在他身旁支持他……對悠舜來說，即使會受到旺季憎恨也要冷酷地完成他的心願。悠舜一直想和他一起迎接春天，害怕自己會成為在旺季面前揮一下羽扇就造成十萬死傷的人。

可是。凝視旺季，彷彿他是很快就會凋謝的花，說出這輩子唯一一次的約定。

「我能守住的……頂多就是明年春天。可是，只有這件事……我可以答應你。」

——是啊，悠舜，真想再一次見證春天的到來。

無法將辦不到的承諾說出口的旺季努力給出的那句話。

如果連皇毅和晏樹都無法替旺季守住明年春天，到時候。

到時候，就由悠舜來守護。即使為此必須背叛旺季，能做到這一點的，只有自己。

只有用謀略和背叛才能守住重要的東西。這就是紅門姬家。

因此，如果那天真的來了，悠舜將永遠失去旺季，也會失去他今天裝進寶箱裡的那個一同迎接春天的約定。梅樹下，悠舜撥響旺季的耳環。

伴隨著胸口的刺痛，預感那一天確實會來臨。

……三十年後，一切正如所料。

八

旺季令人懷念的耳環聲響，在祥景殿的房間裡響起。明明早已有所覺悟，五丞原一事之後再也無法近距離聽見的聲音。

「悠舜，戩華說得沒錯，我無法實現你的願望。」

悠舜感覺時間一刻一刻倒轉。

三十年前，在那梨花盛開的故鄉，那天旺季回答了戩華王什麼？悠舜始終沒有問過。

「……我無法成為你的主君。」

「──」

『沒事了。』

自己那結凍的心臟。

教會自己，如果是別人就能轉動那根針的那個人。

旺季對悠舜說了無數次沒事了。總是在一切都不是「沒事」的時候。

悠舜喜歡這句話。被旺季這麼一說，總覺得好像會成真似的。即使人生總是抽到下下籤，總是失敗，總是像個笨蛋一樣愚蠢，看在旁人眼裡滿是錯誤的人生。可是。

比起任何完美的答案，悠舜更喜歡那充滿錯誤的解答。

……正因如此，他也知道旺季不需要自己。

旺季連一次也沒要求過悠舜為他而活。無論多麼痛苦，無論眼前有多麼簡單的答案，悠舜絕對不會伸手去拿。因為旺季很清楚悠舜恨透自己的能力，恐懼自己的能力，不願意使用這份能力。就為了這麼令人傻眼的原因。

即使如此，旺季隨時都能呼喚悠舜。只要他一聲令下，悠舜能為他實現任何事。

成為尚書令之後亦然。

然而，直到最後的最後，旺季都沒有越過那一線，悠舜始終是座敷童子。

一如戩華王過去說的，悠舜想要的是無法獲得的東西。

說到悠舜能做的事，只有背叛而已。

「……對不起……」

彷彿有熱流從握住的旺季手指傳來。悠舜不斷重複地說：

「對不起，旺季大人……」

旺季的回答，既不是「說什麼傻話」，也不是「別道歉」。

「沒關係。」

聽到這句話就知道，他連悠舜沒說出口的事都看穿了。

也知道悠舜至今仍留在朝廷的原因是什麼。

旺季用另外一隻手蓋住悠舜的雙眼。

「沒關係。你已經為我實現願望了……你一定懂我的意思吧？」

旺季曾經說過，要悠舜過自己的人生。

願望已經實現了，所以他說沒關係。即使悠舜選擇的不是旺季。

「……不，還有一件事。」

「……咦？」

「總有一天，我要和你一起迎接隔年的春天。」

不是想，是要。

為了守護旺季，悠舜做為交換條件而放棄的那個最早也最重要的寶物。

總有一天，等悠舜辭官離開朝廷，在很久很久之後，不必在乎各自的立場、官位、過去，所有的一切都無關時，等到南天果全部掉光時。

打開那間小草庵裡的小圓窗。春天每年都會來，不用著急。

總有一天。

……可是，悠舜已經沒有下一個春天了。

「拖著這副身子，多虧你能撐到現在……夫人早就察覺了吧？」

「…………是。」

「……你接受國王尚書令職位時，我有一半鬆了一口氣，一半擔心。」

從國王過去說的話和舉止中，悠舜也知道旺季和紫劉輝過去似乎曾相遇過幾次，有過交流。不過，旺季從來沒有提過。

悠舜有時覺得，旺季或許比自己更了解國王。

「悠舜，那個王和戩華王很像吧？」

「……是。」

「他不像清苑那麼容易了解，是個彷彿埋在井底深處的人。平常蓋上蓋子，連自己都忘了這件事。不想讓人知道，連自己都不願去看……從以前到現在，那位年紀最小的皇子一直有這種傾向。不過，他似乎也下意識察覺自己的缺陷，總是為了填補那個空缺而拚命伸長了手。為了受到喜愛，為了不再失去更多，最終成為一個擅長東拼西湊的人。」

巧合的是，璃櫻皇子也說過類似的話。另外一半的國王。連近臣都沒有察覺的部分。想必國王一輩子都不希望他們察覺那另外一個淺薄的世界。

「能察覺國王自己裝作沒察覺的缺陷，必須是這樣的人才能填補他內心的空缺……一旦讓他遇到這難能可貴的對象，他就絕對不會再放手。」

悠舜感覺到手掌另一端的旺季正低頭俯瞰自己。

——那個國王會殺了你。

羽羽說他即使得到心愛的女孩也無法獲得幸福。

凜說他絕對不碰那個孩子。

即使親眼目擊悠舜倒下，仍堅持在空白的尚書令位置上填入悠舜的名字。

……已經到了這個地步，連一次也不願鬆口讓悠舜離開都城休養的人。

為了那個人，悠舜放棄了其他的全部。放棄今後無數個春天，放棄和凜及孩兒三人回到草庵的生活，放棄回到開滿雪白梨花的故鄉。直到最後都拖著那只有一邊的翅膀，躺在根本不想待的朝廷。

留在這深得爬不出去的井底，昏暗的世界裡。

為了那個輕輕把自己推進井底的人。

「你從以前就是這樣，一旦決定的事絕不退讓。為了明年的春天，甚至不惜擊敗我。拜你之賜我沒能死成，到最後……反而是你要先走了啊？」

說到這裡就停住了。如果眼睛看得見的話，那一定是一段看起來宛如永遠的沉默。

「……你留在朝廷，一定有什麼原因。一定還有什麼是可以在這裡拾起的吧。為了你自己，也為了某個別人。」

悠舜揚起嘴角——因為雙眼還在旺季輕撫的掌下——做出一個笑容。不自然地。

但毫不猶豫。

「……對。」

旺季拿開手，悠舜眼前果然還是一片白茫茫，看不見旺季的表情。

只有那令人懷念又難忘的聲音在耳邊響起。

「沒事了。」

聽到這句話，悠舜笑了起來。他總是在一點都不是「沒事」的時候說這句話。

「我們還是能一起見證春天。在結束之後等我吧……我不會遲到太久。」

結束之後。那是旺季喜歡的漢詩中最後的一句話。

——作個夢吧，夢到自己在結束之後等你，共同把酒言歡。

「作個夢吧，悠舜……這次會是個長一點的夢。」

是。悠舜回答……作了一個好夢。悠舜連一次也不曾恐懼，未曾疏遠，從不懷疑也不曾遠離的旺季。

下個春天來臨時，要作什麼樣的夢呢。

……不過，剩下的時間已經不多。

躂躂、躂躂，熟悉的冰冷腳步聲從遠處傳來。

聽到那聲音，悠舜放開一直握著的旺季指尖。

這就是悠舜選擇的人生。

九

最後的腳步聲，將門打開。

之後，再也聽不見任何聲音。

反手關上門之後，他似乎動也不動地站在那裡。

充滿整個屋內的，只有沙沙的白色雨聲。

隱約聽見鳥兒振翅的聲音，悠舜心想，好久沒聽見這樣的聲音了。

憶起在故鄉見過的黑色烏鴉。沒能看清牠有幾隻腳，只記得烏鴉俯瞰悠舜的眼睛，那或許是火焰

般的橘紅色。一雙特地來看什麼的眼睛。

長長的寂靜之後，終於聽見沙啞低沉的微弱聲音。

「……你生氣了嗎？」

悠舜訝異地發現自己恢復了幾分力氣。

「沒有。」

「討厭孤了嗎？」

「不會。」

「騙人。」

「真的。」

悠舜覺得好笑。不管撒多大的謊都不會被拆穿的自己，只有說實話的時候沒人相信。

「騙人。你說過會好的，你騙人。」

悠舜傷腦筋地想著該不該說謊，這種過去幾乎從來不曾猶豫過的事。

「那……如果我說自己的身體狀況一點也不好，你就會願意解除我尚書令的職位嗎？」

這次輪到國王沉默了。

應該要騙他那時自己的身體很好，才能稍微減輕國王的罪惡感嗎？悠舜一點也不認為如此。沒錯，當時悠舜撒了謊。

「……是啊，陛下。我不是說過自己是個大騙子嗎？早就知道如果選擇來王都接任尚書令，今天就會落得這樣的下場。也知道沒有時間……如果想成就什麼，我只有一次機會。」

幾乎沒有人支援，自己一個人執行繁重公務的這一年，悠舜名副其實地削減自己的性命。連發揮演技假裝都不需要。

「騙人。」

國王像個頑固的孩子一再重複同樣的話。

「騙人，如果你真的是個大騙子，那一定也是謊話。對吧？其實只要休息就會好了吧？」

「到哪個空氣清淨的地方休息嗎？」

感覺得出國王背轉過身。都到這個地步了，他似乎還是不願放手。

像這樣故意帶點壞心，直率地說出真心話，真是一件痛快的事。

國王似乎也明白悠舜是故意的，喃喃丟出一句：

「……為何什麼都不告訴孤？」

「這個問題真奇怪，難道你不記得最初約定的事了嗎？陛下？」

悠舜躺在寢床上，閉著眼睛，語氣像在唱歌。對，最初的時候。

從年輕國王手中接過用八色繫帶打結的白色羽扇那天，做出的約定。

「『讓我實現你的願望吧』。」

「──────」

「『為了不讓你變成一個空殼子，就此消失』。」

籠中鳥。深得爬不上來的井底。

為了不讓他逃走，隨時從上面往下看著。

「……我不會逃走的啦。如果這就是你的願望的話。如果沒有我你就會變成一個空殼子的話……真希望能多待在陛下身邊久一點……」

「悠舜。」

不知道什麼時候，國王已來到身邊。回過神時，他已用雙手捧住悠舜冰冷的臉頰。這是悠舜第一次碰到比自己體溫更低的手。即使如此，悠舜是否成為比以前更有血有肉的人了呢。頭頂傳來蘊含怒氣的請求，任性的命令。

「起來，悠舜，拜託你。」

一直這麼希望。在那生來就結凍的心臟深處，深邃的黑暗底層。

『……起來，悠舜。』

希望有一位獨一無二的主君，總有一天能搖撼自己封閉的世界，硬是將自己搖醒。一直作著這樣的夢。

聽見「我需要你」的聲音。

這是從旺季口中從來沒聽過的要求。

悠舜睜開眼睛，看見國王的臉。一點也不漂亮的臉。

臉上罩著一層陰影，抽搐扭曲。這恐怕是除了悠舜之外，還沒有其他人看過的表情。王的黑暗面。

「不要，你答應過我會待在我身邊的，騙子。」

「對不起……」

現在悠舜終於明白婆婆的心情了。雙眼雙腳被毀，仍無法背叛主君的婆婆。她說過每個人都有自己的理由。悠舜的主君不在紅家，曾經以為如果不是旺季的話，自己也無法獲得任何東西。

沒錯，悠舜真的背叛了旺季。從什麼時候開始的，連悠舜自己也不知道。

『…………如果你找到失落的另一隻翅膀，千萬不要飛。一旦飛上天空，只會墜落身亡。』

婆婆是對的。悄悄將他推進深深的井底，再也不放手的國王。明知悠舜只會愈來愈衰弱而死，仍要賴地堅持「孤需要你」。悠舜苦笑，從井底仰望那張貪心的臉……即使如此，內心仍一點也不想背叛他。

「你不是說會實現孤的願望嗎？根本就一點也沒有實現，完全不夠。孤知道了，如果你需要休息才會好，那就休息……一下子，暫時辭退尚書令的工作，只能一下子，答應孤，等你好了絕對會回來。不，這樣吧，孤也和你一起去，巡察什麼的，怎麼孤之前都沒想到這麼做……」

不是「絕對要把身體養好」，而是「好了絕對要回來」。悠舜笑了。

——完全不夠。

「我才不要呢……現在哪還有那種體力……你一定明白的吧，陛下。」

從過去到現在，自己唯一的王。即使遭悠舜背叛、欺騙，猶豫不安，仍再次相信悠舜，牽起悠舜的手。告訴悠舜「孤需要你」。

……真沒想到，會被需要到這個地步，到死都必須陪在他身邊。

到令悠舜完全屈服的地步。

「孤不明白！孤不許你死！你一直都遵守承諾，這次也得遵守。」

那是多麼奢侈又幸福的話。

到死都必須陪在他身旁，這也是他無法要求其他人的話。總是在忍耐，放棄自己的願望。就算紅藍兩家的近臣或兄長選擇了比他更重要的存在，他也總是原諒他們，對於最愛的那個女孩，更是不吝給予她時間。唯有對悠舜，打從一開始就只有任性的要求。

只有從井底才看得見的表情。

遠方傳來嬰兒哭泣的聲音。彷彿知道父親已走到人生的最後。

那哭聲令悠舜想起過去和璃櫻皇子說過的話。

沒有告訴璃櫻的是，其實國王也曾為了同一件事找過悠舜。

『璃櫻說……秀麗幾乎不可能懷小孩。』

那時悠舜發現璃櫻對自己和對國王的說法不一樣。

悠舜在更早之前就從璃櫻那裡問到盡可能正確的答案。秀麗母親——被仙女附身的縹家女兒——的肉體因為超過使用期限，幾乎是呈屍體狀態，原本不可能懷秀麗。然而奇蹟似的，她懷了秀麗。如此誕生的秀麗和她的母親不一樣，即使能停留人世的時間不長，肉體卻是「活著」的。因此，秀麗懷孕的可能性雖低，卻不是不可能。只是……

『……萬一紅秀麗真的懷孕，就等於要拿命來換，才能生下小孩。』

即使是健康女性，必須拿自己的性命交換才能生下小孩也不是什麼稀奇的事。只是，當時璃櫻說的確實是「有這個可能」，和他對劉輝說的「幾乎不可能」，解讀起來相當不同。

悠舜凝視深夜裡造訪自己的國王，如此反問：

『……你會覺得遺憾嗎？』

『不，孤只要有秀麗就夠了。只是確定答案後鬆了一口氣。』

他不假思索地回應。這答案聽起來並無不妥，任何深愛妻子的丈夫都會這麼說。只是，那一瞬間國王空虛的側臉，令悠舜頓時理解璃櫻皇子為何在對劉輝說明時，把說詞改成了「幾乎不可能」。

想想他的身世，他的性情可說莫名地坦率，宛如一張天真無邪的白紙，天真到了異樣的地步。

對親兄弟的感情淡薄，和誰都不深入建立關係，清苑被流放後只能靠陌生人給他的愛活下來。父母死了也彷彿不關己事的國王。

這樣的國王，在這世上如果有什麼最痛恨的東西——

（那就是自己的血緣。）

輕易同意收養璃櫻一事，即使得知秀麗無法懷孕生了也不在意，還有，絕對不去碰觸悠舜的孩子……

國王那個埋在某處，置之不顧的黑暗箱子，其實只是埋在那裡，裡面的東西從未清理，也不曾消失。內心的空缺，偶爾換個形式出現在臉上。

異樣的親和力，對所愛之人的執著心。

國王露出不知所措的表情，拉住悠舜的衣袖。

「別走，要孤做什麼都行，孤什麼都做。」

「……陛下。」

或許是離開王都前，悠舜曾在他面前暴露過一次真面目的緣故，一直以為自己獨自佇立在昏暗世界的國王，在那天得知悠舜也和自己身處同一世界的事實。即使停下腳步時不明身在何方，只要抓住悠舜的袖子往前走，就會發現身在自己一直別過頭不去看的地方。

悠舜一死，國王只能再次獨自徘徊於那個昏暗世界。所以他才會緊抓住悠舜不放。

「————」

心快被壓垮了。胸口湧上一股令人暈眩的感情。

凜那次也有同樣的感覺。那時沒能即時抓住的東西。有生以來第一次，悠舜如此懇求。

——想留下來，不想死。

想帶他一起走。到悠舜即將前往的地方去。為了自己不在之後就會變成空殼子而哭泣的國王。

如果辦不到的話，至少。

至少想再活久一點。多陪在他身旁久一點。

悠舜確實夢想著從朝廷辭官，回到草庵過著平穩的生活。這是真的。可是，他無論如何都無法離開朝廷。無法留下這樣的國王去任何地方。

在昏暗的世界中，拖著滿是瘡痍的心，聽著國王頑固的聲音。

『不用等也沒關係了。』

兩年前，溫柔的國王離開王都時，輕輕放開悠舜的手。

可是，說不用等也沒關係是謊話。悠舜聽得很清楚。

想留下他，不想讓他走，想要他回頭——待在身邊。

悠舜的腿和心，終於被拉住，終於回過頭。

哭著說不用等也沒關係，放開悠舜的手，當時的國王和現在這個耍賴不肯放手的國王，兩者悠舜都很喜歡。他總是看著悠舜，好像想問什麼。

就算察覺有什麼不足，只要悠舜在他身旁，就覺得多少彌補了一點空缺。真想實現他的心願，幫他填補所有的空缺。只可惜時間不夠——已經不夠了。

彼岸花的另一端，黑色烏鴉拍動翅膀。啣著魂魄去到黃昏之門的神烏。

悠舜在心痛之中輕輕撫摸拉住衣袖的國王的手，與他道別。

「陛下……時間到了。願乞骸骨的時間到了。」

對國王鞠躬盡瘁的臣子，提出歸葬鄉土的請求。

國王一陣顫慄。悠舜名副其實地將一切奉獻給他，直到最後。現在他不只將辭去官職，更將永遠離開國王的人生。國王發出哀鳴。

「——不要！」

「請別哭泣，陛下……即使沒有我，你也會沒事的。」

「騙人，騙人。」

「沒事的……總有一天你會明白。直到人生的最後一刻，我還能被你所需，對我而言是非常高興的事。不用殺死任何人……直到最後都能受到陛下信任……我是否也有那麼一點……成為好人了……」

曾幾何時凜說過，等一切結束後，到時候我們再去吧。

——那裡一定有所有你藏起來的重要寶物。

就在這裡。失去故鄉那天，以再也不能成為不知心為何物的「鳳麟」為交換條件所獲得的東西。

為悠舜昏暗的世界帶來白天與黑夜的心愛的東西。

現在，只要把最後的寶物——國王的話語——收起來，一切就都裝進黑暗的寶箱中了。真想給凜和國王看看，也想給旺季還有晏樹和皇毅看一看。

陪伴自己一起坐在井底的妻子面無血色地衝進來，懷裡抱著孩子。

原本哭得十萬火急的孩子，一看到悠舜就不哭了。悠舜一笑，孩子也笑了起來。這孩子長大後，會成為什麼樣的大人呢。

……還有，國王會走上什麼樣的道路呢？在一個沒有悠舜的世界。

「不要，悠舜你要待在這裡！」

抱住悠舜，幾滴熱淚落在他肩上。國王的悲傷從觸碰的地方深入胸口迴盪。那令人寂寞又哀傷的命令使悠舜心揪。

是否能對他說出旺季曾對自己說的話呢。總有一天一定會成真。

「沒事了，沒事了，陛下……」

璃櫻皇子曾說，國王背後的另一個世界，靠的是悠舜的支撐。悠舜對近臣們不耐的原因或許也就在此。自己死了之後，國王將無人可託付。就算他們確實愛著這位國王。

「拜你之賜，我獲得了非常奢侈的一段時光，直到最後……秋天的新官名冊，我已經重寫過了喔。那，別離的時候到了。臣鄭悠舜……必須辭官不可了……請原諒我丟下你先走……請原諒我……

陛下……」

國王緊緊抱著悠舜，嘴裡不知說些什麼。

一看不到悠舜的人影就會不安害怕的國王。悠舜今後已無法再陪伴他身邊。

前往五丞原那天，悠舜失去了最重要的心……給了這個國王。終究不讓悠舜殺死任何一個人，卻比誰都更需要他的國王。

單翼之鳥。艱難的人生。但也是只有這樣才能擁有的人生。如果說下山是正確答案的話，婆婆或許會笑著說「這才是我姬家的好當家」。

悠舜用袖子擦去國王的淚水，回以毫不虛假的微笑。

「別一直哭……陛下……這個稱呼，這輩子我只對你說過。請你一定要好好地往前走，別畏懼……」

看不見的枝枒輕輕一彈，有著夜色羽毛的烏鴉振翅而飛。

三隻腳的烏鴉飛過被紅色彼岸花包圍的祥景殿庭院，在悠舜面前翩翩降落，從烏鴉幻化為人形。

一看到他的臉，失落的記憶都回來了，一切也都說得通了。

黑色的人影，朝悠舜伸出手。

遠遠傳來收藏一切寶物的寶箱關上蓋子的聲音。

……結束即將來臨。

總覺得只要仰頭就能看見剎那與永恆。

悠舜握住伸過來的那隻黑色的手，最後凝視凜與孩子一眼……閉上眼睛。

「……悠舜？悠舜……——悠舜！」

聽著國王的哀號，凜也開始哭泣。

——喔？什麼？妳有什麼想問的嗎？

即使是悠舜也無法回答。

如果世界上有神，凜想問，該怎麼做才能給老爺下一個春天？

凜還想和悠舜共度下一個春天。再下一個春天，還有再下一個也是。永遠。

凜哭得哽咽，懷中的孩子也跟著哇哇大哭。只有孩子偏高的體溫是凜唯一的慰藉。幸好自己還有這個孩子。

「——」

可是，悠舜直到最後仍放不下心的國王被留下來後，有誰能支撐他？

國王抱著悠舜空洞的亡骸。

——鄭悠舜。出身和進入朝廷前的經歷皆不明，是個謎團般的人物。

侍奉紫劉輝的時間，只有短短不到三年。

人稱鬼才的他，即使即位宰相的年份這麼短，包括鄭君十條在內，著手做出許多與後世相關的改革，是紫劉輝治世下無人能比的名相。

在國政爆發問題的搖籃期隨侍國王身側，在紫劉輝遠離王都之際拖著病軀獨自前往北方，在五丞原拯救了國王的危機。國王對他的信任比誰都深，即使他病倒了，直到臨終也不離開病榻，不允許他辭官離開朝廷。

鄭悠舜病逝後，國王哀痛不已，據說整個晚上沒有離開靈柩，不斷流淚。

日後，當年鄭悠舜寫於病榻的許多與治理國政相關的書簡，據聞全數送到繼任宰相景柚梨手中。人們相信景柚梨長期而安定的執政，多半拜這些書簡之賜。然而，所有書簡卻在景柚梨死前親手燒毀，未曾流傳後世。據說這也是根據鄭悠舜的遺言。

……此外，最後那份他重新寫過的秋季新官名冊上，只有尚書令位的地方，以國王的筆跡寫著鄭悠舜的名字。

在劉輝治世中，這是最後一次填入尚書令位的名字。

此後，無論劉輝身側有多少名相輩出，在他即位期間中，從未給予其他任何人尚書令的職位。就連人稱「王之右手」的李絳攸也沒有。

獲贈「王之心臟」美名的尚書令，從頭到尾只有鄭悠舜一人。

孤的尚書令除了鄭悠舜沒有旁人，國王老是把這句話掛在嘴上，有時還會看到他徘徊在昔日宰相喜愛的涼亭下，尋找故人的身影。

鄭悠舜受到國王如此寵愛的原因究竟是什麼，沒有人知道。

第二回

霜之軀

——旺季——

第一章　泡沫般的白色記憶

國王有個難以忘懷的記憶。

那是父親戩華王還在病床上的時期。

落葉啪啦啪啦掉在石板路上，宛如小扇子般的銀杏葉四處飄落的季節。秋天即將結束，天將亮的時候。

記得那天非常冷，夜空裡有結凍般的星星閃爍光芒。

還是皇子的劉輝獨自走在空蕩蕩的後宮。當時，參與皇子之爭的兄長與妾妃們全部在御史台的執法下鋃鐺處刑，留在城裡的只有年紀最小的皇子劉輝。過去榮華一時的後宮，如今彷彿一座死城。

當時的劉輝經常想脫城逃跑，這天也打著這個主意潛入後宮。

話雖如此，真的離開王城去尋找兄長清苑的目的，已經愈來愈失去真實感，劉輝自己也不認為能從父親那個性格惡劣的宰相手中逃脫。當時的自己有氣無力，所謂的逃跑也只是一種形式，像是剝蛋殼一樣。

奇怪的是，那天晚上後宮沒有半個人，劉輝就這樣一路來到了外苑。

樹木的另一端，有誰正站在那裡。

認出那個人的瞬間，劉輝倏地停住腳步。

劉輝討厭那個人，雖然只有正式說過一次話。為了平息皇子之爭大刀闊斧整頓了後宮的他，戴著叮叮噹噹的耳環走進正在讀書的劉輝房間那天起，劉輝就一直躲著那個人。

不喜歡他的眼神、說話方式和一點也不親切的態度。他的一切，劉輝都不喜歡。

如果可以不要碰面是最好，但有時難免會在王城裡遇到他，這時就算想跑，腳總是不聽使喚，只能莫名心悸地站在原地。大部分的時候，對方都會察覺劉輝，不過最近在後宮遇見時，他不是只對劉輝投以一瞥，就是完全假裝沒看見，直接走過去。比起一看到劉輝就冷嘲熱諷的宰相雖然好一點，當他對低著頭的自己視若無睹的時候，卻最教劉輝感到內心悽慘窩囊。

不過，今天對方完全沒察覺劉輝。

他自己一個人——旺季仰望天亮前的夜空。

難得看到他露出這樣的表情。

「————」

劉輝的心如小鹿亂撞，跳得愈來愈快。

忘了自己原本要上哪去，只是站在原地。

……心裡某個地方，發出昏暗的箱子移動的聲音。

金黃色的銀杏葉，從敞開的露台門外飛進來。

室外傳來枯葉落在地面的聲音，那令人懷念的聲音彷彿發出邀請，正坐在椅子上閱讀書簡的旺季抬起頭，朝窗外望去，映入眼簾的已是晚秋的景色。

一陣風吹來，手上的宣紙被吹得往天花板飛。

旺季沒有起身，只用眼神追著宣紙。身旁的晏樹一個箭步，左手關上露台門，右手抓住正往下掉的宣紙。

剎那之間，旺季有種回到門下省的錯覺。或者是御史台，又或者是某地方政府辦公室。因為不管在哪裡，晏樹都像這樣陪在身邊。

可是，這裡不是上述任何地方，而是紫州旺季領地上的閑靜私宅。沒有工作，旺季正在放假。已經好幾年了，好長的一段假期。悠舜給的長假。

悠舜自己也在放長假。

那年夏天結束時悠舜長眠至今，已經過了八個年頭。

「旺季大人……秋天就要結束了，請別再把露台門打開，會感冒的……嗯？這不是公文影本嗎？您又擅自託誰送來的嗎？」

「是啊，前幾天榛蘇芳來訪，說了些事挺令人在意的。什麼最近這一帶有盜賊出沒，要我多注意，我就向紫州府要了些領地內的相關情報。」

雖然旺季辭去朝廷工作已久，旺季一門仍有許多人在中央與地方擔任要職，直到現在，旺季要打聽朝廷情勢或拿到相關文書資料還是很方便。

「紅秀麗好像也因公來到這附近……」

紅秀麗已經快三十歲了，在御史台的「戰果」輝煌，成績數一數二。儘管平日交付她的多半是與國家大事相關的工作，比起待在中央，她還是一如往常地奔波各地，追緝盜賊。

晏樹一副不感興趣的樣子，拿著手中文件揮了揮。

「您還要繼續看嗎？」

「不了，收拾掉吧。我也只是隨意找來看看而已。啊……晏樹，剛才從地上撿起來那份最不需要，丟遠一點。」

「唷，難得聽您說這種話——什麼嘛，又是國王的來信嗎？我看看……『上次孤一個人在池邊餵了鯉魚』，這什麼鬼東西？日記？還是『真希望和旺季大人一起餵鯉魚』的暗示？」

晏樹甚至佩服了起來。敢把這種流水帳寄給素有文采美譽的旺季，那個笨蛋國王還真有膽識。

從悠舜剛死那陣子起，國王就開始寄信給旺季了。最初的內容開門見山詢問旺季什麼時候方便，說是想和他見面。被旺季視若無睹了幾年後，信件內容愈來愈繞起了圈子。話雖如此，他仍鍥而不捨地按季節來信，內容也什麼都寫。到現在，信件的內容看來甚至教人搞不清楚他是要旺季解讀暗號還是真的沒東西好寫了。

晏樹照旺季所說，將那封信丟到最遠的垃圾桶裡。

「一次都沒收到旺季大人的回信，他還真勤勞……剛開始我也覺得很煩，不過看在這麼努力寫情書的份上，這份毅力倒是值得認同。只是，他好像以為我在把信交給旺季大人之前就先撕掉或餵山羊吃了，好冤枉啊，大人不如就跟他見一面吧？」

「才不要。」

旺季哼了一聲別過頭。

「誰要跟他一起餵鯉魚啊。」

晏樹喜孜孜地雙手抱胸。正因他知道旺季一點也不打算和劉輝見面，才會隨口說出「就跟他見一面吧」的話。

「說得也是，旺季大人從以前就只對國王特別冷淡，很少看您對人這樣呢。那個國王擅長裝可愛跟人混熟的本事，從小到大都沒變過。這招就只有對旺季大人行不通，他怎麼還不明白。」

晏樹望向窗外，秋天的落葉在地上滾動，發出沙沙聲。

「……池裡的鯉魚和國王啊……真是令人懷念的組合，旺季大人……不如我說點今天在朝廷聽到的傳聞，給您解解悶吧。」

「傳聞？」

「是啊，最近朝廷裡傳著三件怪談傳說。第一件是『先先王是誰殺的』？傳聞說，可能是先先王的寵姬紅玉環，在戩華王闖入前先用絲絹絞殺了他再逃跑。第二件是……『誰殺了戩華王』。」

旺季的眼神罩上一層陰霾。

「最後一件的主角是國王的母親。『誰殺了第六妾妃』。」

第六妾妃離奇溺死在池塘中。第一個趕到現場的人是旺季。

池裡的鯉魚和紫劉輝。這就是剛才晏樹說這個組合令人懷念的原因。

——是誰殺了第六妾妃？

「……曾是第六皇子的國王也在現場對吧？他好像真的完全不記得當時的事了，只隱約記得母親溺水身亡。真是了不起的防衛本能啊。然後呢，我還想補充第四件怪事。『是誰殺了悠舜』。」

「…………」

是誰殺了悠舜。

悠舜病死後，紫劉輝把祥景殿裡叢生的詭異彼岸花一株不留地拔光，丟掉了。簡直就像認為是那花害死悠舜似的。

旺季已經超過六十歲，國王也已經三十一歲了。不再有人稱呼他「年輕的王」。

悠舜葬禮那天之後，旺季連一次也沒見過國王。

悠舜走後經過多少歲月，就是旺季不見紫劉輝的天數。

彼岸花搖曳的那年夏天結束後，第九個秋天來臨。

『是誰殺了——』

忽然聽見這句話，睡得昏昏沉沉的劉輝猛然驚醒。

視野一片昏暗，桌上堆滿雜亂的書籍，燃燒的蠟燭矮了一大截。聞到陳舊紙張與書籍的味道，劉輝才想起自己在府庫。

轉動眼珠，直覺就要尋找悠舜——一股冷風吹過心裡的破洞。

「……啊，終於起身了嗎，陛下。」

拄著拐杖的宰相已不在，伴隨身邊的只有靜蘭、楸瑛與絳攸。

靜蘭和絳攸目前都被派駐都城之外的地方，最近難得剛好都有要事，暫時回到貴陽，三人才睽違已久地齊聚一堂。

絳攸皺著眉頭，在桌上新增一支火紅的蠟燭。

「真是的，在府庫查資料是沒關係，燭火多點一些吧。否則對眼睛不好啊。還有，要出來走動請先告訴衛士或女官一聲。難得靜蘭從紫州府回王城裡，想早點讓他跟你見面卻找不到人……找了你好久，這麼晚了到底一個人在查什麼？」

「沒什麼……只是睡不著而已。對了剛才……你們說了什麼怪事嗎？」

劉輝岔開話題，裝作若無其事地撥過特地蒐集來的厚厚書卷，藏住最下面的東西。三名近臣似乎什麼都沒發現。

「什麼誰殺了誰的……」

——殺死了。

心臟發涼。點點分佈的紅花彷彿在劉輝腦中生了根。

『別離的時候到了。臣鄭悠舜……必須辭官不可了……請原諒我丟下你先走……請原諒我……陛下……』

……被自己關在籠中虛弱殆盡，那位無可取代的尚書令。

誰殺了他。

「喔，那個啊？是朝廷常流傳的怪談，就像七大奇談之類的八卦。內容五花八門啊，最近流傳的是『誰殺了戩華王』和『誰殺了第六妾妃』、『誰殺了先先王』之類的。後宮這種地方離奇死亡的事很多嘛。」

絳攸立刻皺眉。

「喂，楸瑛，住口，別亂說。那可是他們……他的父母。」

「……對耶，抱歉。」

楸瑛朝另一個人——靜蘭的方向望去，趕緊道歉。

——誰殺了戩華王。

原來說的是父親戩華王啊。劉輝反而鬆了一口氣，內心同時厭惡起這樣的自己。然而另一方面，聽見與母親有關的「誰殺了第六妾妃」時，腦內忽然一陣暈眩。好像……想起了什麼遺忘的事。

（……？）

靜蘭不介意地聳肩。

「那只是眾人的戲言罷了。即使臥病在床，我也不認為有誰殺得了那個人。你小時候也見過戩華王吧，你認為有誰能殺得了他？」

「……沒有。」

楸瑛苦笑。那個難以捉摸又冷酷，一手握劍征戰無數，最後奪下王位，終結暗黑大業年間的英君。先王戩華是名副其實的霸王。楸瑛望向自己的主君……雖然他是個值得敬愛的王，老實說，一點也沒有其父王那般威風與負面神性。楸瑛也認同，在那光用一個眼神就能令人屈服的戩華王面前，沒有誰意志堅定得足夠殺死他。

「可是病死這個理由對戩華王來說實在太平凡，所以才會出現各種謠言……而且沒有人親眼目睹他的死，這點也很奇怪。也有人說那天曾聽見誰造訪的腳步聲，陛下那天也在王城裡吧？知道些什麼嗎？」

「不……但是說到在父王身邊的人，應該只有一個——」

說到一半噤了口。剎那之間，腦中浮現一個臉孔一片黑而看不清長相的男人，很快又消失。劉輝已經許久不曾對人提過那個原本在朝廷裡的「誰」了。

「啊……呃，再說孤連父王的死都是聽仙洞官說了才知道，連父王正確的死亡日期都搞不清楚……」

小時候不常見到父親，戩華王對劉輝而言甚至是沒有父親感覺的遙遠存在，就連探病也只去過幾次。說來薄情，對父親的事實在印象不深刻，反而對去見父親時幾度偶遇的旺季還比較有印象。

（旺季）。

一想到這個名字，胸口就像被捏緊似的一陣痛苦。一年比一年嚴重。

「啊，也有謠言說那個『不知名人士的腳步聲』其實來自旺季大人。」

聽到這睽違已久的名字，劉輝心跳加速。

「能單獨進入戩華王臥室的人有限，奇怪的是戩華王願意單獨接見仇敵旺季大人。那兩人的關係真是教人想不通。」

「是啊……對了，我也從以前就覺得奇怪，以戩華王的作風本該第一個滅了他……可唯有旺季大人，不管刀刃相向幾次，戩華王都放他生路。明明旺季是擁有比自己更正統血緣與繼承權，且直到最後都與他敵對的人。」

劉輝恍惚地聽著絳攸與楸瑛的對話。眼前燭火明滅閃爍。

「我聽司馬爺說過，戩華王有個癖好，偶爾會救中意的敵人性命。旺季大人就是其中之一……不過，通常那種人最後也會折服於戩華王，成為他的幕僚，否則就是選擇不受屈辱地自盡。只有旺季大人兩條路都沒選，成為唯一的例外。是說，如果是我的話，敗在對方手下，就算對方放我一條生路，這麼活下去也太丟臉又悲慘……太窩囊了。」

劉輝將視線從楸瑛身上轉移。

楸瑛似乎只是隨口一提，馬上又轉變了話題。

「說到這旺季大人，軍中關於『紫戰袍』和『莫邪』的傳說也很多。身為文官的旺季卻擁有武將最高等級的紫戰袍，原因令人費解。如果是孫陵王大人還可以理解……最近我那些年輕手下常問，他該不會想讓外孫璃櫻皇子繼承吧。」

劉輝盡可能裝作不在意，即使如此，再不想聽還是聽見靜蘭的回應了。

「怎麼可能做出讓外孫繼承這種事。那兩樣東西都是王賜予的。『紫戰袍』又名『死戰袍』，是送給上陣赴死的戰將餞別之禮。換句話說，是很快又會送回國王手中的東西。旺季大人也是在貴陽完全攻防戰時獲先先王賜予紫戰袍……他一定沒想到那場戰役只有自己活下來。記得沒錯的話，旺季大人的父親也死於那場戰役……」

劉輝的額上開始滲出汗水，掌心也是。得想辦法轉換話題才行，然而乾裂的嘴唇卻吐不出任何一句話。

「……一旦賜下了，當代國王就無法取回。不過，若是旺季大人死去，當然就會還給現任國王。不管是『紫戰袍』還是『莫邪』。」

「不等到那時候就拿不回來嗎？『莫邪』是『王之雙劍』之一，旺季大人又已不在朝廷，一直由他持有好像有點……都已經十年了，差不多也可以叫他歸還了吧。雖說那本來是蒼家的劍……」

燭火昏暗，劉輝再也聽不下去，忍不住開口。

「夠了，什麼旺季死了之後的事，孤不想聽。」

三名近臣倏地噤口。

劉輝轉身站起，走出府庫。

……國王離開後，絳攸移開國王留下的書卷，露出最下面的史書。貴陽完全攻防戰、蒼家系譜——

絳攸皺起眉頭。

「……他還在在意旺季大人嗎。想跟他說話什麼的……這幾年明明已經不提這件事了……」

楸瑛望向門口。府庫裡氣氛沉重。

三人好不容易聚首，國王卻說沒幾句話就走了。

「嗯……到底想見旺季大人做什麼？現在的國王看起來有點怪。在五丞原那件事之前還覺得正常……從悠舜大人走了之後，他就開始提旺季大人的名字了。」

「不，從那之前一陣子就開始怪了。不肯離開靈柩……」

在發現靜蘭、楸瑛和絳攸無法完全理解鄭悠舜的意圖後，國王就不再像從前那樣什麼都找他們商量了。那位拄拐杖的宰相有時也會做出圖利敵人的事，教人無法打從內心信任，三人總是難以拂拭對他的一絲不信感，因此對於他的死，雖然不到額手稱慶的地步，倒也不完全感到悲傷。

國王表裡一致的悲傷與三人之間的落差，三人因此也有自覺。

可是，就算扣掉中間的落差，國王的失落感也太非比尋常。

「好不容易離開悠舜大人的靈柩，以為他該恢復正常了，沒想到……」

楸瑛輕聲低喃。曾幾何時，連國王在想什麼都搞不清楚了。

國王的變化，他們無法理解。

劉輝在深夜的王城裡無頭蒼蠅似的亂走，逃難似地躲進一座小祠堂。真的是名副其實的逃難，逃離近臣們懷疑的視線與輕薄的對話，逃離自己痛苦的心。

伸手一摸，明明是寒冷的晚秋，額上卻滿是汗水。

小祠堂裡有個祭壇，四隅不分晝夜點著長明燈。

現在能讓劉輝一人獨處的地方不多，這間小祠堂是其中之一。

四個角落的長明燈昏黃搖曳。劉輝失魂落魄地走向長方形的祭壇。

祭壇上如今什麼都沒有，不過八年前，悠舜的靈柩就放在這裡。

劉輝站在花壇前，想起逝去的歲月。

從五丞原那天起，已經過了將近十年。這絕不是一段短暫的歲月，旺季與孫陵王已遠離朝廷，悠舜也死了。時間之流無情地帶走許多往事，過去理所當然的事實如今已然褪色、風化，磨成細小的砂粒。

……其中最明顯的，就是旺季的存在。

（要是悠舜還活著……）

劉輝這麼想過無數次。如果他還活著，今天一切一定完全不同。

『所愛之人變了，你也會變，失去之後就會陷入深深的絕望。即使明天後天世界仍繼續，那時候的你一定已無法同昨日一樣。』

這是過去旺季說的話……非常正確。

失去悠舜之後，劉輝的心始終破了一個洞。周遭的世界明明沒變，劉輝卻像再也拼湊不起來一般，無法恢復原本的自己。

靜蘭他們的眼神有些不解，只有自己和他們不同，漸行漸遠……

祠堂門口傳來腳步聲。

劉輝心頭一驚，回頭一看，看見站在那裡的人影才鬆了一口氣……要是近臣們追了上來，那可傷腦筋了。

「是璃櫻啊……你該不會一路追著孤過來吧？」

「是啊，從府庫過來的，覺得你樣子不太對勁。」

一點都沒察覺——是說，府庫。

與近臣們的對話重現腦海，劉輝胸口一陣激動，坐立不安。

「抱歉啊，璃櫻。既然你剛才沒進府庫……表示你都聽見了吧？」

璃櫻沒有否認。聽到眾人說的話是事實。他們興高采烈地聊著外公死了之後就要歸還「紫戰袍」和「莫邪」的事。璃櫻低聲說：

「……原本有事想問茈靜蘭，現在確實已經不想問了……」

「有事想問靜蘭？」

「是關於紅秀麗手頭的案子，有點想問的事……因為離外公領地很近。您沒聽說茈靜蘭來王都的原因嗎？好像是因為那邊現在山賊猖獗。」

「喔……為了保險起見，靜蘭順道來王都，為紫州府向朝廷提出支援申請。」

「對，聽說山賊已經逃到外公領地附近了，上次返鄉時榛蘇芳還特地繞到外公宅邸。我有點擔心，想問茈靜蘭現在情況如何……不過算了，既然他能特地從紫州府繞道朝廷還停留多日，想必情況沒什麼大不了。」

一邊淡定地說著，璃櫻一邊走進祠堂。劉輝微微低頭看向他的側臉。

原本覺得璃櫻長得像他縹家那美貌的父親，但過了十五歲後，他給人的印象已經截然不同。身材雖瘦長，個子還是偏矮，到現在劉輝還比他高一個手掌左右。只是隨著孩子氣的消失，璃櫻愈來愈像他的外公旺季。

和旺季不同的是——大概是遺傳自父親的冷淡高雅氣質使然，璃櫻沒有旺季那種引人注目的華麗氣勢。不過，五官清秀俊美，是一經察覺就看不膩的硬派美貌。那些年長的官員只要提到璃櫻，總是異口同聲地說，彷彿看到年輕時的旺季。

或許相似的不只是長相，還有動作與氣質吧。

不怎麼笑，說話直率不客氣，不懂得圓滑處事……這些地方也確實和劉輝記憶中的旺季重疊……記憶中的。

已經很久沒能見到他了。

「…………」

取而代之的，最近劉輝很喜歡盯著璃櫻看。

璃櫻目光一動，筆直的視線彷彿能射穿劉輝。忽然被他這麼一看，心臟猛地加速。不過也就只是這樣。璃櫻身上沒有旺季那種冷淡黑暗的氣質和有別於他人的安靜剛烈，雖然值得欣慰，但有時也令劉輝感到一絲失望。

「你上次問我那件事……慧茄大人再過不久就會回城了。」

正在垂頭喪氣的關係，劉輝的反應慢了幾拍。

「咦？喔！他總算要回貴陽了嗎？慧茄總是不知道又跑到哪裡去，也聯絡不上人。正月時沒見到面的大官就只有他。」

劉輝忿忿不平地說。身為朝廷重臣的慧茄是現任宰相景柚梨的副手。然而，他卻經常丟下中央政事，前往全國各地巡察，因此得了個飛天副宰相的綽號。話雖如此，他還是不時跑回來協助景柚梨。有時傍晚發現他在，隔天早上人又不見了，簡直是個幽靈一般神出鬼沒的副宰相。

「璃櫻也幫孤說說他，要他露個臉吧。慧茄總是對孤的傳喚視若無睹，馬上又跑到別的地方去了。最近只要一看到孤就露出厭惡的表情。」

「……嗯？你有什麼想問慧茄大人的事嗎？」

「可以這麼說啦。」

璃櫻感到意外。慧茄經常上呈一針見血的諫言，儘管個性獨來獨往的他不屬於任何派閥，對劉輝的挖苦與糾正卻也多得數不清。個性上有稍微（？）扭曲的地方，雖然他本人表示心不甘情不願，但正好可以為個性耿直的景宰相收拾各種殘局。不過，單獨面對他的時候就高傲得難以親近了。

（……是說慧茄大人……從來毫不保留地發射不喜歡國王的光線啊……）

這位國王，臉皮還挺厚的。

「還有璃櫻，下次返鄉時請幫孤帶上給旺季的信。順便加上旺季喜歡的季節禮品。總覺得孤寄去的信都被凌晏樹拿去餵山羊了。」

……真的是打不死的蟑螂。璃櫻無奈地垂下頭。

「……我說陛下啊，你已經被外公拒絕十年了喔。」

「嗯，不過這對孤來說是很普通的事，反正只是季節問候的信，有什麼關係。」

的確，他對紅秀麗也等了超過十年。人家說三年磨一劍，他早就不只了。不過，以一般常識來說也差不多該放棄了吧。持續等待和空等是不太一樣的事。不，根本就不一樣。

「那個，我說你啊——」

看到國王的表情，璃櫻閉上嘴巴。

那無計可施的寂寞眼神，刺痛了他的心。璃櫻低喃，好吧。感覺得出國王鬆了一口氣。

璃櫻凝視國王。

從五丞原之亂後，外公旺季的權力被國王與近臣逐步削弱，最後終於辭去朝廷的工作。此後，外公的一切都被視為過去，遭到輕視，評價年年滑落。現在朝廷裡背著他說壞話已經不是什麼稀奇的事了。有人說他愚蠢，有人說他是失敗者，有人說他貪生怕死，不知羞恥——

剛才在府庫裡那幾個近臣說的不算壞話，頂多只是輕浮的評論，不過，那種話在五丞原之亂發生當下，料他們無論如何也說不出口。

看在璃櫻眼中，改變的人不是國王，而是那三個近臣。

在所有人之中，唯獨國王對外公的心情從那時到現在都沒改變。對璃櫻而言，他是少數之一。覺得不可思議。璃櫻最早到朝廷擔任仙洞令君時，國王根本一點也不在意外公。朝議之時也好幾次都想迴避旺季，至少璃櫻就親眼見過好幾次。

從什麼時候開始的？五丞原那時，璃櫻居中感覺得到關於國王與外公之間謎樣的聯繫。從那時起，紫劉輝就一直循線摸索那條聯繫。

璃櫻朝線香另一頭，曾經擺放悠舜靈柩的位置望去。

……有時，璃櫻覺得國王對已故悠舜的依戀和他對旺季的執著非常相似。

——已故……

想起外公，璃櫻的表情不禁有些扭曲。

璃櫻問正親手為祭壇換上新蠟燭的國王：

「……你第一次和外公見面是什麼時候？」

國王「嗯？」了一聲，回頭看璃櫻。

很想知道。璃櫻再次這麼想。

關於國王的事，關於璃櫻不知道的外公的事……目光垂落地面。

「我……和外公共度的日子也就只有這十年。在這之前的事……統統不清楚。」

劉輝摸著下巴，用舊蠟燭的火點燃新蠟燭，香灰散落，祠堂裡瀰漫薰香的氣息。第一次和旺季見面的時候是……

「其實，孤也記得不太清楚了。好長一段時間都想不起來。」

那是誰呢——臉像被塗黑般無法分辨的男人——「其實你已經全部想起來了吧？」他這麼對劉輝說過。不過他錯了，對劉輝來說，記憶還是千瘡百孔。

孩提時代，在這座王城裡的確見過旺季好幾次。那不該是會遺忘的事，卻不知為何無法完全想起來。只有片段的，不確切的，斷斷續續的記憶。不過，劉輝從沒想過第一次見面是什麼時候。

「是六歲爬樹那次……？不，是更早之前……應該，是母親死去那時——」

是誰殺了第六妾妃。

劉輝忽然想起這句話，腦中閃過什麼。

池塘邊，正把什麼丟進去的自己……

旺季第一次見到這位最年幼的皇子，是睽違已久地從地方回到中央時。

和陵王一起被貶到全國各地無數次，二十幾歲的時候輾轉各地仍頑強地挺過了，終於回到朝廷。

這時旺季已經三十五歲左右。

戩華的後宮已有六名妾妃與六個皇子，周遭蠢蠢欲動的狡獪貴族與官吏正開始在內朝生根。

那天，旺季以新官上任、禮貌拜訪的名目，無視妾妃們不悅的神情巡視後宮，實則是為了監察後宮目前的狀況。

起初，吸引了旺季的注意力的是母親，接著才看到一旁蜷縮身體，像個附屬品的幼兒。毆打的聲音伴隨著母親憤怒尖銳的聲音。

「——不要出現在我看得到的地方！」

那時旺季已經拜訪過另外五名妾妃，這是第六位，也是最年輕又好勝的一位。

激動的她把不滿與焦躁的情緒發洩在身旁宮女身上，眼看又要朝蹲在地上的孩子踢去。旺季忍不住介入，她卻倒抽了一口氣。

陛下……看她羞紅了臉這麼說，肯定是把自己錯認為戩華了。旺季有些沮喪，兩人明明一點也不像，卻似乎偶爾給人相似的印象。

第六妾妃立刻發現自己錯認，轉而對旺季咄咄相逼。「你這個沒落貴族，國王饒你一命你也就這樣苟活，真不要臉，到這裡來有什麼事！」無禮地大呼小叫，像隻拚命狂吠的小狗。這是從妓女爬到如今地位的她為了守護無力的自己，唯一能拿在手中的盾牌。

旺季充耳不聞，持續觀察這個女孩。第六妾妃是個美麗的女孩。發現眼前的旺季肆無忌憚打量自己全身上下，女孩很快沉默下來，害羞地紅了臉，撇過頭。

旺季雙手環抱胸前，發現腳邊有什麼東西像枯葉一般抖動。

「……妳為什麼打這孩子？」

「……他亂拿我的……護身符……還打算丟進池裡……」

她出乎意外地老實。和其他五位妾妃不同，真的是一點也不做作，沒有心機，心裡想什麼就說什麼。旺季暗暗吃驚。

「護身符……？」

低頭望向腳邊蜷成一團的幼兒，指尖確實抓著藤紫色的繩子。繩子扯斷了，一個髒兮兮的護身符袋掉在不遠處的地上。旺季有些意外。

傳聞中愛美又奢侈的第六妾妃，竟會如此珍惜一個老舊骯髒的護身符。

「之前……他也扯斷過繩子……我才剛換上一條新的。」

大概從旺季的表情猜出他的心思，女孩瞪著他。這女孩不假修飾的模樣甚是可愛。

「我……我又不是貴族的女兒！為了生活什麼事都做！」

「……如果讓妳感覺不舒服那我道歉。不過，我自己要吃的芋頭也是自己削的喔。」

抱起嗚咽哭泣的幼兒，順便撿起地上的護身符袋。袋子是用舊粗布縫製的，已經褪色了，勉強可看出原本是朱紅色，還繡著可愛的小菊花圖案，布料看似來自鄉村女孩最好的衣服。

「……自己削芋頭？你不是出身歷史悠久的紫門家大貴族嗎？」

「正如妳所說，畢竟是沒落貴族啊。我還很喜歡吃蝗蟲呢，把跳來跳去的蝗蟲抓起來烤了撒鹽吃非常美味。」

女孩似乎想起討厭的過去，把頭撇開。

抽搐的臉頰先是浮起嘲弄的笑容，瞬間轉換成哭聲，哭得一張臉都花了。那不是貴族女兒的哭法，只是個到處都有的普通少女。

從旺季手中拿回護身符，立刻緊緊揣進懷中，為自己寂寞孤獨又無法回頭的人生哭泣。

「別讓我想起討厭的事，我已經……決定不回頭了。」

原是妓女的她，不到二十歲就爬上貴陽第一名妓的地位，看中她的美貌與教養，官員將她送進國王後宮。在那之前的經歷沒人知曉。

無依無靠，沒有任何親人，孤單一人。

……不，並不是如此。

被旺季夾在腋下的幼兒看到母親哭泣，也跟著嗚嗚哭起來。旺季擦掉孩子的鼻涕，把他抱給那女孩。女孩美麗的臉龐還沾著淚水，表情已經不氣了。

孩子眼眶裡盈滿淚水，抽抽噎噎地凝視母親。

女孩板著一張臉，過了一會兒才緩緩挪動纖細的手臂。

此時，走廊傳來清脆的寶石飾品碰撞聲。

「……旺季將軍，弟弟交給我吧。」

站在那裡的是一個笑容沉穩，臉龐清秀的少年。第二皇子清苑。

少年冷淡的氣質宛如身上戴的清脆珠飾，朝妾妃瞥了一眼。雖然只有一剎那，聰穎的眼中確實閃過憤怒與敵意。察覺這一點，第六妾妃態度立刻強硬起來，像隻豎起尖刺的刺蝟，回瞪清苑。

女孩縮回伸出的手臂，邁開微微顫抖的腳步轉身走開。

「給您添麻煩了，抱歉，旺季將軍。」

清苑優雅地靠近。聰明，無懈可擊，陶瓷娃娃般的臉上露出帶點困惑的笑容。旺季朝他望去，這位少年皇子似乎有些不知所措，別開視線。善於判斷情勢的清苑一定知道接近旺季這種敗將沒有好處，卻不知為何，每次進王城時都能感覺到清苑的視線。

「來後宮監察嗎……您就快要榮升為御史大夫了吧。恭喜您。」

旺季以沉默回應莫名的社交辭令。不過，或許只是隨口說點場面話罷了，清苑立刻轉換話題，很少見他這麼做。

旺季懷中的小皇子望著母親離去的背影，手中緊握那條扯斷的繩子。旺季嘆口氣，默默將弟弟還給清苑。

廣受眾人好評的少年皇子抱起弟弟，輕聲道謝。

「旺季將軍……謝謝您救了劉輝。」

正因聰明，所以這位第二皇子從不懷疑自己的判斷，一旦視為敵人的對象，絕對冷酷排除到底。清苑虛偽的微笑和第六妾妃的棘刺其實是一樣的東西，都是守護孤單的自己時，舉在手中的盾牌。

不過，剛才這句道謝毫不虛偽。

清苑愛護小弟的心是真實的，他無法原諒不成熟的母親拿孩子出氣，無論有什麼原因。即使如此，旺季還是願意體恤能在人前坦然哭泣的第六妾妃，想起她剛才伸出的白皙手臂……小小的誤解，總有一天會造成無法挽回的衝突，旺季有這樣的預感。

一陣風吹過，旺季的耳環和清苑皇子身上的寶石飾品發出清脆的碰撞聲，在走廊上迴盪。

後宮女子為戳華裝扮自己的胭脂白粉氣味、快步走過的官員們身上發出的廉價薰香味和賄賂品的銅臭味混在一起刺激鼻腔，令旺季不悅地瞇起眼睛。

令人噁心的味道。無視還想繼續說什麼的清苑，旺季轉身回頭。

袖子被人拉住了。

抓住袖子的小皇子睜著盈滿淚水的眼睛抬頭看他。旺季冷淡地抽出袖子，快步離去。感覺到背後兩位皇子的視線，卻一次也沒有回頭。

從此之後，旺季盡可能不與兩位皇子有所接觸。

此時的後宮早已充斥脂粉香氣也蓋不住的骯髒臭氣，只要被風一吹就會飄散出來。不出所料，這股臭氣此後再也不曾變淡，以長大的六位皇子及妾妃為中心，後宮檯面下的鬥爭一天比一天激烈。

距離旺季在內朝執行御史台「工作」的那天，已經不遠。

晚秋的風吹得庭院裡樹梢發出沙沙聲響。旺季坐在椅子上，朝窗外的夜色望去時，已是一頭銀髮的自己瞬間倒映在窗玻璃上，一眨眼又消失了。

『只愛一個人而且愛得過了頭的血統啊……那位小皇子和先王陛下太像了。』

從前陵王這麼說過。就旺季看來，劉輝和他的父母雙方都很像。

那位年輕的第六妾妃實在太愛戩華也只愛戩華，不要奢侈的生活也不要榮華富貴，一心只求獲得戩華的愛。明知得不到也無法放棄，和其他妾妃不同，從未想過用孩子代替自己。晏樹就曾這麼諷刺過她。

她就是因為把熾烈的愛只專注在一個男人身上才會變得那麼不幸。

一輩子無法滿足的強烈慾望與思念。多年後，當旺季看到哪裡也去不了，最後終於死在祥景殿的悠舜時，曾經聯想起紫劉輝的母親。

身旁的小桌上多了個小茶杯。旺季拿開杯蓋，杯中冒出蒸氣。

「第六妾妃啊……那陣子旺季大人老是很煩躁。」

明明只在心中想了一下午間提過的怪談話題，晏樹怎麼就是能讀出自己的心思。

晏樹遞過來的茶杯裡裝的不是茶，而是溫開水。旺季啜飲了一口。

從爭奪後宮利益與權力發展出的貴族官吏政爭對旺季來說只是司空見慣的事，一點也不特別，畢竟那是他從小就親眼目睹的事。

十三歲第一次上戰場，旺季的父親兄長與叔父都死於那場戰役，原因本就出於朝廷無聊的陰謀。當時征戰各地，戰功彪炳的旺家聲望高漲，成為朝廷的眼中釘，因而將他們送上毫無勝算的戰場。表面上為了朝廷前往討伐妖皇子戩華，實則可能就此被心懷妒恨的朝廷殲滅。

相較之下，充斥後宮的權力鬥爭還算可愛多了。不過正如晏樹所說，當時旺季每天都很煩躁。

「我氣的又不是後宮裡的鬥爭。」

「我知道啊，您氣的是什麼都不做的戩華王吧？」

旺季沒有回答，又喝了一口白開水。

「我也對旺季大人您感到煩躁啊。每天從早上朝到晚上才回家，工作得滿臉倦色又沮喪。這樣的旺季大人只要一看到戩華王立刻變得精神十足……從以前就是這樣，每次被貶到地方，您就會氣沖沖地回到中央。撿回皇毅和悠舜也一樣，您所做的一切，出發點都是為了阻礙戩華王。」

「…………不、這我堅決否認。」自己說完都覺得只是嘴硬。

晏樹抽走旺季手中的茶杯，朝所剩不多的杯裡補滿白開水。

旺季側耳傾聽那悠閒的聲音。現在的他已非過去那個一遭貶抑就發怒的自己。即使遠離權力寶座也什麼都不做，在自己的宅邸裡發呆喝著白開水。

——你不該過著這種活著就滿足的日子，你不是這樣的人吧！

慧茄曾在隱居當初前來造訪旺季，憤慨地這麼說過。

——現在的你，到底為何而生？

現在的旺季仍不斷指導、栽培後進，出身旺季門下的官員們也依舊絡繹不絕登門拜訪。只要他們提出請求，旺季也會陪他們議論政事。然而慧茄知道，成就過去那個旺季的熱情已在不知不覺中消失。現在的旺季像蟬蛻下的空殼，完全不是真正的旺季。

（為何而生……）

昔日旺季也曾說過一樣的話，對象是戩華。

在第六妾妃死去的那個寒冷冬日。

……第六妾妃在池子裡溺死那天，旺季在她的要求下前往會面。一邊沉思一邊恍惚地舉起茶杯想再啜飲開水，卻被晏樹制止。

「旺季大人，您別光是喝開水，那是給您配藥的啊。」

旺季苦笑著，接過一起遞上來的藥包。

那時的後宮，開始朝旺季無法預測的方向演變。

最出乎意料的，是擅長咒殺的縹家潛入後宮的事。然而，無論怎麼調查，就是查不出委託縹家的是哪位妾妃，接受的委託任務又是關於「誰」的暗殺。完全沒有頭緒。

旺季不認為瞞過自己和御史台部下們的眼睛，令人完全揪不到狐狸尾巴的人，會在六位妾妃、皇子或那些只有小聰明，暗中猖獗的官員或貴族之中。更重要的，是他完全不明白那連縹家都能指使的人到底有什麼目的。

直到很久以後，他才知道幕後主使人是清苑皇子的母親，鈴蘭君。

儘管對於想不通原因耿耿於懷，瓦解早晚會成問題的後宮還是不變的任務。該從哪一位皇子下手，旺季也早已有定奪。

曾經戴著一身珠寶配飾前來迎接弟弟的第二皇子，清苑。

比起他的外公，圍繞清苑身邊那些小人更麻煩。那是一群只會在清苑身邊逢迎拍馬，徒有奸智的鼠輩。在這群人圍繞下，清苑皇子自己也有意擊垮兄長，企圖哪天自己坐上王位。正因察覺了這一點，旺季最後才做出動手的決斷。儘管對這個決定從未猶豫，見過清苑與劉輝相處的情形後，確實拉長了旺季考慮的時間。

就在他小心翼翼撒網準備捕魚時，收到來自第六妾妃的一封信。

她是唯一不在旺季名冊上的人。沒有人想利用她，孤立的狀態嚴重到連侍女都和她保持距離，傳聞中精神已經異常的第六妾妃。不過，從信的內容看來別說異常，根本表現得比任何一位妾妃更正常出色，最重要的是禮儀週到。信末淡淡地寫著，有事想告訴旺季。

從最後一次在後宮見到她和小皇子後，旺季就不曾和她交談過。不過，隱約知道她記得自己。

身為監察機關首長的旺季若在此時進入後宮，肯定會引起第二皇子派系人馬的警戒，他們此後的行動也將更加謹慎。即使如此，旺季還是想去見見第六妾妃……單純好奇她究竟想說什麼。旺季這個不顧己身安全的毛病，當時已經常被晏樹和皇毅斥責。那時也一樣，即使皇毅氣得大罵「一點都不懂得瞻前顧後！」旺季還是假裝沒聽見。

（……她做出離開後宮的決定了嗎……？）

這樣或許也不錯。黎明時分，旺季走入後宮，口中呼出白色的氣息。

季節已是初冬，早晚都有無情的冷風橫掃都城。明明已經這麼冷了，後宮還是充斥令人嘔心的甜膩脂粉香氣的味道，沉澱的欲望開始腐壞。這座城很快就要變成長出蛆蟲腐爛的果子，真希望那女孩能逃離這裡。

冷冽的風吹過，樹梢發出沙沙聲。走在無人的小徑上，旺季的耳環叮鈴作響。

信裡提到想說的事，無非是她自己或那位小皇子的事吧。女孩唯一擁有的也就只是這兩樣東西。就連那封信，也只能託付給偶然遇過一次的自己。由此可見她有多麼孤獨。

對和她見面的事有一點期待。那好強、傲慢、秉持耀眼美貌與尖酸言語拚命虛張聲勢的女孩，帶著不顧一切的專情和其實非常坦率的個性逞強的樣子，看在年紀整整大她一輪的旺季眼中，就像一隻小狗。

穿過庭院，前腳剛踏進第六妾妃寢宮時，一陣難以言喻的惡寒侵襲旺季。異於平日的不平靜氣氛從腳底竄上來。左顧右盼，似乎看到一個詭異的影子搖搖晃晃地消失在走廊另一端。

（怎麼回事？）

以為自己看錯的下一瞬間，女人的哀號聲劃破嚴寒早晨的空氣。

就從剛才那黑影消失的方向傳來。

旺季立刻朝哀號聲奔去。

看見庭院裡的水池，同時也聽見濺起水花的聲音。接著，女人的聲音就安靜下來了。

旺季第一個發現的是跌坐池邊發愣的小孩。

「劉輝皇子？」

小皇子瘦弱的身體一震，彷彿剛才目擊了什麼可怕的景象似的彈跳起來。外表看起來依然比實際年齡幼稚，不像其他兄長在母親與宮女伺候下受過度保護，裹在骯髒衣服裡的弱小身體，看起來幾乎和第一次見面時一樣，完全沒有成長。

皇子一看到旺季，就像終於想起什麼似的發抖。

「……啊……嗚……啊……」

旺季朝水池投以一瞥，漆黑的池面與其說是水池不如說是水沼，如今水面仍漾著漣漪，冒出不祥的氣泡。

池水中央，載浮載沉地漂著嬌小細緻的絹製室內鞋，一看就是女人的東西。

那不屬於宮女，而是只有妾妃才能擁有的絹製室內鞋。

反射性地衝向池邊，衣袖卻被人抓住。是劉輝皇子。

皇子抓住旺季的袖子，阻止他向前。

劉輝皇子眼神倉皇，看似混亂不已，大概連自己也不知道自己在做什麼。然而，他卻不放開旺季，力氣大得與那小小身體一點也不相稱。彷彿害怕旺季救起自己的母親。眼底是滿滿的恐懼。從衣袖裡露出的手臂上佈滿新的瘀青。

一與旺季四目相對，劉輝抖得更嚴重。眼睛注意到自己抓住旺季袖子的手，忽然像忘了怎麼呼吸似的呻吟起來。

「不、不是的……我……我……嗚嗚……」

啪沙。背後傳來有人脫下衣服丟在地上的聲音。

「旺季，我去拉她起來。你看著小鬼，別讓他也跳下去了。」

令世上一切為之臣服的支配者的聲音。

回頭一看，戩華王脫下的上衣與鞋子捲成一團放在地上。再往水池方向看，水面上出現新的漣漪。他跳下水時，幾乎沒有濺起水花。總是憎恨著國王所作所為的旺季，一點也不認為如果有什麼萬一，自己會跳下去救國王，連那蟬殼般的衣物都令他看了滿肚子火。

年幼的皇子看似並未察覺一陣風似的跳入池中的父親。不經意地，旺季瞥見他緊握的指間垂下一條細長的藤紫色繩子。

……旺季對那條繩子有印象。

『之前……他也扯斷過繩子……我才剛換上一條新的。』

不過，這次只看見那條繩子，沒看見本該繫在繩子上，有小菊花圖案的朱紅色護身符袋。察覺旺季視線的劉輝皇子大叫一聲，將繩子往身後一藏。

猛烈搖頭，劉輝宛如藉口般地說：

「不、不是的……我……因為……因為……母親大人上次也把我重要的……兄長給的手球……她生氣了……丟進……那池子……」

累積無數司法方面工作經歷的旺季立刻發揮直覺，不動聲色地問：

「這樣啊，所以你很難過對吧？」

「對、對。清苑兄長不在了……其他的兄長過來……揍了我好多次。今天早上也來了，比昨天揍得還痛喔。」

擅自抓起戩華丟在地上的厚重衣物，團團裹住劉輝的身體，像是想給他一點撫慰。隔著衣服小心不要碰到身上可能有的瘀青，輕輕抱住兩條纖細的手臂。

內心的冰霜彷彿被這樣的溫暖融化，皇子眼中盈滿淚水。

「因為……很痛……我就去找母親大人。只要乖乖待在旁邊，母親大人就不太會生氣。今天早上，她說會有客人來，我待著沒關係。」

客人。旺季敷衍地點頭——指的應該是自己吧。既然劉輝皇子待在一旁也無妨，她要說的可能是與皇子有關的事。

「母親大人……說要化妝，去了隔壁房間……我……在桌上找到母親大人的寶貝護身符……只是想摸一下……結果就聽到……好恐怖的叫聲……」

總覺得有什麼不太對勁。雖曾聽說第六妾妃情緒不是很穩定，但是──

「……劉輝皇子，你只是摸了護身符，對吧？」

「我不知道……母親大人的臉好恐怖……嗚嗚，那不是母親大人……她、她的臉才不是那樣。大吼大叫靠近我，我、我、好害怕。」

嘩啦。池邊傳來水聲。

「──為了不讓她靠近你，所以扯下護身符丟進池子啊？」

戩華王低沉又響亮的聲音，從腰部一帶沿著脊椎往上爬。

「旺季，是溺斃，為時已晚。別讓小鬼看見，要不然那塊年糕軟了可不關我事。」

把自己的老婆和小孩說成這樣，聽得旺季一肚子火。

聽從戩華的命令雖然也教旺季火大，那確實不是該讓劉輝皇子目睹的場景。旺季抓住他的頭，不讓他回頭看，隔著衣服抱住劉輝。

劉輝驚訝地縮起身子，很快地便自己低下頭。

「……喂，旺季。連一件上衣都沒留給我嗎？凍死了怎麼辦。」

「把那池子當成溫泉不就行了。看你身上冒出蒸氣，感覺挺剛好的啊。」

「這是寒氣好嗎？白痴。」

戩華吐出白色的氣息，泡在即將結冰的池水裡，身體卻沒有一絲顫抖，使那池子看起來真的就像溫泉似的，更加令人火大。這男人做的每一件事都能觸動旺季憤怒的開關。

「想要衣服穿就自己動手啊。可惜的是現在不管你怎麼叫，一時半刻是不會有人來的。因為我已經讓御史台把人都支開了。」

「好讓你和第六妾妃碰面嗎？」

身上滴著池水的戩華王瞪著旺季。

身為御史台首長，旺季構築了一套嚴格的情報管制系統。今天來見妾妃的消息是極機密事項，不可能外漏。即使如此，還是什麼都瞞不過戩華王。

王的左手臂從池水中拉出什麼。一開始是水藻般的黑色頭髮漂浮水面，接著從水下露出的是顏色詭異不祥的蒼白肌膚和衣服。衣服與水藻牢牢糾纏，戩華王莫名仔細地一一將纏繞的水藻扯斷。

只需看一眼，旺季就知道她已經死了。

蒼白的手腳陸續從水裡拉出，身體滾落地面。

把死去的女孩完全拉上岸後，戩華小心翼翼地撥開遮住第六妾妃臉龐的黑髮，用手指觸摸髮際。這或許是那女孩生前企盼不已，卻從來沒有獲得過的溫柔撫摸。

旺季太陽穴旁的皮膚神經質地抽動。

戩華是個性情捉摸不定，既無情又不留情的人，不過，忘了是什麼時候察覺的，這樣的他也有例外的時候。當戩華心血來潮時，確實會有願意為對方做任何事的時刻——每個人只有一次的機會。幾位皇子陷入絕境時，都曾被戩華出手救過一次。

可憐的第六妾妃，她不斷冀望戩華只深愛自己一人……這願望卻在她死後才獲得實現。戩華連施捨都是那麼冷酷。

明明可以在她想要的時候給，戩華就是絕對不那麼做。

抱著劉輝皇子，旺季低聲啐罵。

「……我最討厭你這種地方，總是用自己的標準做選擇。」

戩華的頭髮還在滴水，朝旺季投以黑夜般深沉的視線。

「……你比我殘酷多了，把一路上所有朝你求助的人都撿起來。」

無聲地站起身來，戩華靠近旺季。如果說孫陵王的無聲靠近像百獸之王，戩華就像是化為人形的黑夜。一旦被那隻手抓住，除了墜入黑暗，別無其他選擇。

眼前的戩華，能令宰相之外的所有人跪在他面前。但旺季仍不為所動。戩華從喉頭裡發出低笑聲，似乎覺得不逃不躲的旺季很有意思。

「只要有人朝你伸出求助的手，你就會趕緊抓住對方，包括第六妾妃和那塊年糕。看到遠處的狼煙時果敢衝上前，對近在身邊的事物卻不以為意。對任何人都公平且平等。我不討厭這樣的你，但也難怪那傢伙總是逃開。付出得不到回報啊。」

那傢伙？

歪著頭想，他說的是誰？戩華伸出手指，解開旺季外衣的衣帶。從旺季身上用力抓下那件厚厚的外衣，彷彿那是自己的衣服似的輕輕披在裸露的上半身，開始擦拭頭髮。外衣被奪走使旺季冷得發抖，卻說不出要他歸還的話。畢竟說了「想要衣服穿就自己動手」的是自己，只得皺著眉頭忍耐。反正身上的人肉熱水袋也挺溫暖的。不、不對，旺季回過神來。錯了。身為父親，應該選擇的是兒子這個人肉熱水袋，而不是旺季的外衣。

「對了旺季，去看看妾妃的臉吧，這樣就能解開有趣的謎團了。」

「……臉？」

為了小心不讓劉輝看見，旺季自己也還沒好好看清死去女孩的臉。看了之後大吃一驚。

半邊臉嚴重潰爛，皮膚剝落，露出紅色的嫩肉。另外半邊依然美麗，襯得整體更加醜怪。她引以為傲的美貌已經消失無蹤。

——那不是母親大人……她、她的臉才不是那樣。

皇子可連一次都沒說過那是生氣的臉。

去化妝的第六妾妃。忽然發出的哀號。半張臉上的潰爛傷口。

（……是誰刻意在第六妾妃的化妝品裡攙入劇毒……？）

躺在池邊的女孩蒼白的手指纏繞著藤紫色的繩子，和皇子手上握的一樣。那個曾經見過的骯髒護身符在她手上。

……她不知為何非常重視的，朱紅色有小菊花圖案的護身符。

剛才戩華說了什麼？

『——為了不讓她靠近你，所以扯下護身符丟進池子啊？』

旺季全身噴發冷汗，低頭望向懷中蜷縮的小孩。

或許是看到自己那麼重視的東西被拋進池裡，她才追上前去的。追著兒子手中拋出的護身符，就這麼摔進池中。

她之所以會死……

「不愧是我生的兒子。」

戩華發出嗤笑，掀開裹住兒子的衣物，露出底下鐵青著臉怯懦發抖的劉輝皇子。戩華像抓小貓似的一把揪起他，朝結滿秋霜的地面丟去。不知道是角度剛好，還是他真的為了不讓兒子看到第六妾妃的屍體，站的位置正好擋在母子兩人中間。

一屁股跌坐地面，年幼的皇子愕然抬頭望向父親。

「你是殺母凶手嗎？」

劉輝皇子的手指倏地抖動。旺季全身寒毛倒豎，戩華竟然這麼說。

「別在意。我還不是為了讓自己活下去而殺死礙事的父母坐上王位。你是我兒子，沒什麼好驚訝

的，扯平而已。」

「——戩華！」

皇子牙齒打顫的聲音連旺季都聽得見。

「……不、不是……我、我沒有……殺死母親大人……」

「你不是阻止旺季衝出去救她？」

皇子全身打顫。看來，戩華王當時與旺季同時趕到了這裡。

國王望著從凌亂衣物中露出的稚嫩四肢，上面佈滿剛被人打過留下的瘀青傷痕。為了逃避那彷彿能看穿一切的眼神，年幼的皇子抓起衣物掩飾傷痕，像是為了否認。

「夠了、戩華。你竟然說得出這種話——」

「這是事實。再說，該說幸還是不幸呢，第六妾妃只是不懂得活在世上的訣竅，並不代表她頭腦不好。自己每天對兒子做了什麼事，她自己心知肚明，恐怕也擔心哪天精神錯亂會失手殺死兒子吧？所以才會在那之前寫信給你。」

不經意地，旺季忽然閃過一個念頭。國王潛入池中不是為了救妾妃，說不定是為了終結她的性命，也或許只是眼睜睜地看著那女孩死去。

在這看不到未來的世界，或許這才是那哪裡都不想去的女孩真正的心願。

雖然只有一次，但願意無條件實現對方心願的國王。和旺季正好相反的作風。那女孩寫信給旺季，說有話想告訴他。戩華則在他們見面前終結了她最後一口氣，把死亡送給她。

這次也一樣。每次看到他做的事，旺季就會被一陣頭暈目眩的無奈心情襲擊。

年幼的皇子像隻被撈上岸的魚，喉嚨裡發出幾次詭異的喘氣聲。過度呼吸。劉輝皇子雙眼失焦，開始陷入精神錯亂的狀態。旺季扶起他。

大概是聽見兩人互斥對方的怒吼聲，第一個趕來的是臉頰到脖子上有條傷痕的那個男人。

「貘。」旺季鬆了一口氣。男人是從旺季初上戰場那年便一直跟著他的隨從，看到現場狀況立刻理解情形，馬上聯絡了御史們。旺季抱著年幼的皇子，指示御史們驗屍並對第六妾妃的寢室展開調查之後，轉身就要離開。

「——旺季。」

戩華王的聲音，使他停下腳步。

「你真的一點都沒變。連這無可救藥的後宮和朝廷都無法棄之不顧。就算到手的獵物會就此逃走，還是要答應第六妾妃信裡的要求……這樣下去會被反擊的。」

旺季回頭。

「……那麼戩華，你變了嗎？」

戩華王歪著頭，不過旺季想說什麼，他一定完全明白。

朝廷裡充斥著眼中只看得見權勢與榮華富貴的彩八家，以及內心打著鬼主意的貴族、官員。飄散的是過去曾被戩華消滅的那個腐臭時代的氣味。

然而，現在的戩華和過去不同，對一切不聞不問，連後宮的皇子之爭也視若無睹。

「現在的你為了什麼而活？怎麼不像過去那樣，橫掃眼前所有枝微末節的小事，殲滅所有看不順眼的東西，把無聊的傢伙全部殺掉，將那些喀啦作響的骸骨踩在腳下？現在的你只是待在那裡，什麼都不做，只會在後宮裡閒晃……」

夾帶黑暗的火焰，出現在當年十三歲旺季面前，殺死父兄，消滅族人的妖皇子。

在最後的貴陽完全攻防戰中也一樣，儘管放了旺季與陵王等戰場上的將兵，卻對先王和朝廷裡只會發抖求饒的貴族與官員毫不留情，一個不剩地殺光之後，自己即位為王。只要不順他的心，隨時可以要了臣下的命。

奔馳在滿是骸骨的道路上，支配了一切。沒有人知道他在想什麼，但他確實朝著某個方向前進。然而現在，戩華卻無視腳下那些卑鄙愚蠢的官員與趨炎附勢的狡猾貴族。如果是從前的他，早就將他們一個也不留地殺光了。

事到如今，可別說他的目的只是為了即位為王。他怎麼可能會是如此平庸的男人，就算他這麼說，旺季也無法接受。

「——煩死了。裝得一付正義的嘴臉說那些普通正確的論點和理所當然的忠告。我想做什麼是我的自由，輪不到你來管。」

宛如一刀斬下般氣勢驚人的怒罵聲，聽得在場御史心驚膽戰。其中一名部下小聲勸諫「旺季大人……」，旺季卻是左耳進、右耳出。

「你還不是多管閒事，我就是無法和你一樣。與其像你那樣，寧可把所有叫我別做的事一一處理完。直到最後我都不會認同你的。」

戩華緊盯著旺季看，彷彿在打量世上唯一一件心愛的珍寶。

很快地，他笑了。只是笑著，沒有一絲憤怒或焦躁。

那表情令旺季沒來由的火大。總是這樣。

戩華嫌煩地撥開額前濡濕的頭髮，口中吐出白色的氣息。

「為了什麼而活嗎？因為我還有想看的東西，大概是這樣吧。」

「想看的東西？」

這是旺季第一次對戩華說的話感到好奇，他卻不再繼續說下去。

「旺季，你跟那些小鬼保持距離是聰明的做法，難得看你這麼聰明啊。尤其是這傢伙，深知如何打動人心的訣竅。那是他為了在這後宮存活下來而學會的技巧，而且會鍛鍊得愈來愈好。要是怕他礙事，就快點殺了他。」

即使對象是自己的兒子，戩華也能滿不在乎地說出這種話。

「別隨便同情他。這傢伙就算已經奪走你的全部，為了填補自己的空洞，他還是會笑笑地繼續要求你拿出其他東西。我只跟你說，什麼也別給他。反正就算從你這裡拿不到，他也會找別人要。如果能毫不保留全都給他的話倒是另當別論，可是你又不可能這麼做。」

「你說這話……」

為什麼戩華要說這話，旺季一點也不明白。

「是為了這孩子好，還是為了我？」

戩華王陷入沉默。

這或許是他第一次也是最後一次因意外而做不出反應。

國王轉過身。一隻烏鴉停在旁邊的樹上。戩華王凝視那隻黑色的烏鴉。

「……誰知道呢？如果你知道答案了，再來告訴我吧。」

旺季懷中的小孩始終不斷微微顫抖。

旺季即刻下令御史台接管第六妾妃寢宮，限制進出，將寢宮納入御史台管轄下。

即使如此，關於第六妾妃離奇死亡的謠言還是立刻傳遍朝廷。旺季下令對外堅稱死因為病死，迅速結束調查。雖然在脂粉瓶中發現劇毒，但卻查不出是誰攙入，也查不到毒藥來源，只查出了幾個名字。雖然也考慮過可能是縹家派出的謎樣人物，但卻找不出確切證據。至少目前還找不到。

……更何況，殺死第六妾妃的可能根本不是那些人。

和滿桌子上遺物放在一起的，是留在第六妾妃手中的護身符。

皇子原本緊抓在手上的那條藤紫色繩子，在帶他回房後就找不到了。大概是途中掉在哪裡了吧。旺季認為那可能是故意丟掉的。害怕被人發現那條繩子的存在，故意放開手指，丟掉繩子。

用鄉下小女孩的外出服布料作成，有小菊花圖案的朱紅色可愛護身符，如今沾滿池底髒黑的污泥。既然是第六妾妃的遺物，本該交給她的兒子，可是——

旺季想起抓住自己袖子時，小皇子那膽怯的眼神。

……結果還是要部下把這護身符與第六妾妃一同下葬了。

接著，旺季去探望了小皇子。

從被旺季帶回房間後，劉輝皇子就一直發著高燒，不斷夢囈，偶爾醒來時意識也不清楚，情緒嚴重不穩定。擔心他在睡夢中脫口而出什麼不妙的話，旺季只派了部下守在他身旁，遣走所有宮女和侍者。

進入房間，屋裡已有一隻狐狸。不，應該說是戴著狐狸面具的少年。面具遮住臉的上半部，露出一雙茶色雙眸。一頭長捲髮披在肩上。旺季嚇了一跳。

「晏樹？你怎麼會在這裡。現在這時間明明拜託的是貘和皇毅……」

室內的暖空氣拂過旺季手腳，向屋外流去。旺季關上門。

劈啪。炭爐裡的火炭輕輕彈動。

狐狸少年原本一副無趣的樣子，交叉雙腿靠牆站著，這時又喜孜孜地笑著說：

「我丟工作給他們，把他們趕跑了啊。」

「……是假借我的名義派工作給他們吧……等等晏樹，你別再哄他了，他看到你都嚇哭了。」

「你看，是狐狸喔～」晏樹故意把頭往床上探去，小皇子立刻倒抽了一口氣，開始舞動手腳。大概以為看到狐狸妖怪了吧。

「……咦，奇怪了……難道我的魅力一年比一年遽減了嗎……」

「那張面具做得太像，連我都覺得可怕。拿下來吧，要是走在夜路上真會以為是狐狸妖怪。」

那是晏樹從以前就很喜歡的面具，浮現在黑夜中時特別可怕。心不甘情不願地拿下面具，出現的是介於大人與小孩之間的美少年。旺季不由得感嘆（自己的）歲月流逝，內心有些失落。第一次見到晏樹時他還是個小孩，現在已經二十歲了。因為他的身高超過自己而悄悄感到沮喪都已經是幾年前的事了。不，可是自己也還不到四十歲。

「我知道啊。看到我出現時，遞來一個飯糰說『吃了這個填飽肚子後就快點回巢裡去吧，小狐狸』的可是旺季大人您啊。」

「是嗎？」

看著哭個不停的小皇子，旺季傷腦筋地說。

「嗯……要是女兒或悠舜在附近的話，真想找他們來。」

「……飛燕就算了，找悠舜做什麼？」

「你們三人之中，總覺得他看起來最會哄小孩啊。皇毅那張臉一年比一年僵硬，哪天被人家說是會走路的屏風也不奇怪。再說，那傢伙就算看到小孩哭，大概也只會頑強等待對方止哭而已吧。」

「對喔，他會瞪著小孩說『你哭，我就耐心等到你不哭為止』。」

「如果是你的話，那就是『你哭，我就笑著殺了你』。一點也派不上用場。就這點來說，悠舜可能會是『你哭，我就想辦法讓你不哭』。」

「……是啊，只要是旺季大人的願望，他肯定用盡方法也會讓那孩子止哭的吧。」

晏樹不屑地丟下這句話。搞不好他會笑咪咪地用什麼可疑的藥，讓那位小皇子一輩子都笑不出來。

「嗯？他怎麼好像止哭了？旺季大人。」

「喔？真的耶。」

旺季的袖子被拉住了。眼中盈滿亮晶晶的淚水，年幼的皇子抓住旺季的衣袖。晏樹不知道對什麼感到不滿，嘴裡嘖了一聲，像趕蒼蠅似的無情拍掉皇子稚嫩的手指。雖然他做得太過分了，但旺季想起自己之前也曾逃開，因此無法責備晏樹。

晏樹瞪了小皇子一眼，雙手環抱胸前，揮了揮手中的狐狸面具說：

「……旺季大人，雖然您吩咐我不要跟，老實說我還是偷偷跟著你到現場，也都看見了。」

「你確實是會做這種事，完全不理會上司的命令……算了。」

這種時候，晏樹總會露出不可思議的表情，好像有點不高興。晏樹有時會故意不遵守旺季的命令，為的似乎是從旺季身上引出什麼。

「然後啊，我也覺得戩華王說得都很對。或許旺季大人您只聽明白了一半左右，以後會不會明白也很難說就是了。」

「我連你現在到底想暗示什麼都完全不明白。」

「呼……總而言之，我也贊成戩華王的忠告，不要接近這位皇子比較好……他那種手段我熟悉得很。正因毫無自覺，所以比我更惡劣。若只是像對清苑時那樣為了被愛而裝乖也就算了。為了獲得愛而自己願意忍耐的話，對周遭不會造成傷害……可是事情都有表裡兩面，真希望旺季大人您也能機靈點察覺啊。」

炭爐裡的灰燼上，漆黑的炭紅光閃爍，像在呼吸一般。旺季沒有回應。

「比起重視的對象，這孩子更以自己為優先。而且這還是出於了不起的防衛本能。只要能獲得別人的愛，要他多麼笑臉迎人都做得出來。反過來說，只要真面目一在對方面前曝光，知道不用忍耐也沒關係之後，就不會再掩飾強烈的欲望。戩華王說得沒錯，旺季大人一旦給了他什麼就完蛋了。還是別跟他扯上關係比較好。」

袖子又被拉住了。年幼的皇子手指緊抓旺季的衣袖，用因高燒而充血發紅的眼睛盯著他看。晏樹的目光更陰沉了。

「……旺季大人，您應該不是會被這種溼潤眼神騙走的傻瓜吧？」

「……我也不想太接近他啊，現在是工作，沒辦法！」

「旺季大人！」

「少、少囉唆。就說是工作沒辦法了啊。總之你現在先出去。」

空氣為之凝結。

不是對旺季，晏樹朝床上哭得鼻涕直流的幼兒狠狠瞪了一眼。

「……知道了，我出去就是。最近您做什麼都無精打采又總是嘆氣，一見到戩華王又恢復活力了，反正——」

晏樹抿起雙唇，戴上狐狸面具，藏起自己的表情。

接著他頭一扭，背轉過身，就這麼離開。像一隻貓，無聲地。

晏樹離去時，室內一度灌入喧囂的寒氣，很快又平靜下來。

低下頭時，兩邊耳環發出清脆的聲音。

劉輝皇子依然抓著旺季的袖子，表情恍惚地流淚。旺季從袖子上扳開他的手指，用手蓋住小小的雙眼。

手掌下的孩子發著高燒，臉上的淚水傳遞到他手上。

皇子再次抓住旺季的袖子，急切地說：

「……我殺了……母親大人……」

旺季什麼都沒有回答，沒有同意也沒有否認。

皇子像是無論如何都聽旺季的答案似的，無數次伸長了手。

「…………」

脂粉瓶裡的劇毒，扯斷的護身符，跳進池子後很久才上來的戩華。

是誰殺了第六妾妃。

手掌下，皇子躺在那裡，像在等待判決。因高燒而呻吟，身體顫抖。

或許。

皇子真正想問的，是為什麼當時自己拉住了旺季。

戩華和晏樹說他是為了保護自己。想起他身上那些一天比一天嚴重的虐待傷痕。如果母親平安從池子裡被救上來了，自己說不定將會遭受比現在更嚴厲的責罵與毆打。既然如此，乾脆就這樣不要上來吧。

（這是戩華的答案……）

……然而旺季的答案有些不同。

旺季認為他單純只是不想面對自己做的事。擅自拿護身符來玩的惡作劇，一旦被母親發現，肯定又是一頓嚴厲的責打。藏起護身符只是想多少延後那一頓責打罷了。雖然以結果來說，他做出的舉動就是拉住旺季的袖子，最後留下母親溺斃的事實。

不過，這充其量也只是旺季的假設。

現在皇子腦中一定非常混亂，因不明白發生了什麼事而崩潰。

他想要答案。一個能縫合破碎心情，讓他抓在手中的答案。

要對年幼的皇子說謊，安慰他「你沒有殺害母親」是很簡單的事。只要編一個合理的故事就行了。如果是清苑皇子的話一定會那麼做。

「母親大人……在哪裡……不是我……丟進池子裡……才沉下去……」

然而旺季不是清苑，也不是戩華。他只是淡淡地說：

「是的，劉輝皇子。你的母親大人已經不在了。你再也見不到她。」

炭爐裡的炭燒得劈啪響……稚嫩的手放開袖子，劉輝低聲說：

「是我……殺死了……母親大人……」

旺季依然沒有給他答案，不同意也不否認。

茫然眺望池水頹坐在地的皇子。不知道丟在哪裡的藤紫色繩。缺乏來自周遭的保護與關愛，只要清苑不在身邊就會遍體鱗傷。只有自己能保護自己。或許真如晏樹所說，比起母親，他在恐懼中下意識地選擇了以保護自己為優先。即使如此。

……還是不該怪他。儘管被母親又打又罵，皇子還是怯生生地一再靠近母親，光是能待在母親身邊的角落就心滿意足。不管再怎麼害怕母親暴力發作，還是不願搬去和清苑一起住，始終留在母親身邊。對母親的恐懼、厭惡都是真的，需要母親的愛和自己對母親的愛也是真的。這位小皇子盡了他最大的努力。

旺季不同意也不否認。殺了母親？以結果來看或許是如此吧。可是。

「……那種愛的方式，是你盡的最大努力吧，劉輝皇子。你盡力了。」

手掌下睫毛顫動。像隻被封住的蝴蝶，啪啪振翅。

想讓他趕緊睡著。旺季自己也累了，更重要的是這位皇子需要休息。

旺季低聲哼起旋律。那是女兒小時候自己用琴彈奏的搖籃曲。掌中蝴蝶振翅的聲音漸漸變得緩慢。

再過了一會兒，輕輕放開遮住皇子雙目的手。

旺季低頭俯瞰發出鼾聲的幼小皇子……戩華最小的兒子。

戩華王不變的虛無與第六妾妃蒼白的屍體閃過眼前。

毀滅一切的妖皇子，踩過幾千具屍體也不在乎。明知只要在他身旁，等待自己的就只有死，那些深愛戩華的女人們，還有第六妾妃，她們大概很幸福吧。真的嗎？

腦海中浮現死去的小姊姊。背叛旺家，跟在與朝廷為敵的戩華身邊，成為他的「黑狼」而活，如今已逝去的姊姊。

黑暗、負面與虛無的王。只會為人帶來死亡的男人。

即使如此，他還是曾經朝某個地方走去。

如今卻隨著時間的流逝，成為那麼一個對什麼都不在乎的王。

「……你在哭嗎？」

皇子醒來，抓住旺季顫抖的手。「沒有。」如此回答的聲音沙啞。

『現在的你，到底為何而生？』

現在那個男人每天什麼也不想，只在瀰漫甜膩噁心脂粉香氣的後宮隨意漫步。在這個即將腐壞，充滿欲望的朝廷裡，身為國王坐在他的王位上。

從過去到現在，戩華做的任何一件事，旺季都無法認同。

可是，他也心知肚明，比起只是在那裡的戩華，不管走到哪都無法改變什麼的自己更悲慘，更沒用。

炭爐裡的煤炭崩落。屋外聽見鳥振翅的聲音。

❖
❖
❖

從那天後，把所有事情委任部下處理，旺季再也沒有造訪劉輝皇子第二次。

根據部下的報告，劉輝高燒退了之後，幾乎完全失去第六妾妃死去那天的記憶。旺季聽聞此事，一陣苦澀的情緒在胸中渲染開來。不想看到的東西就找個地方丟掉，像那條藤紫色的繩子一樣，劉輝把記憶抹消了。

如果不遺忘，今後將無法在那座後宮裡生存。儘管能夠理解，這件事還是在旺季心中留下一股揮不去的不舒服。

那或許是因為只有自己看到了皇子的另一面所造成。

吞下難吃的藥，旺季皺著眉頭，用難看的姿勢靠在椅子上。

「『一個人在池邊餵了鯉魚』……這句話就我看來才真的是怪談。太扯了。」

不高興地托著下巴，愛用的耳環發出清脆的聲響。晏樹笑嘻嘻地說：

「他到現在好像還是全部想不起來，所以才寫得出這種句子吧。應該不是同一個池子啦，否則未免太駭人了。真的是太扯。連我都沒跟旺季大人一起餵過鯉魚了呢。不過這裡也沒有鯉魚，不如下次一起拿雜穀餵麻雀吧？」

「……你在跟誰對抗什麼啊，這麼起勁……」

——是誰殺了第六妾妃。

真相沒有人知道。

庭院裡的樹，在夜風吹拂下發出沙沙聲。彷彿聽見過去的池水聲。

那時，自己問戩華為何而活。戩華的回答是，有想看的東西。

（為了什麼……現在如果有人問我這個問題，我會怎麼回答……）

現在的自己像是已熄滅的火。好一陣子，旺季沉浸在類似憤怒的情緒中。

❖ ❖ ❖

靠近水池中央處，鯉魚用力跳出水面。

『……那種愛的方式，是你盡的最大努力吧，劉輝皇子。』

劉輝沒來由地想起這句話。

（剛才那是……？）

——劉輝皇子。那聲音確實是這麼說的。劉輝皇子。

旺季的聲音。如果是他說的，是什麼時候的事？

「喂，你別發呆啊。飼料一直掉。為什麼非得在這種大半夜的來餵鯉……」

「因為繞著圈子暗示你外公也得不到回應，只好讓你這個外孫代替囉。」

「別說得這麼理直氣壯！給那麼多飼料，鯉魚胖得游不動了怎麼辦。」

「會怎樣……沉下去？溺水的鯉魚還算魚嗎？」

「唔嗯……溺水的鯉魚……好哲學的問題……唔，這魚胖得真噁心……」

圓滾滾的鯉魚睜著空洞的雙眼游過來，感覺莫名恐怖，根本不想拿來煮味噌鯉魚吃。璃櫻一邊這麼叨唸，一邊在旁邊撒飼料。

劉輝按著額頭……剛才水花四濺的聲音，令他幾乎要想起什麼。

原以為是病死的母親其實是溺水而死的事，以及屍體在水面載浮載沉的情景，大概十年前就隱約回想起來了。然而，除此之外的一切依然宛如一張白紙。或許跟當時年紀太小也有關係，只記得自己好像丟了什麼進池子。到最後，劉輝還是不明白那代表什麼，也完全想不起來到底丟了什麼進去……算了，應該不是什麼重要的事吧，大概。

一邊餵鯉魚，劉輝哼起了某條旋律。

清苑兄長來探望臥床不起的自己，已經是母親死後幾天的事了。在那之前，是誰把自己抱到床上的呢。那人還唱歌給不停哭泣的自己聽，也似乎說了什麼，只是劉輝一點也想不起來。

那種意外，多半是御史台出面處理的。

說不定那人是……劉輝有時會這麼想，然後就會感到有些寬慰，提起精神。

「……璃櫻，旺季他好嗎？」

璃櫻停下丟飼料的手。一層淡淡的陰影微微罩上俊秀的臉龐。

「……呃、呃、國王。」

「嗯？怎麼啦？璃櫻。」

「外公大人他、的……體……」

一陣風吹過，沒聽清他說什麼。

「嗯？」

璃櫻為之語塞。過了一會兒才低聲說「沒什麼」。

劉輝歪了歪頭，沒有繼續追問。

仰望夜空，看見某顆星。小小的，閃亮的蒼星。

像旺季一樣的星星。

這麼一想，忽然覺得眼前那顆星搖晃不定。

星光閃爍，似乎就要墜落。

『……那種愛的方式，是你盡的最大努力吧，劉輝皇子。』

類似的話，旺季曾對劉輝說過。不是皇子時代，而是八年前。

悠舜死去那時……

第二章　紫皇子與雪之夜

那是發生在天明前的事。

劉輝一個人蹲在靈柩邊嗚咽。隱約記得近臣們拗不過怎麼也不離開靈柩的自己，已經自行離開，到另一間房間去了。

祠堂裡無數燈火搖曳。弔喪的花香與線香的煙霧瀰漫，在全新白木棺的氣味與焚香的氣味中，悠舜始終不願醒來。

劉輝靠在祭壇邊不斷哭泣，哭得腦袋都無法好好運作了。

不知道過了多久，忽然聽見門打開的聲音，還有噠噠的腳步聲。

一直垂著頭的劉輝，這才抬起臉來。

淚眼朦朧的視野中，真的好久不見的旺季就站在自己面前。

和五丞原見到他時一模一樣的眼神與冷酷的氣質。身上穿的不是喪服，而是過去擔任朝廷大官時的服裝。

劉輝吸著鼻涕，用袖子擦拭臉頰，眼淚又落了下來。連站起來的力氣都沒有。

撥開煙霧走進來，旺季並未對這樣的劉輝發怒。沒有說他丟臉，也沒有皺著眉頭要他離開靈柩。和那些近臣不一樣。不過，他也沒有安慰哭得眼淚鼻涕橫流的劉輝。

他只是緩緩地，繞著靈柩走一圈。只聽見輕柔的腳步聲，耳環清脆的碰撞聲，衣服摩擦時的優雅聲響，在微藍的天明前，宛如葬樂般輕聲迴響。

那些聲音彷彿脈動，一一打在劉輝心上。眼淚不斷不斷地溢出來。

旺季輕聲低喃，不對誰而說。

「……悠舜從以前就最喜歡天亮前這天色微藍的時刻。」

太陽和月亮都不在天上的時刻。

旺季的聲音充滿平靜，從深處流露對悠舜的敬意與疼愛。那聲音縫合了劉輝破碎四散的心，再將縫合好的心塞回原本該在的地方。劉輝像溺水的人拚命抓住浮木似的，緊緊攀住那聲音不放。

繞著靈柩走了一圈後，腳步聲接近劉輝。噠噠、噠噠。

鞋尖映入劉輝眼簾，停了下來，站在他正前方。

「不過，天終究會亮——站起來。」

就算只能靠自己。

劉輝哽咽著，擦拭眼角的淚水。直到剛才不管誰來勸都紋風不動的他，回過神來發現自己正搖搖晃晃地站了起來。眼神瞥向旺季朝服的下襬，再往上朝腰帶望去，最後，面對他端整的面容。

那裡有著與悠舜相同的幽暗眼瞳。

記憶之箱的蓋子錯開了一點，差點就要想起早已遺忘的什麼。聽見遠處傳來落葉喀啦喀啦的聲音。從前，好久好久以前，劉輝看過這個表情的旺季。在哪裡看過，那是哪裡。

旺季也望著劉輝。劉輝難為情地摸了摸臉。

「……還、還以為你要罵我丟臉。」

「哀悼過世的人，有什麼好丟臉的？」

旺季簡直像是能理解一切。

誰都無法真正理解劉輝到底失去什麼，包括劉輝自己在內。有時，感覺一陣冷風吹過心上那個破洞時，感受到那種莫名其妙的不安與孤獨時，只要有悠舜在身旁就能鎮定下來。

已經把一切都奉獻給自己了還是不夠，最後連命都丟了。

劉輝哭花了臉，內心湧現強烈的情感。想再多和旺季說說話。關於悠舜的事，那些無法順利告訴近臣們的事，心裡的矛盾……想跨過旺季傲然拉開的那條界線。可是，什麼話都說不出口。

旺季轉過身。劉輝的心猛烈跳動，倉促之間脫口而出。

「是孤……殺、殺了悠舜。」

旺季停下腳步，但沒有回頭。

耳環發出的聲響宛如嘆息。無可奈何似的，旺季做出回答：

「……是啊。不過……那種愛的方式，是你盡的最大努力吧……我知道。」

「——」

腦中一陣扭曲、暈眩。

——那種愛的方式，是你盡的最大努力吧。

「拖著腳步也要站起來。就算再痛苦、沉重到站不起來的地步，不管努力幾次也要站起來。如果你希望自己總有一天能走到悠舜所在的地方。」

旺季向前邁步。劉輝急急忙忙追上，抓住他的袖子。

僅是非常短暫的一瞬間，閃過一種似曾相識的感覺，彷彿時光倒流。

「……旺季大人，時間到了。」

旺季對靠在門上的凌晏樹點點頭，冷淡地抽出衣袖。

看也不看劉輝一眼，就這麼走了出去——再也不曾回頭。

旺季就這樣持續拒絕劉輝，已經過了八年。

……或許就是從那時開始的，感覺近臣們和自己漸行漸遠。

寒冷的天氣持續，冬天的腳步漸漸逼近。

「旺季大人，這是今天的藥。還有，您會感冒的，每天早上不要再那麼認真照料馬匹了。」

「你是小姑嗎？這麼囉唆。」

旺季看著露台外樹葉落盡，彷彿冷得發顫的樹木。

宅邸裡唯一一株梨樹，是從前旺季為悠舜栽下的。

愛作對的悠舜故意選了有李樹的草庵，旺季就試著在自己的宅邸種下梨樹。種了之後，每逢白花盛開時，悠舜總會屁顛屁顛地跑來旺季住的地方賞花。每年，拄著拐杖。

懷念之情油然而生，旺季不由得微笑起來。

直到現在，有時旺季還會錯覺悠舜活著，只要往庭院一望就能看到他站在那裡。

看到悠舜靈柩旁茫然哭泣的國王時，腦中想起的是戩華死的那天。

……即使戩華死了，旺季都沒哭成那樣。

國王說自己殺了悠舜。那確實是當時國王對悠舜盡最大努力表現的愛的方式。為了填補自己滿是空洞的心。所以他認為是自己殺了悠舜。這答案只對了一半。另外一半則是錯的。

……總有一天會有人告訴他嗎。

當然，旺季完全不打算告訴他。

（是我殺了……嗎……）

……這是旺季也曾有過的感覺。

即使如此，還是和自己，不一樣。

「……這麼說來，以前曾被悠舜說過『隱居吧』……」

晏樹今天也端上配藥喝的白開水，聽了這話做出奇怪的表情。

「悠舜說過那種話？……啊，我知道了，是第六妾妃死後吧？」

「對了，那時你戴上狐狸面具跑掉，超過一年沒回來。」

「就算超過一年，旺季大人也完全不來追我。不管離家出走幾次，你都不會問理由……現在也是，從來不問我為何從朝廷回來。」

今天晏樹還端出炭爐，熊熊炭火燒得劈啪響。

「所以我才更想結束一切……來，藥湯。」

即使藥湯顏色和至今吃的藥完全不同，旺季也沒多問什麼，就這樣啜飲起來。苦味在口中擴散，麻痺了舌尖。

「隱居吧……是嗎？就連悠舜都看不下去，提出這樣的諫言了啊。因為旺季大人您完全不聽我們三人說的話，我們一直請你晚點再對清苑出手，都那樣拜託了，你還是要出手。」

旺季目光游移，為了掩飾難為情而喝下難喝的藥湯。

悠舜會那麼說，正是因為那件事。

就這樣隨便清苑怎麼做，和我們一起隱居吧。悠舜說。

當時旺季被視為朝中年輕官員中的第一人，許多貴族子弟投入其門下，也獲得了御史大夫的地位。然而，因為與戩華針鋒相對之故，旺季也同樣被視為逆臣，在各種牛鬼蛇神蠢動的朝廷中勢力仍不算龐大。

相較之下，擁立清苑的派閥——雖然也有打從內心期待他即位的人——既然選擇次子清苑而非跟隨太子，可見多為狡猾投機之輩，表面上裝作穩健派，其實忠誠心比紙還薄，盡是些不值得信賴的奸臣。

想將這群依附清苑，在檯面下展開權力鬥爭，試圖爬上中央高位的妖魔鬼怪一網打盡，最有效果的方式就是將清苑第一個鬥倒。

然而，考慮到當時旺季的勢力，這麼做太勉強也太冒險了。

當時阻止旺季的不只晏樹和皇毅、悠舜，可以說除了旺季本人之外，所有人都提出過勸阻。連隨從貘都叨唸著莫名奇妙的理由阻止，什麼日子不好，改天再動手吧之類的。

（「隱居吧」……）

悠舜這麼說的時候，旺季打了馬虎眼，沒有正面回答。過了不久，悠舜再次造訪旺季宅邸，真的非常罕見地露出認真的表情，耐著性子再拜託了旺季一次。

——拜託您了，至少等到我通過國試，成為朝廷官員再說吧。旺季大人。

對旺季做的事向來不多插嘴的悠舜是第一次也是最後一次為同一件事二度諫言……可是，旺季還是沒聽進去。

他也知道自己在賭氣，是豁出去了。

戩華依然對後宮與外朝的權力鬥爭視若無睹，置之不顧。這樣等下去到底有什麼意義，即使勉強出手，還是有成功的可能性，如果什麼都不做，豈不是跟戩華一樣了嗎。這麼想著，旺季每天鬱悶不已。

旺季偶爾會像這樣，不顧已可預見的結果，在某一瞬間任憑暴風雨般的情感決定一切。失敗也往往發生在這種時候。

即使如此，現在回想起來只剩下懷念，沒有後悔。

奔馳在遍佈骨骸的大地上，當時的心情……現在已經消失的熱情。

結果，旺季還是沒能等到悠舜國試及第。

那時，朝廷裡的旺季孤軍奮戰。

已經喝下藥湯了，旺季卻嗆咳起來。

……最後擊垮清苑的不是旺季，是他的母親鈴蘭君。

然而，實際上去接清苑入牢的是身為御史大夫的旺季。

距離第六妾妃死於池中的初冬還不滿一年的秋末。

不是別人，正是當著劉輝皇子的面，旺季捕捉了清苑皇子，對他處以流刑。

那天，是第六妾妃死後，旺季睽違已久地出現在劉輝皇子面前。

（……為了戩華，對親生父親與兒子也能滿不在乎地設下陷阱……）

第二妾妃鈴蘭和擁有薔薇般絢爛美貌的第六妾妃不同，長相清秀夢幻，具備少女般的清純美貌。體弱多病，深居簡出。

躲在重重的簾幕之後，別說自己的親生父親，她甚至利用清苑做為掩飾，留下夠多讓御史台得以逮捕朝廷裡重量級貴族官員的證據。旺季名副其實被她玩弄於股掌之間，即使知道了真相，結果御史台還是只能照她的安排行動。

父親謀反，鈴蘭自己也會遭到連坐……清苑也是。

旺季走在通往後宮的銀杏小徑上，無數金黃色的葉子飄落，他沉著臉一片一片撿起……第六妾妃已死，這次輪到第二妾妃。戩華身邊的女人一一死去。旺季從年輕時就不太喜歡看到女人的死。

（……不過，鈴蘭君委託鏢家咒死的到底是「誰」……）

只有這一點始終查不出來，一直令旺季牽掛不已。

失去女主人的第六寢宮冷冷清清，劉輝皇子一個人在走廊上玩。

看到旺季，皇子臉上的表情寫著「這是第一次見面的大人」，畏畏縮縮地朝旺季微笑，知道不會被拒絕後，便露出天真無邪，小心翼翼的笑容慢慢靠近。對幼兒來說，不記得一年前見過一面的大人並不奇怪，但是與其說是遺忘，不如說劉輝完全抹煞了當時的記憶，可見皇子內心留下多深的傷痕。對此，旺季反而感到憂慮。

這位小皇子的表情比過去豐富多了，身材也圓潤了些。毫無疑問的，這都要歸功於清苑。這個弟弟可以說是他良心的表現。

等待清苑的這段時間，旺季陪劉輝一起畫圖、玩手球。

劉輝皇子非常可愛，是個彬彬有禮的好孩子。雖然很會察言觀色，對旺季來說還是異常地可愛。畢竟他撿回來的晏樹和悠舜甚至皇毅，對旺季不是反抗就是為了引他注意而詭計多端，時而秉持感情衝撞，時而暗耍心機，時而悶不吭聲，板著一張臉說不要人家討好，可是真的放著不管又會氣憤不已。他們都是與「好孩子」三個字無緣的麻煩小動物。

相較之下，眼前的皇子完全能配合任何人的喜好，像個精心打造的人偶。

正在畫鈴蘭花的皇子眼神一對上旺季，立刻露出微微的怯懦神色，彷彿至今無人發現的箱子被打開一般。

「我……做了什麼不合您意的事嗎？您討厭畫畫嗎？」

旺季傻眼了。不過六歲上下的孩子竟然會說「不合您意」，這是什麼情況。

「是啊，你這種觀察我的喜好，試圖討好別人的做法不合我意。不必管我怎麼想，如果真的喜歡畫畫就畫，不需要介意別人。你真正想做的是什麼呢？」

皇子愣愣地張口結舌，腦中一片空白似的看著畫好的鈴蘭花。

「……那個……沒有……」

旺季沉默無語。

皇子原本希望旺季能提供某些幫助，好讓自己有所依據，旺季卻什麼也不說，只是在一旁看著。

皇子的膝蓋開始微微顫抖。

「……不然……您喜歡……玩丟骰子嗎……」

「我問的是你自己想做什麼？」

皇子可憐兮兮地發抖，簡直像旺季正在欺負他。

比不過旺季的毅力，又找不到旺季可能喜歡的答案，剩下的也只有說出真心話了。只見他悄聲說：

「……我一直……很想爬樹……那棵……最高的樹……」

指尖朝大人也得抬頭仰望的樫樹指去。枝葉繁茂，是一棵調皮孩子看了都會想爭先恐後爬上去的大樹。

原來如此，旺季心想。提出想爬那麼高的一棵樹，保護欲強的清苑皇子一定不會答應。

旺季從腋下抱起劉輝皇子，將他帶到庭院裡，讓他坐在樫樹上。

「靠自己的力量能爬到哪就爬到哪。我會跟在你後面，不要往下看，只要往上看就好。」

「咦、咦？可是，那個……」

「嗯？不爬的話就下去囉？反正清苑皇子也快回來了……」

旺季只答應陪他玩到清苑皇子回來為止。原本就覺得爬樹很麻煩，不爬對旺季來說還比較輕鬆。推了推皇子的屁股，他卻動也不動，像被捕鳥陷阱黏在樹上似的。

「我、我、我要爬。」

小皇子如此堅持，起初戰戰兢兢，很快地就興沖沖地開始往上爬。危險時旺季會裝作若無其事的樣子伸出手臂或肩膀撐住他，他也沒有發現。就在快爬到樹頂時，皇子一邊喘氣一邊驚覺似地往下看。一看之下，出乎意料的高度使他說不出話來，臉色慘白如灰。

跟在他後面爬上來的旺季拉起抱住樹幹不放的劉輝皇子，朝一根可供兩人同坐也不會折斷的樹枝移動。旺季開玩笑地吹起葉笛，見皇子抬頭看，便將另一片葉子遞給他，他也學著含住樹葉，吹出好笑的聲音。

兩人排排坐在樹上，眺望眼下廣闊的景色。

從這棵樹上，可以看見棋盤格狀的貴陽城鎮。

不眠之都。擁擠而充滿活力，經過整頓，什麼也不缺，充分發展的王都。

……和從前不同。

經歷幾度戰火，換過幾任國王，在朝廷官員與貴族一次又一次的政爭中荒廢的王都，每天都有大量屍體堆積，街道化為殘磚剩瓦。幾乎失去政治機能的都城，像個不動等死的老太婆。人心與城鎮都侵蝕得不成原形。病灶由朝廷內部向外侵蝕蔓延。

為了打那場貴陽完全攻防戰，和陵王最後一起進入王都時，目睹王都悽慘的模樣，旺季只能站在原地，什麼話都說不出口。

……那時的旺季無能為力，除了將王都交給戩華之外，什麼都不能做。

什麼都不能做。

金黃色的銀杏葉飛舞，內心湧上一股窩囊，用力握緊拳頭。

有什麼不同了。和什麼都不能做那時比起來，現在有什麼不同了——是什麼？

……時間在風中流逝，很快地，梵鐘響起。

清苑即將回來的時刻，也是旺季逮捕清苑的時刻。

「……回去吧。」

旺季只說了這句話，打橫抱起皇子，從樹上跳回地面。

「看到有趣的景色了呢。劉輝皇子，你覺得有趣嗎？」

皇子忸忸怩怩，用蚊子般微弱的聲音說：

「請不要告訴兄長我爬樹的事，他會生氣……」

旺季低頭看皇子。心想，這樣啊，結果自己什麼也沒能改變。

只要希望對方愛自己，這位皇子就會一直這樣生存下去吧。完全配合對方的喜好，打造一個討對方歡喜的自己。

就算旺季更動了一兩塊礎石，還是改變不了什麼。

旺季撇著嘴，冷冷地說：

「……我知道了。那麼，在清苑皇子回來前，一起玩手球吧。」

小皇子瞬間露出做了嚴重錯事的表情低下頭，但那也只維持到心愛的清苑回來為止。

一聽見清苑的腳步聲，立刻換上天真無邪的笑容迎上前去，報告自己畫了畫和玩了手球的事。旺季懷著空虛的心情聽他和清苑說話。

現實就是如此。能認清的話會比較輕鬆。可是。

還沒辦法。

還不想拋棄。還想作夢。還能——

自己還能改變些什麼……想要如此相信。

聽見炭爐的聲音和晚秋的風聲。

旺季把書放在膝上，靠上椅背，朝庭中葉子掉光的梨樹望去。

那之後，旺季將與清苑串通的官員及貴族一一逮捕……超乎必要地。連還不需要出手整治的大官都下了手。不管周圍的人和皇毅如何阻止，他都聽不進去。

若問當時的旺季為什麼那麼心急，他也不會回答。

（——其實。）

……是因為在那棵樹上和劉輝一起看到那片風景的緣故。

完美無缺的貴陽城鎮，儘管尚未完成卻充滿希望與力量，帶著剛成型的可能性不停脈動。曾經充斥絕望與怨懟的荒廢貴陽重獲新生，變得和從前完全不一樣。

旺季長年來描繪的理想世界就在那裡。

然而，做到這個的人……不是旺季。

王都曾經像個瀕臨死亡的老太婆，這個國家如今卻重生到這個地步。

（是戩華和……）

那個黑髮的——想到這裡，忽然一陣強烈暈眩襲來。那到底是誰……？一個名字和長相在腦中消失，旺季壓著眼睛，對這突如其來的空白感到疑惑不解。

夾帶壓倒性的力量和智慧坐上王位，打從根本顛覆改造了國家的妖皇子。擊潰一切障礙，礙事的傢伙全部殺光，四處征戰，留下大量骸骨。

可是，曾幾何時，戩華不再前進。

旺季從梨樹上挪開視線，挾著銀杏書籤的書放在小桌子上。朝反方向伸出手，懶洋洋地把琴中琴拿到手上撥弄。

清苑遭流放後，旺季偶而會去後宮彈奏琴中琴。

小皇子像個幽靈徘徊後宮，找尋失蹤的兄長。那蜷縮在角落的身影，猛一看還以為是一條揉成一團的骯髒抹布。只有蓬亂的頭髮勉強認得出是個孩子，除此之外看來就像一條四處移動的抹布，又像脫離了身體的影子。模糊的，失魂落魄的影子，漫無目的地四處走動。

在深夜裡的後宮看到失去了心，完全變了個樣的小皇子，旺季第一次彈了琴中琴。在城裡無論戩華王如何下令也堅決不彈奏的琴。在後宮彈琴並非為了贖罪，因為他並不後悔做過的事。

很快地，聽見嚎啕大哭的聲音。

彷彿忍耐了百年才爆發的痛哭。

不是為了配合誰，那發自內心的嗚咽深深刺痛旺季的心。雖然沒有罪惡感，自己從劉輝皇子身上奪走兄長與心卻是不爭的事實。

哭聲停了，躡手躡腳走過去看，發現哭累了的小皇子睡在走廊角落。冰冷的走廊上，像條被誰丟在那裡的毛毯，孤零零地蜷成一團。天真又孤獨，哭著找尋什麼的表情。

旺季這才終於見到這位皇子真實的一面。或許只有身邊沒有半個人，不需要配合誰的時候，只有在這麼寂寞的地方，他才會展現真正的自己……會一直這樣下去到什麼時候？旺季也不知道。

旺季將至今空出的距離拉近，抱起皇子，送往臥室。

此後，偶爾進後宮，旺季都會找個離小皇子臥室或他可能徘徊的地方不遠處，坐下來彈奏琴中琴。不過，只要一察覺皇子循聲靠近的氣息，他又會立刻停止彈琴。即使在後宮遇見了，也從不接近皇子或和他親切交談。為什麼會這樣，對旺季來說也是個謎。

「……仔細想想，和現在也沒什麼兩樣……」

旺季一邊調弦一邊喃喃自語。即使沒有收到半封回信，紫劉輝依然不屈不撓，或許是從當時就養成的習慣。

能夠完全配合別人喜好的小皇子。回想起來，每次旺季主動想接近他時，說不定都是他不那麼做的時候。比方說旁人怎麼勸也不離開悠舜靈柩時。旺季輕輕微笑。能讓國王哭得像個笨蛋，悠舜也算值得了。

「……一下趕走他一下插手管他，就是這樣他才會更想靠過來吧？」

靠在旺季椅子扶手上，用靈巧的手勢削著蘋果的晏樹，只不過聽了旺季一句喃喃自語，便能完全看穿他正在想的事，還順便挖苦了兩句。

或許正如他所說……旺季拿起牙籤，叉起一塊蘋果咬一口。

好久沒這麼心血來潮了。

晏樹放棄削皮，把小刀往桌上一丟，像隻好心情的貓咪走向躺椅，躺了下來，閉上眼睛。

旺季雙手放在琴中琴上，開始演奏「蒼遙姬」。

……和戩華停下腳步一樣，朝廷也緩緩停滯，一切趨於沒落。就像從斜坡滾落，誰也攔不住。

自己一個人焦躁憤怒，不聽周圍的勸告，將官員與貴族一一逮捕。

不只判清苑皇子流刑，連根肅清清苑派閥，還想要更多功績。

……結果，下一個被打垮的，是旺季自己。

在那個下雪的闇夜。

❖ ❖ ❖

抱著小包裹的璃櫻才剛踏進屋內，坐在辦公桌旁的國王立刻驚慌抬頭，璃櫻忍不住戒備地倒退了幾步。

「嗚哇，什、什麼啦……你聞到蘋果的味道了喔？」

「蘋果……？啊，真的耶，這蘋果聞起來好酸甜。」

國王望向璃櫻手中的小包裹。

「是啊。是外公愛吃的蘋果，上次返鄉時他分送我的。這可不能拿來餵鯉魚喔，我是打算帶回來分給女官們和景宰相……」

璃櫻打量國王的表情，不甘願地從包裹裡取出一顆蘋果。這種蘋果酸味強烈，是璃櫻最喜歡吃的水果，數量有限，本來想瞞著他的。

「分你一半吧……如果不是為了蘋果，剛才那舉動是怎麼回事？」

「孤好像聽到旺季的琴聲了。他該不會偷偷回來了吧？像蘋果一樣瞞著孤偷藏起來！」

「誰要偷藏啦！他怎麼可能回來，現在外公他——」

璃櫻倏地停下說到一半的話。拿小刀將蘋果對半切開，一半丟給國王。

「……事到如今，他怎麼還可能回朝廷。悠舜大人過世時不顧自己沒有相應的官位仍打破禁忌闖進祥景殿是外公的錯。把我送給你當養子時，外公已經接受了鄭君十條，他很清楚自己的決定。除非再有像悠舜大人過世那樣的事，否則他再也不會回來。」

這次輪到劉輝沉默不語。璃櫻的直率性情，和旺季非常相似。

咬著半顆蘋果，酸得流出眼淚——旺季再也不會回來。

「……抱歉，國王，我情不自禁……說得太過分了。」

「……不，你說的是事實。」

窗外天空昏暗。豎起耳朵，彷彿聽得見王城中某處傳來琴中琴的聲音，遠方的落葉發出寂寥的聲響。

……年幼時，一年會有少許幾次機會，在後宮某處聽見琴聲。連是誰彈的都還不知道，自從某天起，就再也不曾在王城中響起了。

即使現在已經知道彈奏的人是誰，也不可能再在這座王城裡聽見。

劉輝胸口一陣抽痛，剛才之所以以為那是旺季彈奏的琴聲——

是因為聽見的旋律是「蒼遙姬」。

即使下令王城中樂官演奏，每個人都說要用琴中琴彈奏此樂是至難的任務。

可是劉輝曾經聽過完美的「蒼遙姬」，很久很久以前。

雪夜裡，無人的後宮。

那條路上掛著熾紅火星迸散的燈籠，某處傳來離別的旋律。

黑影在路上詭異地伸縮，為了追逐流洩的「蒼遙姬」樂音忘我地奔馳。

直到現在想起那夜仍不可思議。那天晚上到底發生了什麼事，誰都不願意說出口。

如果去問重臣慧茄，他或許會說吧。不過，就算說了也只是像蛋殼一樣的內容。他絕對不會將真相告訴劉輝。總是這樣。不管問慧茄什麼，關於旺季的事，他絕對不開口。

劉輝記得的是扭曲詭異的聲響，和旺季一起在奇妙的黑暗中奔跑，積雪的無人迴廊，還有旺季說的話……

蒼之君。劉輝總是這麼稱呼他。因為不知道他的名字。

（……這麼說起來，告訴我這個名字的，是那個態度超乎必要高傲的男人……）

劉輝不高興地啃著蘋果。只要一追逐，琴音就一定會停歇，當自己沮喪地蹲在迴廊角落時，被人從背後抓起來，告訴自己彈琴的人是「蒼之君」。

那個下雪的闇夜，好不容易找到的那人手中提著蒼劍，身上穿著「紫戰袍」，一對雙眸有如夜空，一如「蒼之君」這個名字。

好久不見了。蒼之君這麼說。

劉輝無數次想起那晚的事。直到現在，雪的另一端似乎還能聽見那聲音。

『今天過後，我就會離開這座城了。想必暫時無法再相見。』

——那個下雪的夜晚，旺季確實這麼說了。

『和我一起，離開這座城，捨棄一切。你願意嗎？』

記得自己的回答是，現在還不能去。願意等我嗎？

旺季的回答是什麼。

『────』

激昂的夜風吹得燈籠裡火影搖曳，大片大片的雪花亂舞。

因為這陣風的關係，劉輝沒能聽見旺季的回答。

此後，旺季便離開這座王城，再也──再也沒有回來。

喇啦，劉輝咬下一口蘋果。沒有握住的手，沒有聽見的回答。

『你願意和我一起走嗎？』

❖❖❖

那天晚上重披「紫戰袍」，是旺季最後的傲氣。

清苑皇子遭流放後過了一年。

不顧部下諫言下手過重，將皇子中聲望最高的清苑皇子逐出城外一事，使旺季一口氣與整個朝廷為敵。其中尤以其他皇子或外戚的警戒與危機感更是非同小可，為了排除旺季不惜聯手，想盡辦法算計。

旺季的部下接二連三被擊垮，難以理解的貶抑，不斷出現的離奇死亡與謀殺。晏樹從第六妾妃死去那天就失蹤了，陵王被貶到鄉下地方，唯一留在旺季身邊的繼承人皇毅則多次差點遭人暗殺。

雖然旺季再三要皇毅離開中央，他卻堅持不聽，直到災難波及旺季的女兒飛燕，皇毅才總算妥協。旺季將皇毅從侍御史降職為監察御史，把他和女兒都從身旁調離。如果不這麼做，皇毅遲早會被謀殺。

那時，留在旺季身旁的只有從第一次上戰場就陪在身邊的貘。

分散各地的部下與友人早就不斷寄信來，要求旺季盡早離開王都。對長年在各地累積豐富從政資歷的旺季來說，地方才是他的陣地。現在應該先離開中央，到地方上避避風頭——眾人異口同聲地這麼說。

確實，只要回到地方上蟄伏幾年，問題或許就解決了。拋棄日暮西山的朝廷，任其腐敗就好。一旦旺季不在朝廷，那些人就會開始自相殘殺，很快就會自我毀滅。

……然而，旺季就是不這麼做，依然日復一日地留在中央做些派不上用場的工作。

拖拖拉拉地留在貴陽。

（逃到地方上，然後呢？）

戩華依然不對朝廷情勢做出任何決斷，甚至已經很久沒看到他現身了。旺季從早到晚都在看不到戩華身影的朝廷四處走動。

黑髮宰相一口回絕旺季晉見國王的要求，看不見戩華的存在，旺季內心的火苗也熄滅了。有生以來，這是第一次。

取而代之的，是一股無底的空虛與絕望。

就算逃到地方上，他也不認為自己能一如過往地再次回到中央發光發熱。

旺季不是不逃，是連逃的力氣都已喪失。

……所以那天晚上，才會不帶一名手下獨自前往後宮。就連拖著影子走路都很吃力，筋疲力盡，覺得已經夠了。

帶在身上的，只有三樣東西。紫戰袍、愛用的蒼劍，還有小小的桐木琴中琴。就算把自己寶箱中僅有的幾樣東西全部帶上，也只有這些了。

那天冷得可怕。寒冷得不像是晚秋，與季節不符。

那封信是白天發現的。就放在御史台的辦公桌上，沒有寄件人的一封信。內容寫著要旺季一個人到內朝，以及如果不來的話會有什麼後果云云。旺季只讀到一半就嫌麻煩，丟著沒看完。

離開辦公室時，只在桌上放了經常拿來當書籤用的銀杏葉。

沒有部下阻止他。

……因為，御史台已經沒有他的部下了。連最後僅剩的御史們也在那天因為遭受誣告而全部被刑部拘留。四省六部首長與副首長則聯名向國王與宰相提出對御史大夫旺季的彈劾申請。

那天晚上，旺季按照信上說的，獨自穿過內朝，前往後宮。

通往後宮的門全部打開，沒有門衛。穿著鎧甲又帶劍的旺季在內朝走動，卻沒有任何衛士攔下他盤查。不只如此，愈往深處走，燈火的數目愈是明顯減少，四下沒有半個人。

（……至少用點頭腦吧……）

張開的嘴差點闔不起來。面對這空虛的現實，旺季沿著小徑一步一步往前走。信上其實指定了某個地點，只讀到一半的旺季根本忘了那是哪裡，反正也沒必要照對方說的做，就自己選一個喜歡的地方吧。

很快地，旺季走到冷清的庭院深處，看見一個六角形的涼亭。六根柱子圍起的涼亭內，放著積滿落葉的休憩用桌椅。

旺季拍掉落葉，把挾在腋下的琴放好。一一點亮柱子上的燭台。抖動的燭火像是冷得耐不住寒凍的空氣。六個燭台都點亮後，涼亭散發夢幻的光芒，浮現在漆黑之中。

心情稍微好了一點。

夜空中的弦月彷彿嘲笑著什麼，令旺季有些火大。因為那令他聯想起戩華過去經常露出的嘲弄笑容。

從劍鞘中拔出愛劍，將刻著蒼藍刃紋的裸露劍身直接立在身旁。之所以會做出這種事，或許也該怪那嗤笑的弦月。

坐在椅子上，雙手撫琴，開始演奏。

……很快地，樂音的另一端陸續出現粗野但令人懷念的鎧甲碰撞聲。遠方黑暗中浮現火把的光芒。

旺季唇邊綻放一個諷刺的微笑。

永遠都是這樣，只要一開始彈琴，原本什麼都沒有的地方一定會有誰出現。旺季挺喜歡看到這幅景象。在軍中經常被拜託這麼做，無論多粗野無禮的人，只要聽到琴聲就會立刻安靜下來，流著鼻水啜泣。不過，今天出現的不像是會乖乖跪坐聆聽的可愛聽眾，也絲毫沒有那種氣質。

腳步聲與火把的光芒從四面八方交錯增加。

或許因為察覺旺季身著戰袍，身旁還立著劍，接近的速度多少有些遲疑，即使如此，火把還是團團圍繞上來。

旺季持續專心彈琴。

等這一曲結束——

無數火把的紅光，甲冑摩擦的聲響，白刃反射的光芒。

涼亭裡現在充滿刺眼的閃光。從漫長沉睡中覺醒的蒼劍閃閃發光。某處傳來不可思議的叮鈴聲。

那是什麼聲音？旺季疑惑地想。

……很久很久以前，彷彿在哪裡聽過那聲音。

回過神時，皚皚白雪已開始飄降。

過去幾度經歷絕望，停下腳步，如今更只剩下孤單一人。每一次旺季都拖著身後的黑影再次向前邁進，可是——

撥響琴弦，送葬的樂曲「蒼遙姬」。向一切道別的樂曲。

——這一切也將結束。

樂曲進入最後一段，就在此時。

……茂密的草叢裡，忽然滾出一團小小、髒髒的東西。

旺季看得傻眼。

滾進群聚士兵中的那個物體，該不會是……

今晚來到後宮完全不是為了他，老實說甚至根本忘了他的存在。

或許不自覺地喊了他的名字，某個聽見的士兵隨意下了命令。

「劉輝皇子……？喔，最小的皇子啊。喂，那傢伙不用在意，一併解決掉吧。對其他四位皇子和妾妃來說，少了一個皇子也是好事。斬了他丟進池裡。」

懷疑自己的耳朵，旺季立刻厲聲制止。

「——住手。這應該不關劉輝皇子的事。」

沒有人聽進去。士兵們像要去丟垃圾一樣，提槍靠近蜷曲的皇子。旺季的眼神彷彿被火把點燃，恢復幽暗的光芒。

只花了半個剎那，旺季做出決定。

他拔起豎在一旁的蒼劍，一個箭步靠近那個下令斬了劉輝的男人，砍落對方持長槍的手臂，接著抓起槍柄，連槍帶手臂往正欲殺害皇子的士兵拋去，長槍貫穿士兵背部，將他像標本似地釘在積雪的地面。

四下立刻安靜得像一幅畫，時間凍結。

旺季在無言中處理一切，將手持火把的士兵一一殺死。火光逐漸消失，又或是點燃了什麼，引發叫聲。深重的黑暗瞬間擴大領域，旺季隱身黑暗中。這時，周遭終於響起哀號與怒吼。

混亂中，只有旺季一個人自在奔馳，排除眼前一切障礙物。總是在打敗仗的旺季擅長混戰。火光中搖曳的黑影看在旺季眼中動作太遲緩，簡直就像一齣難看的人偶戲。

黑夜中凝神細看，尋找劉輝皇子的身影。

不斷斬殺輪番上陣的士兵，撿起在地上恍惚發愣的皇子，手上感受著孩童特有的偏高體溫。那溫度與重量莫名令旺季鬆了一口氣。原來他還活著會動，原來自己不是孤單的。終於能夠這麼想了。

（～～真沒辦法。）

將小皇子抱在懷中，於飛濺的血沫中飛奔。

之所以選擇皇子的寢宮，單純因為那是現在被所有人遺忘的角落。正如旺季猜測，那裡沒有任何陷阱。來到這座一整天都沒有點亮燈火的幽靈宮殿時，感覺不到士兵埋伏的氣息。

在迴廊上斬殺了最後一名追兵，旺季喘口氣。

黑暗中，大量雪花飄降。

雪夜。一片漆黑，看不到前方的世界，如荒漠般遼闊。

旺季背對黑暗，將懷中的第六皇子放在地上。在熄了燈——應該說一整天都沒點亮燈火的迴廊上，擦亮打火石，點了燈。

小皇子宛如不知剛經歷一場殺戮，只是一心一意地抬頭仰望旺季……或許消失的記憶依然沒有回來，皇子看起來和上次一樣。

旺季自暴自棄地打了招呼。根本沒想過事情會變成這樣。

「……好久不見了，劉輝皇子。」

「好久不見了，蒼之君。」

聽見這出乎意料的名字，旺季毫無心理準備，瞪大眼睛看著皇子。

蒼之君。當今朝廷知道這個名字的，只有一個人。

冰雪般的美貌，弦月般的微笑——戳華。

旺季忽然強烈意識到，戳華就在後宮某處。

他大概在某個地方從頭到尾目睹了這場愚蠢的，悽慘的，可笑到無可救藥的鬧劇了吧。那只要一個眼神就能奪走人心，令人屈膝臣服，不容任何反叛的男人。彷彿被他來自彼端的視線貫穿，旺季回瞪黑夜的簾幕。

蹲在皇子面前，為他拍落四肢與衣服上的雪片和污泥。於是，小小的手指抓了上來，把旺季的手拉到臉頰邊，依戀不放。

旺季盯著皇子看。難得任由他這麼做，是因為那時皇子臉上的表情不像特地裝出來的。這是在清苑消失後的世界裡，自己一個人徘徊了將近一年，好不容易在這荒野裡發現了什麼人的表情。跑上來，觸摸，確認真的有人存在，打從內心泫然欲泣的表情。

旺季不是那麼狠心的人，無法對真正的寂寞置之不顧。

「劉輝皇子……你為什麼會跑到那裡去呢？」

「我聽見……琴的聲音……」

旺季沉默了……的確，只要一彈琴，皇子總會循聲找尋，搖搖晃晃地靠近。這次也不例外。

旺季從皇子手中抽出手指，替他擦掉臉頰上的髒汙，撩高額前的頭髮……每次都順利逃開的，這次終於被他找到啦。

即使如此，剛才精心彈奏的「蒼遙姬」，竟然被唯一認真的聽眾給破壞了，說來還真諷刺。

如果不是那樣的話，現在自己已經——

「不知道為什麼，我總覺得就在今晚，那琴聲會被雪掩埋、消失……」

旺季低頭俯視小皇子。零下的寒風從迴廊外吹進來。

這名只穿著單薄的衣服和室內鞋，在那黑暗寒冷的雪夜中專注地找尋，拚命想追上旺季的年幼皇子。

這個朝廷裡已經沒有人需要旺季。這種事過去也發生過好幾次，只是這次……連自己都不需要自己了。

在這座王城裡，會找尋旺季，憐惜旺季的，只有和他同樣孤獨的這位皇子。

雪下得更大，開始侵入迴廊中。

看不到前方，看不到世界，也看不到自己未來的路。

旺季心血來潮地動了一個念頭。這是第一次也是最後一次，唯一僅有的一次。

「……劉輝皇子，你願意和我一起走嗎？」

對皇子伸出手。

「和我一起，離開這座城，捨棄一切。你願意嗎？」

答案一定是肯定的吧。

旺季認識的那個脆弱，只能依靠他人善意而活的皇子一定會那麼說。可是。

「不行，我不能和你一起走。」

他拒絕了。

旺季睜大雙眼。那毅然決然又平靜的聲音從腳下傳上來。

「我不能走，因為這裡是我該在的地方。」

連身軀都要為之結凍的寒風中，年幼的皇子呼出白色的氣息，再重複了一次。

這時旺季發現，那看起來像在逃避，將討厭的東西全部遺忘的生存之道，是這個無法逃離現實的皇子活下去的唯一辦法。不變的孤獨、寂寞與脆弱。可是，如果不想逃，想拚命留在自己該在的地方，就要用這種方式戰鬥。

「……上次你問我，自己真正想做的是什麼。」

「……………」

「那種事，我連一次都沒想過。只是……在你身旁看見的景色，美得令人喘不過氣，我什麼都說不出口。只有那時候，我才發現只要自己努力，什麼都辦得到。」

唯一的燈火，在角落裡像有生命般伸縮。

「然而，我卻連謝謝都沒有跟你說，還對清苑兄長說了謊。後來……我覺得和你一起在樹上看到的風景都變得奇怪扭曲了，連你陪我玩的所有東西都被我自己說成虛偽的謊言。我……決定不再對你

說謊。」

火光照在旺季半邊臉上，另一半則陷入黑影中。黑暗的世界裡，風聲呼嘯。

「兄長不在之後，我一個人總會想起那時的事，一次又一次。一個人一直思考……我現在，要好好告訴你。我真正想做的事——蒼之君。」

即使因寒冷而哆嗦，皇子還是笑了。不帶一絲逢迎獻媚的堅強微笑。

「我必須在這裡等我兄長才行。」

真正想做的事。

皇子說他不能逃。旺季用雙手包住那凍僵的臉頰。

旺季身後，火光下的黑影像有生命般詭異地伸長。總是跟在身後，有時頂著戩華的臉，有時是陵王、貘、女兒或皇毅，也有時是晏樹。

旺季背負的一切。

到什麼時候為止？簡直就像在問自己。或許已經說出口了也不一定。

這種事要反覆到什麼時候為止？

把一切拋下，全都裝做不知情，終結一切讓自己輕鬆點，又有什麼不對？

皇毅直到最後的最後都拉著旺季。全國各地的知交和官員們也不斷寄信來催促。部屬們即使遭逮捕，遭構陷，還是留在旺季身邊。

對他發出「快逃」的聲音。

可是他終究無法放棄，拖拖拉拉到今天，一直留在朝廷裡。

那天和皇子一起看見的不眠之都，即將再次如過去那樣，變成一隻被從內向外侵蝕的蟲。現在一定還有辦法挽救，只要再留下來一下，再一下……

不過，什麼都辦不到，沒有任何辦法。同樣的事不斷反覆，愚蠢到了極點。究竟要等到什麼時候為止？

皇子回答：

「等到確定那些我重視的人們不再需要我的時候。等到明白那天來臨為止。」

旺季終於發現自己的答案。

——耳邊是「請快逃」的聲音。

既囉唆，又沉重，兀自強加在自己身上的意見。

……但是，正是那些聲音讓旺季活下去。

等到聽不見那些聲音為止。等到明白這個國家不再需要自己的那天來臨為止。

站在燈火的光與影中，旺季接著問：

「到時候你會怎麼做？」

總有一天，當那天來臨時……旺季的答案已經決定。

皇子像是沒思考過，怯生生但不顧一切地仰頭望向旺季。

「……到時候，我還可以跟你一起走嗎？你願意等我嗎？」

風雪吹過，吹起藤紫色的戰袍。

他竟然說「願意等我嗎」？

旺季冷淡地回應：

「——」

這麼大的風雪，他或許沒能聽清這句回應。

即使如此，旺季也不打算再說第二次。

❖❖❖

叮鈴。戩華王身邊的「干將」發出鳴響。

數量驚人的火把正不斷朝眼前的後宮聚集，風雪狂亂，甲冑鏗鏘，劍與長槍交錯。耳邊傳來怒吼與搬運屍體的吆喝聲。

……令人想起昔日的懷念聲音與氣味。

鮮血、屍體、肉塊、硝煙、火焰，焦臭味與沸騰般的熱氣。

站在被黑暗掩蓋的高塔上，戩華王臉上浮現微笑，俯瞰雪夜中的戰火。

平時冷若冰霜的旺季雙眸，如今正熊熊燃燒，每一次揮劍，彷彿都能看到他俊俏的容貌為之不變。戩華喜歡那張臉，一半發光，一半罩在黑暗中的臉。

從那時起，旺季就一直深藏不露的熱度。

「……看來旺季大人實力依然不減當年啊。你也別一直微笑了，看了不舒服。」

身旁，黑髮宰相像影子一樣忽然出現。

「哎……對曾在戰爭中與你對峙的旺季大人來說，這種程度的人馬是太小看他了，全是來送死的吧……殺了多少人？」

「二十人左右。剩下的是誤殺自己人。他就像一陣旋風，把所有擋路的人殺了就逃。」

「逃？」宰相疑惑皺眉。「……以旺季大人的性格，不是應該留下來戰到氣力用盡為止嗎？」

如果那個最小的兒子沒有闖進去的話。戩華王在心裡加了這一句。看來旺季和那塊笨年糕的人生道路在奇妙的地方交錯了。該說是緣份還是宿命呢。

「話說回來，今晚的『蒼遙姬』……還真是精彩，非常出色。」

宰相走近露台，俯瞰下方，口中喃喃低語。戩華王允許旺季進出後宮有幾個原因，其中之一就是為了這琴中琴。在國王面前名副其實「死也不彈」的琴。戩華王的心情很好，原因正如宰相所說。

宰相悄悄窺視戩華王的側臉。令人難以親近的臉上寫滿慵懶與百無聊賴。不過，那利刃般的犀利、冰霜般的美貌與毀滅一切的氛圍倒是依然如昔。

戩華王自言自語。

「……我最喜歡旺季殺人時的樣子。在東坡時就是那樣。」

已經是二十年前的事了。旺季第一次上戰場，戩華第一次遇到旺季。父兄與家臣軍團一個不留地在眼前陣亡，即使如此，他還是拖著「莫邪」戰到最後一刻。就像剛才宰相說的，獨自揮劍戰鬥，直到氣力用盡。

「一邊撿回眼前小鬼的性命，一邊卻能毫不在乎地斬殺陌生人，自己卻一點也不覺得矛盾。滿嘴仁義道德，手上卻殺人無數，我最喜歡這樣的他了。」

宰相也理解了。旺季殺人時，總是散發一股不可思議的美。只在那個剎那什麼都不想，彷彿只看得到眼前。除了他就是想這麼做之外，實在找不出其他理由。不管拿什麼來交換都不行，一心只想朝自己的目標前進。

就算為了救人導致一族毀滅也不退卻，即使落得孤軍奮戰，旺季也完全不會改變。王和宰相都不討厭看到這樣的他。

「……大概是因為這樣吧，那傢伙在戰敗時最耀眼……」

「…………我不否認，但這句話請最好不要對旺季大人說……這一點也稱不上讚美。」

叮鈴。「干將」再次鳴響。宰相朝發出共鳴的「干將」投以一瞥。

「『莫邪』似乎呼喚著旺季大人……就這樣讓他帶走好嗎？」

雖然被稱為「雙劍」，「干將與莫邪」並非為了同時使用兩把劍的「雙刀流」鑄造的劍。雖然也有例外時，基本上兩把劍分別屬於兩位「主人」。和「劍聖」孫陵王的「黑鬼切」一樣，一旦決定了主人就會追隨到底。只是「黑鬼切」只追隨「劍聖」，雙劍卻在許多人手中輾轉找尋真正的主人。旁人無法得知誰才是雙劍真正的主人，只知道不管花上多少年，雙劍一定會回到主人身邊，尤其是主人死的時候，一定人劍不離。

因此，也有人說，只有死的時候才知道誰才是雙劍真正的主人。

「讓他帶走？他連看都不會看『莫邪』一眼吧。那傢伙又不喜歡『莫邪』。」

「也是……畢竟第一次上戰場就那麼慘烈。是我和你造成的就是了。」

「不對。他懷疑只有自己存活，靠的不是自己的力量，而是『莫邪』的力量。劍太重了，讓人懷疑是不是自己被劍帶著走。身心皆然。」

「……能在第一次上戰場時製造那麼多屍體，確實是個奇蹟。」

劍發出鳴響。戩華嫌煩地靠上椅背，雙手交握在肚子上。

「再說，如果不是光明正大從我手中奪走的東西，他好像就無法接受。一想到會被我懷疑他趁亂從後宮中騙過小鬼的眼睛偷走莫邪，他大概會很想死吧。這已經是一種病了，有病的傢伙。」

「……那把劍原本不是旺家的東西嗎……」

任誰看了都會垂涎三尺的名劍。力量的象徵。只有蒼家宗主不想要。

「在這種狀況拿走也不算小偷吧。再笨的人也知道眼前面對的是死路一條。不過，只要莫邪在手狀況又另當別論。只要有那把劍就能生還。有哪個白痴會放著不拿啊。」

「我可以跟你打賭，被我當成小偷對他來說比死更嚴重。他就是這種白痴。對那傢伙來說，『莫邪』就是這樣的存在。如果旺季還會再次拔出『莫邪』……我倒很想看看那一幕。肯定比第一次上戰場時的他更加耀眼。」

說完，戩華就什麼也不說了。身旁的雪下得愈來愈大。

戩華發現自己正在笑。很想看看那一幕。看旺季拔出他最討厭的「莫邪」時有多麼悽豔絕美。最重要的是，那就是旺季最該呈現的樣子。

有病的傢伙。戩華再次低喃。

「……我想親手殺了他，所以希望他能活下去。」

站在露台上俯瞰後宮的宰相，搖搖手中的羽扇。

宰相的心已冷。這是他第一次意識到，國王也上了年紀。

忽然，宰相很想殺了國王。過去雖曾不知幾次這麼想過，但那每一次都是夾雜著憤怒與譏諷的熱切情感。然而這次不同。已經無法再忍受看到他這麼活著，希望他就此從眼前消失。這個只能在縹家女人咒術侵蝕下逐漸死去的男人。

除了痛苦之外什麼都沒有的人生也已經不長久了，什麼都不做，只能這樣活著。到底為了什麼而活。以前旺季好像這樣問過他，宰相才真的想問這個問題。

感覺到戩華王望向自己側臉的視線，那眼神彷彿能看穿宰相所有想法。

戩華王的想法，宰相卻不明白。

明明想殺他，結果還是一直待在他身旁。自己究竟想怎麼樣，宰相也不明白。

「……你認為旺季大人最後能逃得過嗎？從這樣的包圍中？在不帶走『莫邪』的狀況下。」

雪夜裡，火把的光芒照得後宮大放光明。

與其說那群人忌憚旺季，不如說是絕不願承認自己即將成為失敗者。他們手中緊抓不放的，充其量只是過去的勝利者驚人的欲望與執念，這才是真的。

幸運的話，今晚他們都不會活下去。

「他一直在朝廷裡留到今天耶，如果要逃的話早就逃了……」

「那又怎樣？旺季不是一直都這樣嗎？」

宰相挑了挑眉，沉默半晌才承認「……你說得對。」無論是第一次上戰場還是貴陽完全攻防戰，或是現在，明知會失敗，旺季還是留到最後一刻。這就是他。

「真是的，一點都沒變……再說，那傢伙會為了兩個原因堅強活下去，現在那兩個原因都還在，他又沒有失去什麼。」

宰相並未反問那是什麼。這點小事他還明白。畢竟一直以來和旺季對峙的正是他與戩華兩人。

「如果失去了呢？」

「這我就不知道了。想知道的話，用自己的眼睛確認吧。」

戩華總覺得看見旺季獨自騎馬奔馳過黑暗的世界。

……今晚會颳起與季節不符的風雪吧。在那伸手不見五指的漆黑雪夜中。

不知多少次喪失一切，只剩下孤身一人，即使如此旺季還是會逃。今天也一樣。

逃向某處，逃向某處，帶著悽慘扭曲的表情。

孤身一人，不斷地逃離、逃離、逃離。從可怕的孤獨、憤怒與無力之中逃離。

天明前，再次衝破後宮的雪夜帷幕，發出怒吼與哀鳴。

對那肯定正從黑暗中瞪視自己的旺季，國王送上弦月般的微笑。

❖ ❖ ❖

原本打算在天亮前出城，結果天亮前旺季都在小皇子的幽靈宮殿裡度過。以為將他哄睡就能離開，沒想到事情沒那麼簡單。

他說聽旺季彈琴就睡，於是為他彈了琴（在後有追兵的狀態下還發出樂音暴露所在地，連自己都覺得愚蠢），不料皇子根本是個大騙子，怎麼也不肯睡。

哄了半天好不容易他終於睡了，旺季才站起來。

耳邊響起「叮鈴」聲。旺季盯著「莫邪」。雖然聽說過戩華將這把劍賜給了清苑，怎麼也沒想到會在這裡找到它。

「莫邪」原本就是旺家的傳家寶，也是旺季當年在東坡第一次上戰場時使用的劍。

「莫邪」一副在這裡等待旺季的樣子，這點令他很不愉快。劉輝皇子想把劍送給自己，這點也令他不是滋味。戩華丟給清苑的劍，再被他弟弟討好地送給自己？這種東西旺季死也不願接受。

若有朝一日旺季真的取回這把劍，那一定會是從戩華手中奪回一切的時候。

「別呼喚我——安分點，在這裡等。」

叮鈴聲靜止，劍看起來竟像是有些沮喪，和眼前的小皇子莫名相像。一次又一次追上旺季卻被趕跑，總是像這樣沮喪地跟在身後。

旺季的人生並不特別需要「莫邪」，也不特別需要這位皇子。

儘管如此還是要跟上來的話。總有一天。

或許還會再相見。今後，在某處。

「……好，該走了。」

打盹的皇子下意識伸出手指，旺季反射性地躲開。

這時旺季才發現，自己一直躲著他。和對晏樹、悠舜或皇毅時不一樣，旺季無論如何都不想抓住戩華這個小兒子的手。

皇子說，沒辦法和旺季一起走。正如他所說。

旺季一點也不想保護這個孤獨的皇子，不願對他伸出手，做為一名臣子支持他。不只對小皇子，對其他所有皇子也一樣——包括過去的清苑在內。

他不願對任何一個皇子屈膝臣服。

站在旺季面前的王，永遠只有一個。除了他之外沒有別人。

『我就是王，臣服於我，聽我吩咐。如果不滿意，就想辦法奪走王位吧。』

他是旺季心中那盞昏暗的燈火，差點消失的熱源，旺季的導火線。

躺在床上的孩子伸出的手在半空中徬徨，旺季的心卻再也不為所動。抓起蒼劍，看也不看那隻手一眼，走出房間。

室外已開始積雪，風雪比剛才更猛烈了。

——天明前。

隔著彷彿被棄置在黑暗中的小皇子寢宮，另一端有無數火光搖曳。為了不讓旺季逃脫，所有的門都關上了，每個人都矇上眼睛，摀住耳朵，假裝沒看見，沒聽見。

其中一個火光下的人察覺旺季，停下腳步。士兵大喊：

「──在那裡！」

旺季絲毫不打算拋下醒目的藤紫色「紫戰袍」，也不願丟下手中的蒼劍。鎧甲和劍都是必需品，為了再一次回到朝廷而必須留在手中的東西。

「殺了他！他只有一個人，反正只是個文官，快點把他解決掉！」

士兵們湧進庭院，旺季豎起耳朵分辨──對手共有五個人。

用雪消除自己的聲音，上前迎戰。一縮短彼此的距離立刻拔劍，一口氣斬殺了三名士兵。剩下兩人被別人斬了。看到出現的另一個人，旺季鬆了一口氣。

「貘，是你啊。不是吩咐你去放了我那些被逮捕的部下嗎？」

「已經放走他們了。」貘回答，一看到旺季露出笑容，才放心似的低下頭。

像個影子跟在旺季身旁的老隨從，他一定知道吧。知道旺季原本打算就這麼赴死。不過，現在那個打算已經取消了。

旺季從士兵屍體上補給了弓箭，奪走他們的長槍和劍。把蒼劍擦乾淨，收回劍鞘中。即使是大鍛造師的劍，也不可能像「莫邪」那樣毫髮無傷。

聽見吶喊的聲音，大量火把一口氣動起來，數不清的火把。

總覺得戩華正從那裡看著這一切。

內心深處，那盞昏暗的燈火搖曳。

——一定會再回來。

此時旺季內心閃過的，是無法用道理說明的純粹怒意。

（給這些傢伙好看。）

戩華或宰相也就算了，竟然栽在結黨營私，思慮短淺的妾妃和朝廷裡那些小人的計謀上，結果自暴自棄地拋開一切，認真想報一箭之仇後赴死的自己，簡直就是個大笨蛋。

一想到這一切都被戩華看在眼底，臉倏地燒燙起來。

——一定會再回來。

就算只剩下自己一個人也要逃離這裡，然後再次歸來。

只要那個男人還活著一天。

旺季彷彿在包覆周遭的雪夜之中，瞥見了那抹冷冽弦月般的微笑。

這天，旺季殺出十層二十層的團團重圍，搶了一匹馬，逃離王都。

相較於超過十年後，紫劉輝同樣逃離王都時一個人都沒有殺，當時遭旺季冷酷斬殺的人數超過百人。

旺季單槍匹馬殺死這麼多人還成功逃脫一事，令共同設計他的貴族與官員們顫慄不已。年紀較長的臣子們無一不想起當年的貴陽完全攻防戰。過去挑戰過戩華，與如今十倍以上兵士對峙仍全身而退的旺季，至今實力完全不減當年，光想就教人膽寒。儘管國王與宰相並未特別追究擅自派兵包圍和闕起後宮全門的事，從這天起，旺季的名字在貴族與官員之間像個不會消失的惡夢，封印了起來。

此外，官員們提出的旺季彈劾申請也被國王與宰相一口駁回。

儘管遭逐出朝廷，旺季的身分依然是御史大夫，只因為長期不在朝廷而多安了個「巡察」的名目。

……此後，朝廷上下更恐懼旺季的歸來。

第三章　骸骨的黑皇子

如黑夜一般黑的大鴉在夜空中滑翔。三隻腳，金色的眼珠燦如太陽。

這雙火眼望過幾幅景色。漂浮在水池裡的女屍，涼亭裡流洩的琴聲，狐狸面具，熊熊火把燃燒的雪夜，「莫邪」的鳴響，黑暗之王與宰相，嗤笑的弦月。

『這傢伙會為了兩個原因堅強活下去，現在那兩個原因都還在。』

『……如果失去了呢？』

想知道的話，就用自己的雙眼去確認。烏鴉決定就這麼辦，正想窺看未來時——忽然被拉住了。時空扭曲，烏鴉不斷被捲回過去。回過神來，已經飛到一處不知位在何方的古戰場。

戰場上的吆喝聲。血與黑暗與小山高的屍體。看似從前的某一場戰事。地點是現在稱為東坡的場所。

烏鴉在那裡看見還未成為國王與宰相的妖皇子及黑髮軍師。在紫仙力量的牽引下，烏鴉似乎飛到過去了。

妖皇子眼裡看到的是一名揮舞「莫邪」戰鬥，美如鬼魅的少年。

和現在一頭美麗銀髮，整天發呆度日的老人不同的他，令烏鴉吃了一驚。

烏鴉決定繞個遠路，於是翩翩飛降。

❖ ❖ ❖

深夜裡，躺在床上進入淺眠的旺季忽然清醒。

一陣詭異的風吹過，手腕像被鬼魂摸過一樣，竄過一絲冰涼。

感覺到視線。

朝視線方向看過去，臥室角落陰影中，似乎有人站在那裡。

彷彿以黑夜堆積而成的角落裡，有個更濃更黑的人影正凝視躺在床上的旺季。人影咧嘴一笑。

眨眼的下一瞬間，黑色人影已經消失無蹤。

旺季從床上起身，看見黑影消失的位置，黑暗中依然散發微弱的白色燐光。

那裡放著旺季長年穿著，如今仍妥善保管的「紫戰袍」，以及在五丞原時國王硬塞給他的「莫邪」。兩者無論晝夜都靜靜沉眠於此，偶爾，會像是正在作夢一般發出淡淡的光芒。

「……」

嘰噫一聲，通往露台的敞開一半，發出咿咿呀呀的聲音搖晃。

那聲音近似女人的哀鳴，冰冷的寒風從門外吹進來。

旺季走下床，披上薄外套，套上鞋子走向露台。為的不是關上門，反而將門推開，走出戶外。

身體暴露在晚秋深夜中，感覺到刺骨的寒冷，吐出的氣息一片雪白。

明亮星光下，一隻比黑夜更黑的烏鴉，正優雅地停棲在對向那棵梨樹上。

（……這麼說起來，第一次上戰場那天，好像也看過這樣的烏鴉。）

從露台上回過頭，望向室內黑暗中發出淡淡光輝的「紫戰袍」與「莫邪」。

東坡戰線上，十三歲的旺季騎馬追趕身著「紫戰袍」的父親與揮舞「莫邪」的長兄。無論那時或現在，兩件寶物的姿態依然不變。

那場戰役後，兩者都被朝廷奪走，旺家也失去了寶物。

……沒想到，經過幾十年後，兩樣東西都像這樣回到旺季手中。

咧嘴一笑的黑色人影，就站在「紫戰袍」與「莫邪」旁。

……黑影的臉，看起來很像過去壯烈戰死於旺季眼前的長兄。

殺死哥哥的，是當年的妖皇子戩華。

也是在東坡的那第一場戰役上，旺季首次遇見他。

❖　❖　❖

直到今天，旺季都還記得很清楚。

看到一年到頭征戰各地的族人與家臣全部回到家中聚首時，自己激動的心跳。穿上「紫戰袍」的父親精悍得像是變了一個人。還有，長兄手中「莫邪」的光芒。

同時明白，自己第一次上戰場，就將迎向一場死戰。

當時的旺季十三歲，正如他的名字「季」，是旺家最小的兒子。

兄姊雖多，在歷年征戰中戰死的也多，只剩下三位哥哥，其中最小的哥哥還比旺季大七歲。

旺家一族少有豪邁或粗獷類型的男人，要在家族裡找到這樣的男人，比走在路上遇見熊貓的機會更小。旺家的男人大多是沒錢也沒體力的溫和男子，也可以說是文官型，身為軍師或參謀的能力雖高，卻很難稱得上是擅長手持武器上戰場的類型。即使如此，在旺季有限的記憶之中，無論是兄長還是堂兄及族中父執輩都在各地奮勇作戰，屢建戰功。旺家一族也出了好幾位能與朝廷大敵妖皇子戩華對峙而獲勝的少數將領。

話雖這麼說，連身為大家長的父親也親自上陣的情形堪稱罕見。正因如此，當那個外表怎麼看都是聖賢文官的小個子父親披上「紫戰袍」，站在兄長、堂兄及父執輩包圍之中時，更顯得威風凜凜，魄力驚人，令旺季對他完全改觀。

父親對旺季說，我們是非去不可了。

「季，你年紀最輕，自己決定命運吧。要和我們一起去，還是留下來？」

非去不可。

父親平靜的這句話就這麼烙印胸口，沒有任何猶豫或不安地滲透心中。非去不可。

明知結果會是如何，自己也要和父兄一樣，前往自己該去的地方。

旺季回答，我要去。幾乎沒有考慮過「死」這件事。

父兄與叔父們露出相似的表情，見證了旺季站在人生岔路口時做出選擇的瞬間。那表情中有憐憫，有達觀，有驕傲也有悲傷。

如果將這份情感化做一句話，那或許就是「這也沒辦法」吧。這也沒辦法……

「……那麼小少爺，由我來協助你做上戰場的準備吧，今後我將跟隨你。」

站在旺季面前的，是至今一直跟在父親身邊的少年。旺季看過他隨父兄上戰場好幾次，年紀應該比自己大，沒記錯的話，他的名字是——

「你叫做貘對吧？原本不是父親的隨從嗎？為什麼來跟我？這豈不是嚴重的降格？……你犯了什麼錯啊？」

說著，旺季不解地歪著頭。眼前的貘給人的印象莫名模糊，不容易留在記憶之中，只有那雙用額前頭髮掩飾的眼睛閃耀引人注意的光芒。

旺季不假思索地說出奇怪的話。

「你這傢伙簡直像從『莫邪』裡跑出來的……像是掛畫裡的鬼魂那樣……」

眾人忽然一陣靜默。旺季狐疑地冒出一身冷汗。用傳家之寶「莫邪」來比喻家臣子弟，是那麼不可饒恕的事嗎？我們旺家的度量這麼小嗎？

父親摸著鬍子，用力點頭，開始莫名其妙的說教。

「是啊，就像『莫邪』一樣呢……就某種意義來說，你說得對。家臣為主君奉獻一定有他的原因。這段時間貘願意守在你身旁，一定也有他的理由。就像劍跟著主人，保護主人一樣……有時，那或許會令你感覺非常沉重，就像這把莫邪一樣沉重，只有承受得住這份重量的人才拿得起它。」

旺季完全不明白父親的意思，做出少根筋的回應。

「嗯？喔，這樣啊，如果莫邪太重的話，在拿得起它之前先拿別的劍不就好了嗎？比起閃閃發光的誇張『莫邪』，我就比較喜歡三哥那把蒼劍。『無名的大鍛造師』打造的那把，好像連芋頭都能削，挺好的啊。」

旺季拿起兄長的劍，劍鞘固然不起眼，拔出的劍身上蒼藍色的刃紋宛如舞動的火焰，散發令人屏息的劍氣，吸引了旺季的目光。旺季從以前就一直很中意它。

這麼一說，換來貘犀利的一瞪，開口表達了意見。

「小少爺，恕我失禮，如果想削芋頭的話，『莫邪』應該也辦得到吧？我也可以削芋頭的。」

「……啊？那當然啊，要是連芋頭都不能削，誰還要用它啊。旺家已經沒有削芋頭的僕人了，自己的芋頭當然自己削。要是你連芋頭都不會削，那就馬上解僱你。」

為了輔佐父親與兄長，指揮領地與領民，日日忙於補給站等後方支援工作的旺季，是個現實又深諳世事的十三歲小孩。

好笑的是，對別人可以做到無微不至的他，對自己的事情卻是一點也不在意，這種性格完全體現在日後將家務交給別人處理，導致「整個家消失」，卻只種下南天竹做為解決方式的例子上。旺季對自家家務的熱心只限於少年時期。

「喂，季！貘寧可不跟隨父親大人或我，也要選擇跟隨你，你已經是貘的主子了，怎能輕易拋棄他！給我振作一點！想要我這把蒼劍的話，好吧，我答應你，等我死了這把劍就送你。」

聽三哥說了這麼不吉利的話，旺季不禁有點生氣。

「那我不要了。就算是一場死戰，也請不要預設自己一定會死好嗎。出征的目的是救援，又不是去送死。我都說會上戰場幫助哥哥了，可不是讓你去死的啊。貘，如果真的願意跟我就來吧。幫我做好上戰場的準備。」

在族人的目送下，旺家最小的兒子帶著隨從貘前去做上戰場的準備。

長兄低頭望向「莫邪」。手臂切實感受到與練劍時完全不同的重量。

——必須是承受得了這重量的人才行。

口中如此低喃：

「……好重啊。」

紅州東坡救援戰。

旺季策馬奔馳的大地上只有少許斑駁的草木，放眼望去一片乾枯。

位於紫州與紅州邊境的東坡郡，在入冬前成為紅州戰線，正遭到妖皇子戩華猛烈攻擊。只要東坡被攻陷，防衛線將一口氣退至紫州五丞原。

東坡太守荀馨是有名的謀將，面對戩華軍的精銳部隊已苦撐許久，明明早就對朝廷提出救援要求，國王卻充耳不聞，朝廷貴族們也不當一回事，就在被朝廷忽略的這段期間，敵軍的猛將謀將陸續朝東坡集結。到最後，傳來背叛朝廷的皇子戩華即將抵達東坡的消息，朝廷才慌張起來。不管多少「零散賊軍」集結東坡都能繼續酒池肉林的腐敗朝廷，只有在知道那深具毀滅性的皇子戩華已接近紫州時態度才一百八十度轉變。儘管上下陷入一團混亂，任誰都明白事到如今派兵前往東坡援助荀馨已無意義，自然沒有將領願意主動出兵。

就這樣，前往救援的任務落到旺家一族頭上。

以智勇雙全聞名的旺家，向來是國王與朝廷貴族警戒的對象，也被視為眼中釘，正好趁這次機會送他們上戰場與戩華硬碰硬，連根拔除旺家勢力。直到很久之後，旺季才明白朝廷這個真正的打算。

「……那個白痴國王，荀馨將軍老早提出救援要求，為何不早點回應！」

旺季咬牙切齒地說。透過手中的轡繩感受軍馬的嘶啼與馬蹄蹬地的振動。

東坡郡各地小城陸續遭抵達的戩華軍攻陷，包圍大本營東坡城的包圍網也即將完成。一旦到了那個地步，東坡城中軍民將遭到孤立，名副其實的坐困愁城，只有等死而已。

旺季問身旁策馬並騎的家臣：

「荀馨將軍撤退到哪裡了？」

「聽說已經退到大本營東坡城下了。話雖如此，戩華軍應尚未完全包圍東坡城，途中仍有兩處關塞未遭擊破，只要能守住這兩個地方……問題是，目前掌握不到宋隼凱和那妖皇子的行蹤。如果那兩人進駐東坡直接指揮，恐怕這兩關塞再過一晝夜就守不住了。」

為了讓荀馨軍與東坡城民能夠平安撤退，旺季的二哥與三哥已分別前往這兩處關塞救援。

「敵軍人數為一萬……現在可能增加得更多了。」

旺季的心情是絕望。

和「紫戰袍」一起得到的朝廷兵力僅有三千。即使加上旺家原有的戰力，總數仍不及五千，更何況必須分散各地救援。

（……這兵力之差不只三倍……兄長們能撐到什麼時候呢？）

死守關塞的二哥和三哥及堂兄們，注定是為我方爭取時間而犧牲的棋子，這輩子肯定無法活著再相見了。這原本就是一場赴死之戰。

『我都說會上戰場幫助哥哥了，可不是讓你去死的啊。』

自己說過的話，如今成為旺季心上深深的傷痕，想起笑著說要把劍送給自己的哥哥……

現在旺季雖然在後方補給站，前方身披「紫戰袍」的父親與帶著「莫邪」的長兄及叔父們正默默策馬奔向戰場。

赴死之戰。但不去不行。東坡現在正在等待救援。

「可惡……不，還有希望。還不能放棄東坡。一定要讓荀馨將軍與所有東坡城民順利逃到紫州五丞原城。有旺家在那裡抵擋敵人，紫州各城還有其餘軍力，憑荀馨將軍的實力一定能反過來帶領紫州軍回來展開救援。只要哥哥們能撐到那時候，就不用送死了。」

家臣們一邊策馬前進，一邊用謎樣的眼神望著旺季。

——突然，前方傳來干戈聲。

風聲從耳邊呼嘯而過。

軍馬嘶啼，劍戟交錯的聲音與怒吼同時從旺季後方傳來。

連天空與風都為之變色，瞬間染成了血紅。

「小少爺，這是敵襲！前方與後方同時攻來——對方打算從中截斷我軍嗎？」

「太快了，對處於如此後方的我們出手未免太快了！難道東坡城已經被攻陷了嗎？以荀馨將軍的能力應該能再多撐一些時間才是呀……」

「這是游擊，敵人只有少數！沉著應戰！保護小少爺！」

旺家家臣團立刻調整隊形，圍在旺季身邊。他們都是至今多次帶領部隊上戰場的老經驗家臣，雖然父親口頭上說的是保留後方戰力，其實家臣們也明白自己身兼保住旺季這條命脈的職責。

旺季握緊手中韁繩，只求自己至少不要扯家臣後腿。

（東坡城已經被攻陷了……）

這就表示兩處關塞也已陷落。二哥和三哥……已經死了。

父親、叔父與長兄剛才趕往的前線，如今已成殿軍。

旺季忽然抬頭往前方望去，全身寒毛直豎。

——感覺到那裡有什麼。

有生以來第一次出現這種感覺。知道有什麼要出現了。

還來不及思考已先開口。

「迎擊後方來敵之後，請各位在此待命！如果荀馨將軍能撤退至此，請保護他撤到五丞原。這裡所有的補給站也全數撤回，請大家一起逃回五丞原！」

「小少爺？」

旺季朝白馬一踢——向前急奔，前往父兄與叔父們所在之處。

不多久，看見前方馬匹揚起的沙塵。

朝這邊奔來的是由陌生面孔組成的少數部隊，隊伍裡不見一幅軍旗，士兵們甲冑髒汙，看起來身心俱疲到了極點，軍隊還能保持陣式反而令人意外，臉上依然帶著威勢——夾雜著絕望。

旺季從己方部隊中間穿過，策馬朝前方部隊奔馳並大喊：

「——荀馨將軍！後方有旺家家臣團等著守護你們撤退，也有足夠軍糧，請務必平安撤退回五丞原，希望能聽到您的捷報！」

隊伍中央，騎著一匹看起來最疲倦的馬，外表看似文官的年輕將軍以驚訝的表情看著旺季。瞬間閃過他臉上的難以置信，除了訝異於旺季的年輕之外，或許還有其他原因。看來，撤退至此之前，他已經好幾次聽與旺季長相相似的人說過一樣的話了。

二哥與三哥想必對荀馨說了一樣的話，此外，前方正為了讓荀馨順利撤退而擋下戩華軍的父親與長兄也是。

接著是旺季，在這裡與從東坡城奔亡至此的荀馨交會。

旺季從參差不齊的部隊之間穿過，不時有人如掉落的梳齒般力竭脫隊，撤退的士兵與城民踩著搖晃的腳步，死命地，渾身是血地撤逃。

不久之後，旺季已衝入充滿淒厲劍戟聲的混亂戰場。在屍體、哀號與血沫橫飛之中，什麼都不想地向前衝。溫吞而血腥的空氣，像是用手就能觸碰得到。踩著柔軟濕滑的什麼往前進，踏碎的是人的手腳與頭顱，其中有幾個人還活著發出叫聲。旺季像闖進一個異世界，感覺自己成為另一個不同的人。周遭的人們像紙娃娃一樣脆弱地倒地身亡，一切看來虛幻不實。

無數槍劍如鞭子般朝旺季襲來，試圖取他的性命。

某個人叫了旺季的名字，似乎是叔父的聲音。叫喊著，要他離開。

旺季這才發現自己連劍都還未拔出就來到這裡。回過神來，全身噴發冷汗，已經無法回頭。抓住韁繩的手放不開，不知為何，一心只想找尋父親的「紫戰袍」與長兄手中「莫邪」的光輝。為此不顧一切。無視鎧甲遭到無數次撞擊，騎在馬背上不斷奔馳。只知道自己還活著，忽然產生一種衝破溫熱薄膜的感覺。

奇妙的寂靜堵塞了聽覺。

眼前展開的光景將旺季一口氣拉回現實。

——戰場上有數不清的屍體，將路面完全掩蓋，視野裡除了屍體之外別無他物。

回頭一看，戰火中，屍體鋪成的路不斷延伸。一匹馬從中竄出，馬上之人發現了旺季，露出醜惡的笑容。

「從這匹駿馬看來，你應該是旺家的小鬼吧？雖然不是什麼厲害角色，殺了你肯定能建功。」

目光被男人手中的劍吸引。沒有多餘裝飾的劍鞘與劍柄，拔出劍鞘的劍身卻散發蒼藍色的火焰般光芒——那把劍是……

『我答應你，等我死了這把劍就送你。』

一團黑色的無名物在旺季心中斷裂。內心逐漸冰冷凍結。旺季無言拉起小弓，朝敵人毫無防備的馬面連續射了幾箭。命中兩箭，馬發狂失控，將士兵甩落地面。旺季迅速策馬上前，滿不在乎地讓馬蹄踩上對方的身體。一邊聽著哀號聲，一邊翻身下馬，無情地割開男人的咽喉。

同時，斬斷握住蒼劍的肥短手臂。

多年後，旺季幾乎想不起當時自己心中想了什麼。只記得衝進戰場時感受的瘋狂氣氛與脫離現實的景象，只想得起自己踩爛許多人體時的感觸，遍地屍體的氣味，看見握在他人手中的，屬於兄長的劍時，有生以來內心初次產生的陰暗面——殺人如狩獵的陰暗面，或許在很短的時間內改變了旺季這個人。

接著，他將男人的手指一根一根扳開，像丟掉垃圾一般拋開那條手臂。

手持蒼劍，旺季再次跨上愛馬，向前奔馳。朝屍體鋪成的道路前方奔馳。

——前方，一片空白的死亡之路的盡頭，戰場的最前線。

寫著「旺」字的軍旗依然高舉飄揚，不用凝神細看也能看見。

小如米粒仍優雅俊美的「紫戰袍」，閃閃發光的「莫邪」劍。

父親與長兄兩人守住戰場，帶著叔父們與最資深的家臣。

這支僅由不到五十人組成的騎兵隊，阻擋了如浪潮般不斷湧上的戩華軍。

乘在馬上的旺季刺殺了一個又一個穿過前方戰場襲來的步兵。三哥的蒼劍比自己平時用慣的劍還長，此時卻不可思議地像與自己的手合而為一。彷彿兄弟之中公認劍技最高強的三哥正附在旺季身上。

——而兄弟之中公認馬術最高強的，則是年方十三的旺季。

如風一般疾馳過戰場，朝旺家軍旗前進。

抬起眼，前方似乎有什麼隨風飄來。

全身噴發冷汗。

——出現了。

下一瞬間，進入視野的是無數飄揚的軍旗，令旺季為之顫慄。

是妖皇子戩華率領的大軍！

旺季從未見過戩華，但從父親與兄長們的態度中隱約察覺，旺家和他可能有相近的血緣或某種牽扯不清的關係。不過，旺季所知道的也僅限於此。

被國王廢嫡而反叛的皇子勢如破竹地攻入旺軍中央。沒想到他會在連戰皆捷的狀況下親自出馬打這場勝利已在眼前的仗，簡直就像只有這場仗需要他出馬似的。

內心隱約的懷疑立刻隨戰場上的風消逝。

全身血脈奔流。

也曾有傳聞說戩華的戰果全來自身旁優秀猛將謀將的功勞，而他本人是只被近臣利用的昏昧傀儡。可是，如果眼前這個人真的是戩華——

旺季的表情扭曲了起來。

（還差一點就到了。）

即使是離戩華皇子的旌旗如此遙遠的自己，都差點被他的駭人氣勢連人帶馬震飛，近在他身邊的父兄與叔父、家臣們卻沒有任何一人退卻。沒有任何一人。旺季發出低吼，快逃啊，即使只有一人獲救也好，請你們快逃。

否則……

浪潮般湧上的士兵戛然而止。風、空氣與時間也停止了。

接著，敵陣像被誰劈開般一分而為，讓出一條通道。

通道中央，一匹披著金緞銀絲的黑馬矯健奔出。

（———）

乘在馬背上的是個年輕男人，約莫二十出頭。黑馬與男人周遭彷彿散發黑色的熊熊火焰，撲面而來黑色熱風席捲周遭，將一切導向毀滅。

向來不知恐懼為何物的愛馬全身顫抖，連旺季手中的韁繩都為之顫動。

男人似乎對父親及長兄說了什麼。五名叔父中的誰發出怒吼，但內容聽不見，只見叔父們各自舉起長槍，策馬向前。

素有旺家五槍之譽，槍術無敵的叔父中，有兩人的首級瞬間被砍落。接著又是另外兩人。當男人輕而易舉殺死最後一個叔父時，旺季看見他唇邊那抹弦月般的微笑。

「────」

擋在父親身前的長兄手中「莫邪」閃現劍光。和他下面的另兩位兄長不同，長兄並不擅長武藝。

雖說有家臣團的掩護，和五位叔父被斬殺時幾近毫無反抗能力的狀況不同，長兄與妖皇子對峙，然而，此時的他與平時判若兩人。

展開凌厲的交手。耳邊聽見他吶喊的聲音。

「戩華！你根本不該出生在這世界！」

「是嗎？」男人滿不在乎地回答。或許那只是旺季的幻聽。

只見男人手腕詭異地一晃，家臣的手臂就像人偶一樣被斬飛，將長兄手中的「莫邪」擊飛了出去。長兄頸上鮮血飛濺，身體緩慢落馬。

抓住這個時機，父親與剩下的家臣策馬一擁而上。早已被鮮血濡濕的「紫戰袍」在風中淒美地翻飛──殺得了他，旺季心想。

殺得了落單的戩華。

然而。

此時對方的軍隊也一擁而上，翻飛的是猛將宋隼凱與謀將茶鴛洵的軍旗。

父親與家臣的劍刃分別被從兩側襲來的雙將長槍格開，朝空中高高飛起。戳華揮舞手中玩具似的劍。

父親身上「紫戰袍」散發的淒美氣息，就這樣硬生生遭到斲斷。

身體還乘在馬背上，頭顱卻咚地一聲落地。

四下響起勝利的凱歌。殘留的家臣目睹父兄之死，眼看就要崩潰瓦解。旺季發出吶喊，連自己也不明白喊了什麼。

「——別退縮！留下來！現在崩潰的話，連大後方的夥伴和已經撤退的民眾都會死！父親和兄長死守下來的東西——現在要靠我們守住！」

最資深的家臣們彷彿被旺季的聲音打醒，倉促之間拉住韁繩，留在原地。

旺季也抖動手中的韁繩，愛馬先是膝蓋一沉，接著高高躍起。

周身籠罩黑色火焰的男人驀地抬起頭。

（……是個孩子？）

男人瞇起眼睛，這孩子有他熟悉的眼神，透露出即使已一腳踏入黑暗也決不退縮的意志力。過去那個為了救出男人，不惜背叛家人，為男人斬殺朝廷追兵，和他一起逃離的「黑狼」——旺家最小的女兒。這孩子有著和她一樣的眼神。

儘管只是個孩子，男人立刻感覺出兩側的宋隼凱與茶鴛洵已瞬間被他驚天地泣鬼神的氣勢壓倒。只剩十幾人的旺家家臣更立刻重新振作，拉開陣式掩護少年。即使差點喪失戰意與希望，只要一見到少年主君抵達便馬上恢復。前後表現的差異，一口氣彌補了少年尚未成熟的實力。男人凝視少年。

「……這樣啊。你就是那傢伙提過的，旺家最小的兒子季……原本聽說你留守大後方，為了阻止你趕來還特地派了游擊隊攻擊，沒想到……」

旺家家臣拚死為少年殺出一條通往妖皇子的血路。旺季從中奔馳而過，一躍來到戩華面前。戩華用一隻手接住劃過半空的蒼劍，兩人忘我地交起手來。

宋隼凱看得瞠目結舌。這孩子看來並無高明劍技與實戰經驗，唯有馬術出類拔萃，完全沒有落馬的可能。只能說，他一定是為了彌補技術與經驗的不足，專注鍛鍊了自己的馬術吧。

兩人火花迸散的對峙持續了幾回合。

能與戩華對峙還持續了幾回合，此事令一旁諸將多麼驚愕震撼，身為當事人的旺季毫不知情，只是看著近在眼前的妖皇子弦月般的微笑，手中的劍被他輕輕推回。

隨著難聽的金屬聲，一股難以置信的衝擊力傳來，整個人就此震飛。對這幾年來從不曾墜馬的旺季來說，完全不明白究竟發生了什麼事。

身體像一顆球在地面彈跳。鎧甲裡的身體因摩擦而發出哀鳴。不——鎧甲早已解體散開。旺季一邊翻滾，一邊穩住膝蓋重新站起，正想舉劍時，才發現三哥的蒼劍從中折斷彈開了。

「————」

士兵如波浪般湧上，想一舉解決墜馬的旺季，守護旺季的家臣們卻被戩華與諸將一一殺死，像紙娃娃一樣飄飄倒地。

「……季。」

有人從很近的地方呼喚他的名字。旺季屏住呼吸。

「……季，拿走……『莫邪』……」

旺季身心為之震撼，發著抖朝聲音的方向望去。

連在斷了一半的脖子上，長兄眼看就要落地的人頭正凝視旺季。

「……拿走。交給你了，季……雖然既殘酷又沉重……可是，只有你了……」

發生了難以置信的事。明明不在視野之中，旺季卻清楚知道「莫邪」就插在那裡，就在他的斜後方，伸出手就能拿到。

波濤般的腳步聲逼近，波動令旺季全身顫抖。剛才衝入腦中的熱流冷卻後，剩下的只有恐懼。叫我拿走「莫邪」？

哥哥掛在脖子上的頭顱凝視自己，旺季全身冷汗直流。他應該已經死了，卻像還活著一般。別過視線，不看哥哥也不看自己。

內心湧現另一種情緒。憤怒。類似發洩出氣的感覺。真想臭罵哥哥一頓。竟然叫我拿走「莫邪」？在這場大家都死去，已無力回天，什麼都不留的敗仗中？

為了什麼？

感覺到一道視線。耳邊傳來自己激烈的心跳聲，旺季抬起頭。

全身散發黑色火焰的男人，正從馬背上俯瞰旺季。眼中只有旺季。

男人一朝左邊伸出手，站在那裡的將領——應該是茶鴛洵——說了些什麼，然而男人並不收回左手，拗不過他的將領雖然遲疑，也只好將手中的弓交給他。

男人毫不猶豫地搭箭拉弓，瞄準旺季。

旺季瞪著男人，憤怒令他頭暈目眩。交織著懊悔與不堪的憤怒對象是自己。剎那間，旺季體內燃起熊熊火焰。

絕對不認同那男人的存在。踩在喀啦作響的骸骨上，由黑暗負面與虛無構成的妖皇子，明明沒有一件事值得認同，自己卻連向他報一箭之仇都做不到。自己那輕易暴露的渺小無力，才是最令旺季憤怒又不堪的事。兄長與父親、叔父他們一定也是如此。

男人笑了，手中的箭對準旺季——絕對不可能射偏。

其他士兵察覺皇子出手的意圖，只是包圍四周，並未採取任何行動。

即使如此，旺季仍不伸手去拿「莫邪」。

粗大的弓拉得比半月更彎，發出彷彿能將命運一分為二的聲音。

就在這個瞬間，吶喊的聲音響遍戰場。

「旺季少爺！」

回過神時，旺季已拋下手中折斷的蒼劍，拔起「莫邪」。

正欲拔出時，「莫邪」的重量令他腳下一個踉蹌，差點停止呼吸。這把劍原本沒有這麼重，如今卻彷彿承載了所有斬殺的人的重量。

唯有能承受這重量的人，才能成為劍的主人。

使出渾身力氣拔劍，旺季將從戩華手中飛來的箭矢劈成兩截。

身後是巨浪般湧上的力量。

家臣們一一越過旺季，擊退一擁而上的戩華兵，衝進敵陣。

數量約五十人，戰場上翻飛的是尚未傾倒的「旺」字軍旗。穿過廣大戰場而來的他們每個人都遍體鱗傷，臉上帶著拚命的表情，打算決一死戰。

旺季睜大雙眼，厲聲大吼。

「——不是命令你們守護荀馨將軍撤退到五丞原嗎！」

他們是原本為了守護旺季而配置在大後方的，最後的旺家家臣騎兵團。

剛才喊了旺季名字的那位家臣再次大喊：

「老爺說過，家臣隨侍主人身邊一定有我們的理由。」

那個理由是什麼，他沒有說。

旺季盯著手中的「莫邪」。實在太沉重，太沉重。

兄長掛在脖子上的頭顱還朝這邊看著，露出微笑。旺季皺眉欲泣。

「———」

拖著太沉重的劍，飛身跳上忠心的愛馬，旺季衝上前，與家臣並肩作戰。

❖ ❖ ❖

——三隻腳的烏鴉振翅飛過戰場。

離開美如鬼魅的少年，飛向與他對峙的黑暗皇子。

很少有人能看得到烏鴉，但也有例外。其中之一就是這位帶有毀滅性的皇子，他抬頭瞥了烏鴉一眼。化為人類外型，騎在白馬上的黑髮軍師也看得見烏鴉。

目送烏鴉離開後，戩華的眼神回到戰場上。

總數約五十人的騎兵團猛烈推回開始瓦解的戰線。其中最引人注目的莫過在旺家家臣團保護下的少年。戩華彷彿看見往日的自己。少年正一一擊潰眼前的敵人，恐怕連他自己也莫名其所以然。

茶鴛洵語帶遲疑地上前報告探子帶回的消息。

「……皇子，派往後方游擊隊已遭旺家家臣擊敗，荀馨將軍也逃過追捕順利撤退了。能擊退游擊隊並突破戰線抵達此地……這批家臣的忠義之心堪稱驚人。老實說，沒想到旺家竟擁有這麼多能奮戰至此的勇將……朝廷也太過愚昧……不但不懂得保留這一族的戰力，竟還將他們送來這種地方——」

總是縱橫戰場所向無敵的宋隼凱，騎在馬背上停留在原地，也難得露出不愉快的表情說道：

「……喂，戩華，沒辦法讓他們歸順嗎？都是些你會中意的傢伙吧？不分青紅皂白地將他們都殺光，這種欺負弱勢的事我不喜歡，看到眼前這種狀況，我反而想殺了你。」

「要殺我之後再說。只有那一族是直到最後都不可能認同我的，與其讓他們被朝廷當作棋子利用，不如死在我手中。」

「正是如此，我也覺得應該在這裡殺了那個孩子。」

最後說話的人，從戩華身旁騎著白馬前進。手中搖晃的羽扇不知扭轉過多少場戰役，比宋隼凱與茶鴛洵待在妖皇子身邊更長時間的軍師。軍師所經之處，士兵紛紛低下頭。

不回頭看戩華一眼，黑髮軍師嘲諷地說：

「你該不會想放過那個孩子吧？戩華？比你擁有更純正的血統，繼承順位在朝廷所有笨蛋之上的他。如果是平常的你，早就已經拿下他項上人頭，更別說退讓。」

戩華沒有回答，黑夜般的眼神只追逐著少年。黑髮軍師從羽扇下窺看皇子空虛負面的側臉，嘆了長長一口氣。

「……戩華，你在等的是這個消息吧——荀馨將軍已抵達五丞原城，率領諸將再次反攻，正以怒濤般的攻勢返回戰場，同時向四方各城提出救援要求了。諸多武將皆願意協助奮戰紫州的旺家，想來必會出兵相助，人數多達……一萬。」

四周一片騷動。宋隼凱也面露驚愕：「……你說什麼？」

原本打算拿下紅州東坡郡後，再一口氣拿下紫州五丞原。

而現在，如果軍師所言為真，旺家一族以不到五千的弱勢部隊，不但成功拯救了走投無路的荀馨，還讓他反過來率領三倍軍力抵擋戩華軍在東坡的攻勢。

「如果要殺旺家的季皇子，就得趁現在。荀馨是個有骨氣的文官，不管向他招降幾次，他就是堅不歸順。如果是他，很有可能收留旺家的季皇子……到了那個地步，事情可就麻煩了喔。」

妖皇子的目光第一次從旺家少年身上挪開，回頭望向黑髮軍師。

「……你每次這麼慫恿我的時候，大都是想知道什麼的時候吧？」

「……」

「東坡已經拿下，礙眼的旺家一族也將殲滅。我軍立刻撤回東坡。為了不讓對方發現我們撤回東坡的動向，留下士兵繼續應戰。殺光與小鬼並肩奮戰的傢伙，也殺了那小鬼。由你坐鎮指揮。想知道什麼的話，就自己親眼去確認。」

戩華將指揮權丟給黑髮軍師，軍師神經質地牽動嘴角。

戩華再次轉頭，朝戰場上那美如鬼魅，忘我揮劍的少年投以一瞥。

五十位家臣只剩下不到一半。少年身旁骸骨堆積如山，有敵人，有家臣。少年一個人站在混亂的屍體之中。

「那把劍對小鬼來說太重了。拖著這把劍往前走的人生也太沉重。然而，他砍斷了我的箭矢。這次輪到你試試看了，我想看看那結果。」

……聽了這句話，烏鴉振翅飛去。

❖ ❖ ❖

深夜裡，旺季懷中抱著折斷的劍，盤腿坐在地上。出神地望著漆黑的烏鴉從附近一棵樹上飛走，消失在星光閃爍的天空另一端。

樹梢上掛著細細的上弦月，簡直就像那男人唇邊的嘲弄笑容。

從什麼時候開始坐在這裡的，自己也不知道。從被分配到的帳篷中偷偷溜出來，找尋無人的場所，坐下來之後，再也不想站起來。

晚秋的夜風吹過樹梢，發出沙沙的聲音。

「……少爺。」

背後傳來猶豫的聲音，無法對那聲音置之不理，那是旺家唯一僅存的侍從。旺季開了口，卻只能吐出一聲「貘」。

其他家臣都死了。為了保護還是孩子的他奮戰到最後一刻，無數次擊退海浪般湧上前來的敵兵，然後一個接一個倒在地上死了。很快地，身邊失去所有家臣，孤單的旺季遭到敵兵包圍。

……已經夠了。他心想，可以丟掉「莫邪」了。

就在此時，不知從何處現身的貘救了旺季。

幾乎在同一時刻，荀馨將軍率領五丞原的軍力趕到，結束了東坡戰役。

「請吃點東西，換下衣物，讓我為你療傷吧。」

貘輕聲拜託旺季。其實貘自己也還未療傷，旺季雖然遍體鱗傷，挺身擋在旺季前方的貘，更是在臉頰到頸部留下一條嚴重的傷口。

還來不及思考，話語已脫口而出。

「……為什麼要把我拉回來？」

貘像被責備的孩子般低下頭。

耳邊響起父親的聲音。

『這段時間貘願意守在你身旁，一定也有他的理由……有時，那或許會令你感覺非常沉重……只有承受得住這份重量的人才拿得起它。』

父親說的是成為主君這件事。

「……少爺，你為何拔起『莫邪』？」

聞言，旺季手指猛地抽搐。「莫邪」已經不在手邊。朝廷來的那些貴族，說什麼旺季必須為戰敗負起責任，硬生生從父親的遺骸上剝下「紫戰袍」，還拿走旺家的傳家寶「莫邪」。親眼目睹旺家一族壯烈犧牲的荀馨與趕來救援的諸將怒髮衝冠，為旺季挺身而出，指摘這根本就是朝廷貴族的陰謀。然而，勸阻他們的也不是別人，正是旺季。倒不如說，旺季已經不想再看到「莫邪」。

頭顱掛在脖子上的兄長說要將「莫邪」託付給他。可是，這把劍實在太沉重，太沉重了，寧可放手還比較輕鬆。連這條命一起放手。然而，最後旺季還是拔了劍。為什麼？當時會這麼做，也有他確實的理由。不過，那個理由在這場戰爭結束後變得無所謂了。

荀馨已經得救，東坡城雖然淪陷，但也阻止了戩華進擊五丞原。

付出的代價是旺季失去父親兄長與所有親人及家臣。哥哥的蒼劍斷成兩半，什麼都沒有留下。

如果說活下去的理由是對生命的留戀，自己應該已經沒有任何留戀了。對一切……

腦中閃過妖皇子的微笑，宛如一幅畫。

「…………」

身後有個黑影般的東西拖住旺季。那個黑影的臉詭異地黑成一片，完全看不清。那或許是戩華的臉，也或許是頭顱掛在脖子上的長兄的臉。

一段漫長的空白沉默。貘一直待在旺季身旁紋風不動。

坐在寒風中凍結的地面，旺季終於吐出一口白色的氣息。

搖搖晃晃地站起來。

哈哈一笑。

「……真是太難看了。這麼慘，像個空殼……大家都不在了，什麼都不剩……死了還比較好。留下來的只有漆黑與寒愴。」

天上開始飄雪，旺季徹底變了一個人，變成從骨到肉都由蒼白霜雪構成的人偶。

貘輕輕跟在起身的旺季身後。帶著猶豫的只有一步……

失去一切，但旺季還活著，還能走。名為留戀的盒子裡裝的到底是什麼，現在的旺季不知道。

為了什麼而活？

「……走吧，反正……要死的話一定很快……就能找到地方去死……」

貘低下頭，跪在旺季面前，垂著頭說：

「……請讓我跟隨您，我的主君。」

旺季看了貘一眼，呼出凍結的氣息，仰望夜空。

「嗯。」只在雪中點了點頭。

❖ ❖ ❖

『……請讓我跟隨您，我的主君。』

從此之後，貘一直跟在旺季身邊。比陵王還更早，旺季此生唯一的隨從。

這樣的貘，已經不在身邊了。

打從旺季在五丞原敗給紫劉輝，貘就消失無蹤，再也沒有出現。

旺季站在露台上，眺望彷彿凍結的星空。今夜的星空，和只剩下自己與貘的那天晚上很像……貘或許已經受夠這個直到最後仍不斷失敗的主君，再也不願跟隨自己了吧。

黑影走來走去，撫摸「紫戰袍」與「莫邪」。

即使不斷失敗仍走到今天。只有貘一直跟在身後，看著這一切。

「……看到停下來不走的我，你會怎麼說呢？」

沒有答案。

第四章　看不到前方的灰色世界

深夜，獨自一人走在戶外，感覺就像一腳踩進黑暗之中。男人抬起頭仰望天空，從臉頰到頸部有一條舊傷痕。

夜空中，弦月露出小丑嗤笑的表情，深秋的星座散發閃爍光芒。

貘找尋那顆小蒼星。他從沒找過除此之外的星星。

「……旺季大人。」

喃喃低語，白色氣息飄散在寒氣中。

這十年，自己到底是怎麼活過來的，貘已經不怎麼回想得起。像個與身體切割分離的黑影，漫無目的地徬徨。偶爾抬頭看看星空。

右手戴著彷彿融入夜色的黑手套，手裡抓著一個狐狸面具。

「……你那時曾問過我為什麼。」

在東坡的那第一場戰役，旺季問「你為何而生」。

「……我也……有想問你的事。」

儘管族人皆化為屍骸，仍堅決留在戰場上的少年，一次也不曾要家臣逃走。他用冷酷得可怕，但或許也很溫柔的方法，為返回戰場的家臣們實現願望。活著的理由和死的原因，分別放在左手與右手，旺季把兩者都給了大家。

一邊是守護的，一邊是失去的。他用一條強大的線連結起矛盾的兩者。

一方面厭惡「莫邪」的沉重，一方面直到最後仍不放手。

就算寶箱裡已什麼都沒有，還是踩著踉蹌腳步向前走的少年。

……要走到哪裡去？心裡想的是什麼？貘很想知道。想待在不斷失去仍持續向前走的那個人身邊，想看看他最後會走到哪裡。

『……請讓我跟隨您，我的主君。』

旺季點了頭，為了貘。

從那之後的長久歲月，貘一直伴隨在他身邊。

……旺季一直重複同樣的事。失敗、喪失、止步、迷惘、時而自暴自棄。即使如此，還是拖著腳步繼續往前走。

可是，某天之後旺季變了。

貘仰望閃爍的星空。

「……即將結束了，旺季大人。」

掛在天上的小蒼星閃閃發光。

深秋夜空中搖曳的星光，似乎隨時可能從貘的頭上方墜落。

結束即將來臨。

旺季喜歡的漢詩中有這麼一小節。

……結束即將來臨。

貘戴上狐狸面具，搖搖晃晃地走進黑暗中。

❖ ❖ ❖

旺季大人……彷彿聽見貘不安的聲音，像是在找尋自己。

為了找到他，旺季在黑暗摸索，卻遍尋不著貘的身影。

到處都有人呼喊旺季的名字。像山谷回音般傳來。

那是悠舜，是飛燕，是陵王……是父兄們，是家臣團的聲音。旺季偶爾會作這樣的夢。

旺季板起臉孔，那些聲音太吵雜，使他聽不見貘微弱的呼喚聲。在積極進取而個性超乎必要鮮明的旺家一門中，貘是最低調也最寶貴的存在。

黑暗中有誰佇立。以為是貘而走近一看，看見的是上弦月般微笑的嘴角。以負面與虛無構成的美貌骸骨之王，口中喚著：

『旺季。』

那難忘的，鮮明的，沿著背脊往上爬的聲音——

旺季醒來，心臟跳得非常快。不知自己躺在何方，視野一片漆黑，連是否還在夢境之中也無從確定。

隨即感覺到旁人的氣息。漆黑的影子。今天的不是「紫戰袍」也不是「莫邪」，那黑影正在窺視旺季。

黑影終於伸長了手，撫上旺季的頸項。冰冷的手，令旺季不由得起了一身雞皮疙瘩。旺季刻意深呼吸，穩定心跳。黑色的手黏膩地撫摸上來，從脖子移動到額頭，又這樣離開。

燭台上亮起燭光。

（…………？）

目光追逐晃動的燭火，忽然探出頭的是晏樹。

「……晏樹？」

「是啊，是我。您發了一整天的燒。天氣這麼冷，我不是一直要您別上露台去嗎？現在雖然退燒了，還是請別離開被窩喔。」

仔細一看，這裡是自己的寢室，身體橫躺在床上。不過，確實記得深夜裡自己上過露台的事，卻沒有回到床上的記憶。最近記不住太多事……是在露台上昏倒了嗎？看晏樹一臉不高興的樣子，還是別問了吧。

剛才觸摸脖子和額頭的黑手似乎來自晏樹，大概是為了測探體溫吧。伸手朝汗溼的額頭摸去，想起最後聽見的，如山谷回音般的戩華呼喚聲。

『旺季。』

「……晏樹，你剛才說我睡了整整一天？」

「是啊。」

「不是整整兩天嗎？」

正把藥湯端到桌子上的晏樹露出為難的表情。

「……是啦，是整整兩天，連戩華王的忌日在內。可別跟我說你夢到他了。」

「不，我是把剛才的你當作戩華的亡魂，還以為他要來掐死我了。」

晏樹停下調藥湯的手，屋內陷入一陣奇妙的黑色沉默。

不久，晏樹才咧嘴冷笑。

「……拜託千萬不要喔，跟戩華王死在同一天什麼的，那對我來說是最火大的事了。怪談已經夠多，不必再增加了。」

旺季反而覺得愉悅起來——會是誰殺了我呢？

雖說自己早已不是會被拿來當怪談討論的人了。

啜了一口晏樹端上的藥湯——差點停止呼吸。會是誰殺了我呢。

「……晏樹，要是把這難喝得要命的藥湯喝光，我才真的會死。」

「可不是我故意的喔，下手的人是皇毅。他說這藥非常有效，從出差地紅州特地寄來的。」

「那傢伙會用『非常有效』來形容的東西，大半都是被人誆了才買下的吧。」

一邊抱怨，旺季還是小口小口地喝完了藥湯。雖然沒因此而死，指尖卻微微發熱，一陣頭暈目眩。

搖搖晃晃地躺回枕頭上，心想，與其忍受這種噁心的味道，還不如獨自斬殺百人逃離王都。

「您睡一下吧，醒來後我會準備熱粥……」

意識昏沉中，晏樹的聲音彷彿來自遠方。

庭院裡的落葉在地面喀啦滾動。

秋天即將結束，不符時節的寒冷夜晚。

『旺季。』

戩華死的日子。

不過，知道他真正死因與忌日的人非常少。有關他的死，才會成為怪談。

墜入睡眠時，旺季輕聲笑了。無視戩華的聲音。

——是誰殺了戩華王？

雪夜奮戰，獨自逃離王都後，旺季再次以大官身分回到中央，已經是將近十年後的事了。回到朝廷不久就接到戩華的召見。奇怪的是，旺季怎麼也想不起再相遇那天的季節。只記得睽違十年的戩華有著什麼樣的表情。

「殺吧。」

戩華隨性披著外衣，從床上坐起來迎接旺季，態度自然得彷彿兩人之間不曾經歷這十年的長長空白。

旺季離開王都將近十年，如今已是四十多歲的人，戩華也已經超過五十歲了，看在旺季眼中，他卻幾乎沒有變老。

慵懶拖腮的姿態，令人忍不住屈膝臣服的威嚴，彷彿一眼就能將人囚禁在黑牢之中的冰冷雙眸……一切都沒有改變。他依然是那個以黑暗、負面與虛無構成的鐵血霸王。

只有一件事不同。只消看一眼，旺季就明白，戩華王的死期已近。

雖曾耳聞這幾年來他臥病不起的消息，但旺季原本並不相信。

戩華病了？旺季對此嗤之以鼻，完全不當一回事。反正一定又是那惡毒的宰相想出的某種奸計吧，絕對是裝病。

即使現在他人就在眼前，除了消瘦了些，臉色不太好看之外，幾乎沒有什麼改變。然而。

旺季向前走三步，消弭兩人之間的距離，朝戩華伸出手，抓住他的右臂。抓住之後才發現手臂細得超乎想像，感覺自己的心揪得死緊。

近在眼前的人，竟然發出愉悅的嘻嘻笑聲。

「……這是你第一次主動靠近我。」

他說得沒錯。除了在戰場上，這是自己第一次主動拉近與戩華之間的距離。能抓住這男人慣用手還能活下來的人，說不定自己是世界上第一個。

旺季撩起戩華的袖子。還沒看到底下的手臂，已經敏感察覺不對。因為家族血統的緣故，旺季特別容易感應詛咒之類的東西，也曾聽說血緣相近的戩華擁有這方面的直覺。

國王手臂上滿佈詛咒的圖樣，那是凡人看不見的死亡圖樣。

不用問也知道，即使是仙洞令尹也拿這詛咒束手無策。

脫下外衣下的單袍，同樣的詛咒圖樣像蛛網般占據他整個胸口，早已侵蝕了戩華的身體，很快就要擴散到心臟了。

——從何時開始的？

雙膝顫抖。

雖然戩華一副無所謂的樣子，擺出百無聊賴的表情，照這情形看來，詛咒應該已經侵入五臟六腑，連坐起身子都會引起劇烈疼痛的地步。就連旺季撫摸圖樣時，指尖都痛得宛如迸出火花。

（從何時開始的……）

在那個從後宮逃離王都的雪夜，旺季並未從戩華身上感應到死亡氣息。或許只是因為那時全心放在自己身上，所以沒能察覺。

話說回來，身邊有仙洞令尹羽羽在，怎能眼睜睜看事情惡化到這種程度——

腦中閃過天啟般的頓悟。過去，旺季直到最後都想不出第二妾妃鈴蘭委託鏢家暗殺的是「誰」，如果是連羽羽都束手無策的對手——只可能是縹瑠花的詛咒了！

「——」

旺季愕然，低頭看著戩華。

有多久不曾從這麼近的地方觀察這個宛如黑夜的男人了？或許因為坐在床上的緣故，旺季的視線較高，甚至看得見他長長的睫毛。仔細想想，這還是旺季有生以來，第一次「俯瞰」這個男人。

（戩華會死？）

死在這麼小小一間寢室裡？什麼跟什麼。

（什麼跟什麼啊。）

旺季沒發現，自己失魂落魄地呆站在那裡多久，戩華也就同樣觀察了他多久。

不知道經過了多久，戩華才發出無奈的嘆息。

「……你好像沒聽見，我再說一次。」

這時，旺季的思考機能已經停止。

「殺吧。」

旺季腦中閃過的念頭是，或許真的應該殺了這男人。現在立刻。與其讓他做出這麼愚蠢的事，還不如死了好。

「……啥……你想死嗎？」

「你白痴啊。」

戩華輕輕撥開抓住單袍的旺季手指。

光是這樣，旺季就像被燙傷似的抽回手。想起第一次上戰場時，光是被戩華輕輕一推，整個人便向後飛去的往事。麻木的五感逐漸恢復，忽然對自己輕易就能抓住這男人慣用手的事感到驚恐，流了一身冷汗。

看著自己裸露的胸膛，戩華王露出嫌惡的表情，一臉憂鬱地托著下巴。

「將所有妾妃和皇子及外戚一族黨羽全部處刑，包括相關的官員和貴族，一個都不要放過。」

眼前的又是記憶中那個踩過成堆骸骨的戩華。

「全體斬首，全殺光，徹底清除，不管對方怎麼求饒。」

能接受這毫不留情嚴厲命令的，只有身為御史大夫的旺季。

就算戩華不說，旺季原本就是為了大刀闊斧肅清後宮而回到朝廷。雖然沒打算放過任何一個人，是不是要全部殺光則還有待商榷。

戩華說得倒簡單，旺季瞪了他一眼。

「……不用你說我也會去做，原本就是為了這件事回來的。不過，還不確定是否需要全部殺光——」

「旺季？」

這句話聽起來，就像他能支配一切，包括旺季和世界在內。

旺季內心深埋的情感覺醒了。那個雪夜，獨自逃離王都時感受到的激動情感。熱度從指尖遍及全身。那是憤怒，是叛逆，是敵愾之情。

旺季追尋的東西。

想以全身心靈託付的東西。在這男人面前，無論多麼屈辱，經歷多少次失敗，獲得救助而苟活的羞恥，連所有冠冕堂皇的東西也毫不保留轟走的導火線。

人生的一切。

只有他總是能隨時點燃旺季內心的火種。

頂著旺季最討厭的那張臉，黑夜般的雙眸，戩華命令的語氣宛如歌唱：

「我就是王，臣服於我，聽我吩咐。如果不滿意，就想辦法奪走王位吧。」

戩華王看著旺季的臉，像是想起了什麼，嗤笑起來。

旺季照他說的去做了。

……戩華死了。幾年後，秋天即將結束時。

❖ ❖ ❖

父親真正的忌日是哪一天，劉輝其實不知道。

目前以仙洞省決定的日期為官方忌日，實際上還是有許多不確定的地方。羽羽或許知道真相，還有那個臉像被塗黑而看不清的「某人」也應該知道。不過，他們兩人如今都已不在，大概沒有其他知道的人了。話雖如此，父親對劉輝而言一直是個遙遠的存在，也稱不上對他有何依戀，劉輝倒並不特別想知道正確的忌日是哪一天。

別說來上香，劉輝每年都會差點忘記父親的忌日，今年卻主動來到父親的祠堂，祭祀之後沉思了一會兒，又來到祭祀悠舜的祠堂。

現在的劉輝想一個人思考時，多半已經不去府庫，而是到這裡來。

『外公不會再回來了。』

劉輝凝視四盞長明燈。漸漸地，思緒飄向遙遠昔日中奔過的那條道路上高懸的燈籠。

『今天過後，我就會離開這座城了。想必暫時無法再相見。』

從前的某個黑暗雪夜，對年幼的劉輝這麼說了之後，從朝廷裡消失的旺季。

經過十年，如他所說的回來了，一定有他的原因。

無論經過多久，王都總是呼喚著旺季。

蠟燭滋滋燃燒……過去，到祭祀父親的祠堂上香時，劉輝從來沒有在祭壇前佇立這麼久過，連進出祠堂的仙洞官都驚訝得探頭探腦。

……旺季說過，他是為了討厭的東西才會走到今天。

他也說過「我討厭你父親」。

既然如此，停留在旺季眼中的，他一直追尋的東西就是……

劉輝身後拉長的黑影，實在太巨大。

可是，父親已經不在了。

和十年後再度回到父親面前不同，現在的旺季沒有回來的理由。不管劉輝怎麼等，寄出多少封信，派出多少使者，也再改變不了什麼。站在父親祭壇前……劉輝終於理解這個事實。

然而，內心一直毫無根據地相信，他說不定會像那個雪夜離開時一樣，總有一天還是會回來。直到現在……

祠堂門口傳來噠噠腳步聲。

劉輝抬起低垂的目光，腦中浮現在悠舜靈柩旁最後一次見到他的事。

回過頭。

「……是璃櫻啊。」

璃櫻看著他，露出更心痛的表情。此時的劉輝簡直就像一直待在深深的水底，等待那個對他伸出手，將他從水中拉出去的人。

國王在這間祠堂裡等待誰。

璃櫻很想對他說什麼，卻找不到可以說的話，只能傳達自己的來意。

「……慧茄大人回來了，請你和他見面。如果有時間的話，等一下請在平常那個涼亭等他。」

「這樣啊，知道了。這麼晚了真是抱歉。」

國王已經恢復為平日那個少根筋的紫劉輝。

「我也可以一起去嗎？能見到慧茄大人的機會不多……我等一下正好沒事，如果你也有空，陪我練習琴中琴吧。」

總覺得找了許多多餘的藉口，璃櫻自己皺起眉頭。

國王盯著璃櫻看了半晌才說「無所謂」。璃櫻鬆了一口氣。純粹覺得最近國王總喜歡獨處，令人擔心……

國王和璃櫻一起走向後宮一隅那座寂寥的涼亭。季節一天比一天更像冬天，入夜後的現在氣溫驟降，冷得令人不想在庭院裡走動。

途中璃櫻繞回皇子宮裡自己的房間，再抱著琴中琴出來。

「……現在還偶爾彈琴嗎？」

並肩走著，國王忽然這麼問。

璃櫻一時不懂他的意思，說什麼偶爾，璃櫻平常明明和國王一起跟著樂官習琴。只不過國王雖然不曾缺席，學習態度卻是莫名消極，練了這麼久，程度還這麼差，根本稱得上是奇蹟了。相較之下，璃櫻彈得一天比一天高明。璃櫻甚至開始懷疑國王只是為了聽自己彈琴，才會坐在一起學習。

話說回來，剛才那句話問的當然不是自己……指的應該是外公吧。

「有時他會彈給我聽，不過……這幾年已經很少彈了。」

「真羨慕你……孤已經好久好久不曾聽他彈琴。」

璃櫻想起他上次忽然說聽見外公琴聲的事。

那之後，國王再也不提這件事。

幾年前也有類似的記憶，國王經常莫名其妙地說朝廷裡「曾有某個人存在過」，總是因此換來周圍的訕笑與懷疑，漸漸地，國王就不再提那件事了。感覺上，那更像是不希望重視的東西輕易遭人否定，不願再受更多傷害，所以把它珍藏到更深的地方去。現在的情形，和當時很像。

事實上，對那些近臣來說，外公現在確實和那個「某人」一樣成為茶餘飯後閒聊的怪談，不是國王該掛在嘴上的話題。不但已經是過去的人了，更是不需要花心思的小事，就像放在「已解決」公文箱中的案件。

就因為這樣，和國王單獨在一起，對璃櫻而言同樣比較輕鬆，或許彼此都這麼想。

到了涼亭，國王拍掉堆積的枯葉，一一點亮燭台上的蠟燭。不知為何，國王似乎將這座隱密的涼亭視為祕密基地，不在府庫或祠堂時，來這裡多半能找到獨處的他。璃櫻把琴放在桌上。

就算國王真正冀望的並非璃櫻的琴聲，他還是裝作不知情，開始為琴中琴調弦。不管怎麼說，他能為國王做的也只有這件事了。

璃櫻想起剛才在祠堂時不經意窺見的國王表情。

每次看著國王，璃櫻總會有些害怕。

他內心的缺口似乎隨著年齡的增長愈來愈大。原本完整的世界，在點點滴滴的喪失後，變得愈來愈不完整，到處都出現凹陷缺口。他只能死命填補這些空洞與缺口，勉強往前走，對周遭裝作若無其事的表情。

成為大人就是這麼回事。活下去，也就是這麼回事。

……面對無能為力的現實也要繼續走下去，就是這麼回事。

國王望向璃櫻，看到那顯得非常蒼老的視線，璃櫻忍不住吞了一口口水。

「……璃櫻，你覺得現在的孤奇怪嗎？看起來像有什麼改變了嗎？」

「…………」

直覺感到，這時絕對不能說謊。一旦說了謊，就會有什麼毀壞。

柱子上的燭火為琴中琴投射了陰影。璃櫻以前認為自己懂得這孩子氣的國王全部心思，可是現在不一樣。露出蒼老的眼神，國王已學會掩飾自己的心情。

璃櫻已經不懂國王的心思了。那雙寂寞的眼睛裡有著什麼想隱藏起的東西。

「……我不知道。有時會感覺你已經變了……但是，我從前曾自以為是地教訓過你，說身為國王就應該要看著一切，包括討厭的東西。最近……我常想起那件事。」

有時，他會露出危險而孤獨，不想被任何人看見的表情。不過璃櫻知道，他也打從內心重視三位近臣。正如世界有白天也有黑夜，兩者都是國王真正的表情。

和討厭外公，只會躲著他的過去不一樣，國王確實已從自己小小的世界往某個方向邁步前進，也逐漸改變了。往前走了多遠，他的改變就有多大。

「……比起從前，我喜歡現在的你。不停下腳步，不斷找尋著什麼，或許你找尋的是自己不足的部分吧。這種說法聽來可能很怪……但我認為，你正試圖成為真正的自己。」

就璃櫻看來，國王一方面待在近臣身邊，卻也同時在另外一條平行線上往前走。前方或許是外公和悠舜走過的同一條路。一條微暗的道路。

修補滿是缺口的心，拖著所有沉重的負擔，不斷向前走。走向某處。

為了找到那重要的什麼。

外公和悠舜看起來走得輕鬆自在，其實……很久很久以前，他們應該也帶著國王現在這樣的表情吧。璃櫻這麼想。

外公找到他想找的東西了嗎？

……國王想和外公見面說的話，大概就是這些事吧。

「我很希望……總有一天你能找到想找的東西。」

那時，國王臉上浮現不帶任何情感的表情。那是另一個國王，走在微暗路上的國王。

璃櫻別開視線，拚命要自己留下來。

寒冷的風吹過，國王長長的頭髮遮掩面無表情的臉。

不久，就在國王「嗯」了一聲時。

耳邊傳來踏過秋霜的腳步聲，有個人靠在涼亭柱子上。

「……這麼憂鬱的話題，就該邊喝酒邊聊才對，別在清醒的時候說啦！」

璃櫻回過頭，忍不住睜大雙眼。「慧茄大人……」

「……才多久沒見，你跟你外公愈來愈像啦。要是孫陵王在這兒，鐵定大笑的唄……哎喲喂呀，害俺想起那張討厭的臉了啦。」

一看到璃櫻，慧茄就露出懷念的表情，嘴上卻故意說反話。

慧茄已是年過六十的朝廷耆老，那張不顯老的臉上滿佈細細的傷痕，使他原本標準文官的長相看起來增添了不少強悍與威風。聽說不只臉上，全身都是這樣，大部分是十年前碧州地震時受傷留下的痕跡，但也有很多過去在戰場上留下的舊傷。

國王狠狠瞪著慧茄。

「慧茄……孤召見了你半年，五次都對孤視若無睹，今天來了還擺架子？」

「誰要你這麼囉唆唄！憑啥俺除了工作時間之外還得見你那張臉？俺和你兩人沒話可說唄！哈，

俺就是心不甘情不願，這麼三更半夜地還特地應邀到這外頭的涼亭來，你就要心存感恩了好唄！」

慧茄將帶來的酒瓶和三個杯子全丟給璃櫻。

「反正也沒啥重要事唄……真教人炸毛。喝酒喝酒，陪俺喝兩杯！」

「慧茄，什麼是『炸毛』？炸什麼毛？為什麼你要炸毛啊？」

「……………陛下，您太囉唆了。」

慧茄的太陽穴冒起青筋，當慧茄的語氣像上緊螺絲似的轉換成標準腔時，就代表他真的被惹火了。

璃櫻像雜耍團似的靈巧接住慧茄拋來的酒瓶和酒杯，往杯中斟酒。正好慧茄轉過頭來，便遞了一杯給他。

瞬間，發生了奇妙的事。慧茄啞口無言，像看見鬼似地臉色刷白。

「……慧茄大人？我是不是離席比較好？」

璃櫻這麼一問，慧茄才接過酒杯，回過神來甩甩頭。

「不……反正這傢伙也不是要說什麼重要的事。然後呢？陛下？今天又要我說什麼？」

「……呃……呃……今天請跟孤說說荀馨將軍的事吧。」

璃櫻瞪大雙眼。荀馨將軍？

「……是那位有名的軍師荀馨？打算請慧茄大人給你上歷史課嗎？話說回來，把公務繁忙的飛天副宰相半夜裡叫到這裡來，為的只是聽荀馨將軍的事嗎，國王？」

「多說他幾句，璃櫻皇子。這個臭笨蛋國王用盡方法想要從我這裡套出旺季的事，今天一定是想從荀馨將軍身上下手吧。」

「直接要你告訴孤旺季的事，你又不肯說。」

璃櫻像是第一次看到慧茄似的盯著他看，視線差點在慧茄身上鑿出一個洞。

「……這樣啊……慧茄大人從以前就認識外公了呢。確實也上過戰場……不，可以談談年輕時的外公嗎？」

慧茄忍不住發出呻吟，事情怎麼愈搞愈糟啦。喝了一口杯中酒。

「……不過，我和陵王不一樣，時而與旺季為敵，時而又和他站同一陣線。確實經常在戰場上相遇，當時彼此都還是十幾歲的小鬼，他在那樣的世局中已經很引人注目了。再說，旺季第一次上戰場的事無人不知無人不曉……」

說到這裡，慧茄默默斟酒喝，國王也不在意，耐心等他繼續說。

一直以來慧茄都感到疑惑，今天也不例外。和朝廷眾臣一天比一天輕視旺季的態度相反，紫劉輝對旺季表現出愈來愈奇妙的執著。

不可思議。從以前到現在，旺季完全不受國王身邊那些「正常的」、「正確的」官員喜歡。連一次都不曾當上風光的勝利者，就這樣日漸老去的旺季，一輩子過得悽慘又窩囊。那些官員當著他的面從來不敢說什麼，卻總是在背後挖苦他、瞧不起他、嘲笑他。反而愈是像凌晏樹或鄭悠舜那種內心擁有陰暗面的人，愈是不能沒有旺季。愈是不正常、不完整的人，愈能在旺季身上發現什麼。

……不正常、不完整……

這麼說起來，國王也──

慧茄視線低垂，看到桌上放著令人懷念的琴中琴。

六個燭台的火光猛烈搖曳，晚秋的冷風吹過深夜裡的涼亭。

「關於荀馨將軍啊……」

慧茄低聲說起那個令人懷念的名字。

❖　❖　❖

『……旺季大人真正想要的，一定不是勝利吧。您真正需要的不是「莫邪」，也不是我的力量……就連王座也不過是一種手段。旺季大人，您真正想要的是──』

從前被悠舜這麼說的時候，旺季想起了那個人。

『是了，總覺得你很像誰……悠舜，你和荀馨大人有點像。』

東坡之戰後，成為旺季的監護人，那位年輕的將軍一直在身邊幫助年幼的自己。

這句話似乎觸動了悠舜什麼。

『……如果您希望的話，我也可以成為旺季大人您的軍師。』

『不，我可不想害死你。你別把這話放在心上，我撿你回來更不是為了這個。你只要過自己的人生就好。』

悠舜是個和「莫邪」一樣的男人。只要擁有他，即使初次上戰場的人投入必死無疑的戰爭也能生還。代價是踩著堆成小山的屍骸。究竟這樣還稱得上是勝利嗎。

悠舜並不那麼喜歡自己。大概也不喜歡那樣的結果。這點事旺季還算明白，也認為悠舜不該把人生獻給自己，悠舜應該去過他自己的人生。悠舜因為紅家和戩華的緣故而失去的東西就是那麼巨大。整族人、故鄉、雙腿。旺季不該再從他身上奪走任何事物。

可是，當時的悠舜聽了旺季這麼說，反而露出非常寂寞的表情，彷彿連最後一絲希望和心願都被永遠斬斷一般。那看起來不知為何，和晏樹時常露出的焦躁憤怒很像，旺季還記得當時自己為此感到驚訝。

「嗯……皇毅寄來那可疑的藥好像挺有效的嘛。飯不但全部吃完了，還又添了一份。」

喝下皇毅從紅州寄來那難喝到不行的藥湯後就昏倒了（旺季絕不認為那是睡著）。或許是流了一身大汗的關係，醒來後身體覺得清爽多了。晏樹笑吟吟地看著旺季把準備的餐點全部吃光。

「睡了那麼久，肚子會餓也是理所當然的事吧。絕對不是那奇怪又難喝的藥有效。」

「旺季大人。」

「怎麼？又要吃藥？還是要抱怨什麼？或者是……嗯？你要外出嗎？」

收拾好餐具，剛處理完文件資料等雜事時，看到晏樹難得地換上了外出用的——還是因應下雪天的——鞋子和上衣。

「是啊，我去山上一趟，您得看家一下了。」

在這樣的深夜裡卻要外出，晏樹愛亂跑的習性不改從前，事到如今旺季也不過問什麼了。

「可能會下雪，你自己小心。」

正要開門的晏樹又走回旺季身邊，像隻優雅的野獸不發出一絲聲音，靠近站在窗邊看天空的旺季，雙手伸到他耳朵下方。他用和少年時一樣判若兩人的眼神注視旺季，嘴唇輕觸太陽穴邊，嫣然一笑。

「那我出門了。」

然後，晏樹這才走出宅邸。

旺季愕然無語，按住自己的太陽穴。先在房間裡走來走去，好不容易才在椅子上坐下。晏樹出去後，宅邸裡鴉雀無聲，只聽得見屋外的風呼嘯。

好久沒一個人獨處了。旺季把手放在椅子的扶手上，閉上眼睛。

已逝苟馨的聲音，彷彿隨風飄進耳朵。從很遠很遠的地方，很遠很遠的過去傳來。

『你繼續往前走所需要的，只有兩樣東西。』

只要有那兩樣東西，無論何時你都能繼續往前走，有那兩樣就夠了。年輕的監護人這麼告訴自己。

當時完全不懂他的意思，現在旺季也已經明白那兩樣東西是什麼了。

那個雪夜離開王城之後，即使經過空白的十年還是要拚命回到王都，為的就是那兩樣東西還留在寶箱中。

不過，在某個時刻過後，失去了其中之一……另一個則在五丞原失去了。

從此旺季放棄向前走。從朝廷辭官出自旺季本身的意思，也不打算再回去。再也不回去，不管誰來說什麼都一樣。

夜風吹響窗框，腳邊的炭爐裡，木炭發出劈啪聲頹傾。

荀馨的口頭禪是「沒問題」。每次旺季一敗塗地，一點也不是「沒問題」的時候，荀馨總是那麼說。

你一定沒問題的……

監護人懷念的聲音從窗戶縫隙飄進屋內，觸碰旺季之後又消失。

涼亭裡的燭火被風吹得短了一截，之後反而燃燒得更加旺盛。

「荀馨將軍……是朝廷的名軍師吧？」

看到旺季的外孫似乎被勾起了興趣，慧茄只能嘆氣。

「不對喔，他不是朝廷的軍師，是旺季的軍師。」

「……外公的軍師？」

慧茄放棄了。如果只有國王一個人，他早就掉頭走人。

「是的，荀馨大人瞧不起當時的朝廷和國王。只是他也痛恨讓戩華皇子為所欲為。這是我聽他親口說過的。」

慧茄看著眼前的兩人。戩華的兒子和旺季的外孫竟然成了感情這麼好的養父子，著實教人毛骨悚然……一想到旺季，慧茄就不忍再看下去。

「荀馨大人是旺氏一族犧牲性命救出的將軍。那場戰役也是旺季第一次上戰場……」

看到兩人不安狼狽的模樣，想必這件事他們都調查過了。關於旺氏一族如何被朝廷無情地放棄，派往戰場對付襲來的戩華皇子，然後一個不留地被殺光。唯一倖存的，恐怕只有年僅十三歲的旺季一個人。

「後來，荀馨將軍自願收留成為孤兒的旺季，擔任他的監護人。他也向朝廷多方交涉，為旺季取得官位和財產，想盡辦法照顧他。陪著那個老是抽到下下籤，不是被貶到偏遠地方當冗官就是派上激烈戰場的旺季，不管哪裡都陪著他去，暗中支持他，做他的參謀隨侍在側。即使如此，當時的荀馨大人也才二十幾歲……啊，或許和已逝的鄭悠舜有點像。」

「……悠舜？」國王低聲詢問。

「對，像荀馨大人這麼優秀的人去侍奉一個家道中落，年僅十三歲的小孩，對眾人來說根本是難以想像的事。畢竟他可是全國將領無不渴望的出色謀將啊。名門荀家向來人才濟濟，優秀子弟並稱『荀氏八龍』，荀馨大人更是其中出類拔萃的將才……」

幾乎可與妖皇子身邊的黑髮名軍師媲美……原本想接著這麼說的慧茄，卻沒能將這句話說出口。戩華王身邊的……黑髮軍師……是誰來著？

想不起來。

那個在久遠記憶片段中的名字從腦中消失，說不出口，就這樣遺忘。

「……他就是這樣的一位智將……經常為戰敗的旺季提供策略，或是用計救出旺季，幫助他脫逃。旺季能活下來，都是拜他所賜。次數多得旺季老是抱怨，說都是有你在，我才死不了。我也曾在荀馨大人的催促下，心不甘情不願地前往救援旺季，或是被他們所救……」

璃櫻皇子口中發出嗯嗯呃呃的聲音，或許原本他想像的是更英勇帥氣的外公吧。

如果陵王是旺季的得力右手，那麼荀馨就是他的左手。

「荀馨大人直到最後都沒答應戩華皇子的招降，始終堅持留在旺季身邊。那場貴陽攻防戰，也因為有荀馨大人的種種計策才能……荀馨大人的死那麼有名，不用我說你們也知道吧……他隨旺季一同上陣，經歷與戩華皇子的幾番激戰，甚至幾度擊退敵軍，建立多起戰功。可是，最後還是為了保護旺季而死……」

國王和璃櫻都想說點什麼，但什麼也說不出口。

「不只荀馨大人，當時旺季失去的……」

那場最後的貴陽攻防戰，至今仍被稱為奇蹟的敗戰。明明早該全軍覆滅，在旺季與陵王帶領下，竟然還撐了半日，面對戩華帶領宋隼凱、茶鴛洵，以及當時也已效忠的藍門司馬家和黑白兩家圍城攻擊，不但展開一場拉鋸戰，最後還只犧牲了半數兵員……可是對旺季而言，那本是一場沒有勝算的絕望之戰，他守護不了即使如此還是願意跟隨自己的少數也是當時旺季所有的士兵與家臣心腹，超過一半的人在這場戰役中犧牲。

「像劉志美那樣隸屬旺季陣營還活下來的人是很少的。」

慧茄凝視迸發火花的燭台。

戰爭結束後，旺季以敗將之姿出現在戩華面前那天的事，慧茄至今仍記得很清楚。

看到被提到眼前的荀馨將軍首級時，旺季的表情仍深深烙印在他記憶之中。

……第一次上戰場就失去一切的十三歲旺季，臉上是否也帶著那樣的表情？

慧茄知道國王的近臣總是嘲笑旺季敗給戩華後仍苟且偷生的事。然而，那幾個人辦得到旺季當年辦到的事嗎？

不說別人，慧茄自己就辦不到。

（——苟且偷生？）

在戩華願意談和之前死守貴陽，奮戰到底。換來的談和條件是貴陽開城時不能流一滴血，戩華軍不能從貴陽城民手中掠奪一草一木。

……旺季自己慘烈地活了下來，再次邁著踉蹌的腳步向前走。

想到這裡，慧茄克制不住想哭的心情。

面臨那場最後的貴陽攻防戰時，旺季彷彿回到第一次上戰場那天。

從四面八方包圍貴陽的戩華兵力超過己方十倍之多，被國王硬塞了代表赴死的「紫戰袍」，赴這場沒有勝算的戰爭。一切都和東坡之戰那麼類似，當時內心產生的嫌惡感，至今仍記得非常清楚。

就連戰爭的對手也是同一個人——妖皇子戩華。

「沒問題的，旺季大人。」

荀馨總是這麼說。

但是這一次，旺季實在不想再聽到這句話。看到板著一張臉無言表示「哪裡沒問題」的旺季，荀馨微微笑了起來。從旺季第一次上戰場那天便一直待在他身邊，荀馨在旺季身邊的時間比陵王還要長。對旺季來說，身旁有荀馨已經是天經地義的事。

荀馨似乎也想起那場東坡戰役，口中低喃「果然很像」。

「自從東坡一役，我就一直待在你身邊，總覺得你真正想要的一定不是勝利。說得更正確一點，是不需要勝利。」

「……不，我很想贏啊。上戰場前請不要說那種不吉利的話。」

無奈地瞪了荀馨一眼，他卻假裝沒看見。

旺季站在高高的瞭望臺上遠看戩華軍陣容，軍師荀馨卻抬頭仰望天空，一副那種事一點也不重要的態度。今天的荀馨泰然自若，和平常沒有兩樣。

事實上，朝廷只希望旺季上戰場，要荀馨留在王城，旺季也覺得那樣比較好，然而……旺季想起昨晚偶然聽見的事，摸摸頸子後方。

（……那是……不，應該是我聽錯了吧。）

「旺季大人，你繼續往前走所需要的，只有兩樣東西。」

旺季回過神來。

「兩樣？是指你……還有陵王嗎？」

「不是喔。不是那樣的，所以你一定沒問題。我很高興。」

夜風吹過，荀馨輕搖手中羽扇。站在瞭望臺上看得見大量營火，還能聽見敵軍得意洋洋的歌聲。這場形同送死的戰爭，只有少數士兵願意陪旺季和陵王這兩個孩子上戰場。營火與歌聲，就像為他們舉行的最後盛宴。

「旺季大人，我知道你其實早就想死了。可是，這場戰爭只有你非活下來不可。就像在東坡時一樣，就算只剩下你一個人也要活下去。」

旺季花了好一段時間才回應。談和。為了守護貴陽城中早已虛弱不堪的城民，為了保護他們不受戩華軍傷害，非談和不可。為了讓戩華答應條件，旺季必須率領少數軍隊和超過十倍的軍力拉鋸，直到戩華派出談和使者為止。在那之前，旺季無論如何也得活下去。旺季沒有資格選擇與毀滅一切的皇子奮力一戰，旺季沒有資格英勇戰死沙場。一切都是為了守護這座城。

無論必須面對多麼悽慘的敗戰，旺季都非得活下來，走到戩華面前不可。

營火熊熊燃燒。旺季喃喃低語。

「我明白。」

為了達到這個目的，荀馨也已想了許多策略，包括用自己的性命作交換。

荀馨始終仰望滿天星斗。他在看的是哪顆星？

才這麼一想，荀馨的眼睛便離開星空，平靜地凝視旺季。

「旺季大人，我無法再像東坡之戰那樣，接受你的保護活下來。這次，輪到我保護你了。我會確保你的生命安全，直到我這條命結束。」

旺季沉默不語，什麼都不想回應。耳邊聽見喪失的聲音。第一次上戰場就喪失的一切，好不容易一點一滴找回來的重要事物，又要再次從旺季的寶箱裡喪失殆盡。

「今晚過後，我——我們將從你身旁離開。不過，你會活下去。我再說一次，你需要的只有兩樣東西。只要有那兩樣東西，你就能活下去。沒有我，你也不會有問題。」

旺季哈哈乾笑了兩聲。荀馨說「我很高興」。

那兩樣東西是什麼，當時的旺季還不知道。

「……你太殘酷了，竟然說很高興。」

可是，那是旺季非走不可的路。

就算無可取代的士兵們以及一起度過的時間全都從寶箱中一個不留地喪失，就算連一直陪伴身旁的荀馨都離開人世，就算只剩下旺季一個人，也非踏上這條路不可。

是的。荀馨用比夜風更微弱的聲音回答。即使知道對這位不滿二十歲的總大將來說是一句殘酷的話，他還是覺得很高興。

旺季會一直活下去。

陵王和那個從旺季第一次上戰場就跟著他的隨從，一定不會丟下旺季。

可是，荀馨只能陪他到這裡了。

背後的夜空中，代表自己的那顆星拖著長長的尾巴隕落。

沒有旁人的夜裡，荀馨將雪白羽扇舉在胸口，跪在少年旺季身前。

「旺季大人，打從東坡一役之後，我一直視你為主君，除了你之外沒有別人……」

昨晚旺季曾聽見荀馨難得激昂的聲音，原本還以為聽錯了。將前來要求他留在城裡的朝廷官員趕跑的聲音──我侍奉的只有季皇子一人。他這麼說。

旺季現在臉上是什麼樣的表情呢。荀馨露出溫柔的苦笑。

「如果可以的話，我也想隨侍在你身邊更久。但是，我得先走了。這場戰爭就是我願乞骸骨的時刻，請原諒我，我的主君。」

「──────」

對主君鞠躬盡瘁的臣子，提出歸葬鄉土的請求。

古老的語言。

『你沒問題的……』

當荀馨的頭顱被提到旺季面前時，耳邊彷彿聽見他這麼說的聲音。

❖ ❖ ❖

旺季靠在椅子上微微苦笑。

忘了自己最終有沒有答應他。

明明是最重要的事，現在的旺季已經想不起來了。

遵守對荀馨的承諾，旺季從那場戰爭中存活。以談和為條件，犧牲了包括荀馨在內許多一直跟隨自己的將兵，只有自己往前走，身後的道路堆滿他們的骸骨。

荀且偷生，帶著空無一物的寶箱，和第一次上戰場時一樣，再次邁著踉蹌的腳步向前走。

『你需要的只有兩樣東西……』

能點燃旺季心中之火的兩樣導火線。只要有那個……

曾有一次，就那麼一次，外孫璃櫻問旺季，不打算回朝廷了嗎。語氣躊躇，目光迴避旺季，只看著那些接二連三拜訪旺季宅邸，與他熱心論政的門人。

旺季沒有回答。說不定璃櫻認為這就是答案了。不過，旺季口中從未確切說出「不回」二字。或許只是不想承認自己內心真的已完全失去熱情。

聽見喀答聲，回頭一看，看見放在桌邊的小盒子。裡面放的是國王寫來的鯉魚情書，晏樹大概忘了處理掉吧。聽說是奇怪的鯉魚文，讓人一點也提不起勁打開。旺季懷著忐忑的心情伸手去拿。

裡面該不會放了鯉魚飼料吧。停了一會兒，才不顧一切地打開。

……裡面竟然放了小草人。

旺季差點腿軟。感覺內心的導火線已完全燃燒殆盡。

小草人臉上畫著笑容（旺季第一次看到這種長相的小草人），實在很難判斷是否只是單純的惡搞。

不知為何，小草人還有一頭長髮……這該不會是作成國王自己形象的小草人吧。

（如果是這樣的話，會令人忍不住想直接在丑三之時釘上五吋釘詛咒他啊……）

小草人旁附上一張紙條，寫著「可以用來孵納豆」。似乎想用這句話來減輕強迫收下的意味。

頓了一頓，旺季忍不住笑出來，又刻意用咳嗽聲掩飾。盯著長髮小草人看了半天，手指朝額頭用力一彈。小草人看起來似乎很痛，真有趣。

國王動不動就寄來書信與禮物。璃櫻也不時表示出想替國王傳達什麼的模樣。這一切都令旺季不開心。

在五丞原做出選擇的不只是旺季。對劉輝來說，打敗旺季也是一個非做不可的選擇。

「事到如今是怎樣？自己的選擇自己吞下啊。」

再次狠狠賞小草人額頭一個彈指，隨著彈指的振動，有個東西從草人身上飄下來。

撿起來一看，是片葉子，放到嘴邊一吹便發出聲音，是個葉笛。

『……你曾說過……真正想做的是什麼。』

「……」

旺季再次吹響葉笛，第三次彈了小草人的額頭。這次力道很小，帶著一點不爽。

因為真的火大了。

這時，屋外傳來細微的馬蹄聲。

走近露台，看得見遠方小徑上的微弱火光，正逐漸朝旺季宅邸靠近。

旺季想起最近來拜訪自己的某個客人。

（……回鄉的璃櫻也很擔心，說要去問問紫州府。）

久未發揮的直覺在大腦深處蠢動。

旺季轉身回屋內，換好衣服，做好準備時，管家正好前來，告知深夜有訪客上門。

一位三十五歲左右的青年，鐵青著臉走進四個角落彷彿有黑暗潛伏的屋內。他是連身在御史台都顯得與眾不同的異類官員。

「……深夜來訪非常抱歉，旺季大人，沒想到您願意接見……」

「客套話就免了。工作完成了吧？榛蘇芳。」

旺季語氣淡然地喚了趕上門來的御史之名。

第五章 蒼之君至高無上的旅程

好一段時間，涼亭裡只有六盞燭台的火光搖曳，此外便是一片寂靜。

慧茄像是突然想起似的，喝乾杯中的酒。對面的國王連一口也沒喝，似乎想說什麼。

「……陛下，找我來還有其他原因嗎？」

過了一會兒，國王才問：

「……你認為旺季真的不會回來了嗎？」

璃櫻心頭一驚，慧茄顰起眉頭，沒好氣地做出肯定的回答。

「是啊，過去旺季從未主動辭官，這一定是最後了。」

「寄去熬夜做的十個小草人送他也沒用嗎？小草人的臉有璃櫻也有慧茄的喔。」

「做那個幹嘛啊！要是真的送了，那根本就是惡意整人！對我來說也是爛到不行的惡整！」

「……好奇怪喔，以前不知道是誰跟孤說那是愛的證明，前不久孤才又寄了一個去耶……是誰跟孤說的啊……」

「竟然已經寄了！問題是，那小草人的臉是誰！」

「是孤。」

這也沒好到哪去，慧茄與璃櫻心想。可能會直接被釘上五吋釘。

「總而言之，旺季是不可能被金錢或送禮之類的東西打動……你摸額頭幹嘛？」

「總覺得剛才被彈了三次額頭。」

國王歪著頭，摩挲著自己的額頭。慧茄不高興地丟下一句：

「……不管你做什麼或怎麼求，旺季都不會回朝廷了啦！」

後面其實還有想說的話，慧茄硬是吞回肚子裡。他想說的是，旺季不該是在你還有那三個膚淺小鬼手下做事的人——

另一方面，劉輝則對慧茄說的「求」字感到不對勁。

自己確實動不動就寄信給旺季，但是即使內容寫到想見面，卻從來沒有提過一句「回來吧」。回來吧？

這句話本身聽起來就很奇妙，有種說不出的怪。好像錯了，不是那樣的。

雖然不是那樣，但自己到底想說什麼，又還無法釐清。

不過，有些事劉輝也已經搞懂，在祭祀父親的祠堂中踱步時不斷思考的事。

或許做什麼都沒用，但至少要再試一次看看。

「慧茄……孤有想過……一些事。」

悠舜問過，你想要的到底是什麼。他說，讓我實現你的願望吧。

如果是悠舜，會如何實現這個願望呢？他一定、一定會有很好的辦法，像個仙人一樣為自己實現願望。不過，以自己的腦袋只想得出這個方法。

劉輝先一口氣喝乾杯中的酒，乾脆地像喝水一樣。慧茄全身寒毛倒豎。

那姿態，彷彿那個男人烙印在眼底的身影。剛才的劉輝，和他父親戩華看起來一模一樣。

只要是自己想要的東西，絕對毫不保留地掠奪。支配一切，令人臣服的霸王。

露出同樣閃動著幽暗火光的陰鬱眼神，國王這麼說：

「孤想再次召旺季回朝廷。你能幫孤嗎？慧茄。」

❖
❖
❖

看到那身御史的裝扮時，旺季內心掀起了幾分躁動。

旺季擔任過多種官位，其中以御史的身分立下最多功績。

真懷念啊。彷彿有股失去已久的熱情湧上心頭，令旺季難以呼吸。

這十年來因停擺而生鏽的大腦動了起來。自己找來的資料，加上從葵皇毅和凌晏樹手中得到的情報，旺季已大致上推測出發生了什麼事。

直視榛蘇芳。難怪這麼多年來皇毅一直重用他。

（……雖然他自己沒有自覺是個大問題，但這傢伙總有一天會脫胎換骨。）

或許，皇毅也在等他脫胎換骨吧。等了十年，從不成材的狸貓變成一隻相當成材的狸貓，真正的脫胎換骨，或許今後才要展開。

「榛蘇芳……你沒有告訴紅秀麗，自己擅作主張來到這裡的吧？」

榛蘇芳驚訝地睜大眼睛，過了一會兒才點頭。

「是的……是我擅作主張。因為小姐說區區山賊根本沒什麼大不了，我卻一直有不好的預感……這次燕青不在，姑且說要去向紫州借兵的靜蘭又不知道順路繞到哪裡去了，一直不回來……現在是一片空白……可是，如果只憑我的不好預感行動，一定會被靜蘭罵到臭頭。」

「你要好好珍惜自己這份直覺。」

「真的很抱歉……咦？」

「這是你的武器。正因一路走來都在失敗，才會擁有這種直覺。像茈靜蘭或陸清雅那種理所當然的勝利組一輩子都不會擁有這種直覺。你要好好珍惜……我能活到現在，也都拜這種直覺所賜。」

一心以為會被旺季反駁的蘇芳看似就要虛脫。一方面放下半顆心，另外半顆則仍惦著驅使自己趕到這裡來的難以名狀不安。

深夜裡突然到訪，竟然能在絲毫沒有受到攔阻的狀況下被帶到屋裡來。習於吃各地方官閉門羹的蘇芳原本打算如果真的不行，就要硬闖進來……完全沒想到旺季會好好聽他把話說完。

「……其實上次來……本來就想詢問您的意見……沒想到璃櫻……皇子也在……只好隨便寒暄就離開……明明找了各種藉口才來的……我總是這樣。呃……希望您能相信我接下來要說的話……」

「你擔心的是山賊背後有什麼人指使吧？」

蘇芳驚訝得說不出話來。

「怎、怎麼會……連、連小姐都不相信我說的話耶？」

旺季咧嘴一笑。

「你以為我是誰？我幹御史的時間比你長多了，上次你特地來訪時，我就已經有點懷疑……靠關係找來調查書的謄本……明明是不成氣候的小山賊卻四處逃竄，讓你們一路追到這裡來對吧。」

「是，是的……靜蘭他們超生氣。對我們被那種不成氣候的盜賊耍得團團轉非常不滿，也不太想去向紫州軍借兵的樣子……不過我……一直覺得奇怪，感覺其中一定有什麼問題，為什麼他們能順利逃竄到這個地步……」

「是不是懷疑有人故意走漏風聲，誘導你們一路追到這裡……？這一帶離紫州府有一段距離，想一口氣一網打盡的紅秀麗一定會要茈靜蘭去紫州府借兵……可是，到紫州府不但有一段距離，紫州軍也不可能以擊敗小山賊的任務為最優先。借兵之事肯定會拖上一陣子，如此一來就會多出一段詭異的空窗期……你那不好的預感是否正在告訴你，這該不會出自『某人』的安排吧……？」

光是看了調查書謄本就能輕易說清蘇芳心中所有隱約的不安。

「沒……沒錯。就是這樣，靜蘭一去不回，只剩下我和小姐……一路追到這塊土地上……然後我開始覺得不妙……可是那只是我的直覺，沒有證據。」

蘇芳一邊擦汗，一邊一口氣說完。

「……總覺得在山賊背後操縱的幕後黑手是中央官員，還有……我不能——我不想說！」

旺季啪啪鼓掌。

「表現得很好，只差還無法有條有理說明，否則已堪稱是歷代數一數二的御史了。」

「咦……」

「這番話如果能向葵皇毅報告，那傢伙一定也會察覺不對勁……偏偏他現在前往紅州出差。那邊的事情更重要……真有你的，一切還如此不明朗，你卻拚著小命在夜裡趕來我這，人未免也太好了吧？」

蘇芳臉上逐漸失去血色。「人太好」。旺季是這麼說的。

「您該不會……早就察覺了吧？那些傢伙們的另一個目的。」

「不，最近一直放空過日子，直到你今天來，聽了你說的話，現在才想到的。」

「——剛才是誰說『以為我是誰』啊！為什麼不早點用你這麼厲害的腦袋想一想！小姐和靜蘭都沒有發現的事，你不過是坐在椅子上聽我說了一堆莫名其妙的話就全部搞懂了！到底是誰在散播謠言說你老人癡呆啊！」

老人癡呆？旺季很久沒這麼火大了。有人在背後說他落魄，說他靠外孫保住一命，這些他都知道。但是老人癡呆？這話到底是誰說的？

「聽好了，你現在馬上回紅秀麗身邊。你的猜測八九不離十，那群中央官員似乎亟欲謀殺那丫頭。畢竟這十年來，她可是毫不客氣地彈劾了不少中央地方高官……」

現在「官員殺手」已不再是陸清雅的外號，改為指今年二十八歲的紅秀麗。若是清雅，當然也會和她做出一樣的事，問題是這丫頭還是和以前一樣，一點也不機靈。想起晏樹曾說她「和從前的你一樣」，旺季不禁垮下一張臉。

蘇芳卻磨磨蹭蹭著不離開。看來，在得到答案前他是不打算走了。

「雖然我剛才說不想說，但我還是要說。應該說，我要問，對方……那些無能的中央官員應該是想設計構陷你為這件事的幕後黑手。因為這裡離你的領地近，所以才特地把我們引誘到這裡來，我猜得沒錯吧？」

「大概沒錯吧。」

那個瞬間，也不知道生什麼氣，榛蘇芳眼中燃起憤怒的火光。

「大概？我……我可是知道的喔！關於你的事，雖然並不多。十年前，我在紅州發現黑色飛蝗，向州府提出報告時，志美一臉世界末日的表情。我正如所見就是這副德性，四處展開調查卻束手無策時，老實說我也以為真的不行，差點就要放棄。心想，這個國家又要被國王害得民不聊生了。沒想到……最後竟然得救。現在大家都以為那是國王和小姐的功勞，其實我知道，那都是你的功勞。如果沒有你過去披荊斬棘走過的那些路，就沒有現在這個未來。我雖然笨，這點道理還是明白的！」

旺季看著氣憤不已的蘇芳。他生的是旺季的氣。榛蘇芳，曾有很長一段時間不受上司賞識，失去幹勁，游手好閒時遇上了紅秀麗的這名官員。旺季知道他時常被人看輕，也聽說他至今輾轉派駐各地，吃了不少苦。

「可是現在那些年輕官員們根本不知道這些事，他們是真心瞧不起你。知道事實的人又逐漸忘了那些過去……我到現在偶爾在工作上遇到『糟糕，這個該怎麼辦』的事情時，只要一著手調查一定會發現你的腳印，循著你走過的路就能找到答案……打從心底佩服你。走遍全國，我還沒發現哪裡不曾留下你的足跡。」

「…………」

沒錯，旺季也走遍了全國。不斷遭貶抑的日子，想回朝廷也回不去，對旺季來說，那是一條敗北之路。一直都是。這個國家沒有他沒去過的地方，在全國上下顛簸流離，忘我地工作，只想做出一番成績。看著未來，懷著夢想。

總有一天絕對要回到中央。回去之後——

之後……

「對我來說，你不是過去的人，現在也深深影響著我。每次找到你留下的痕跡時，或許我都很生氣。想到你會被哪個無能官員構陷，而你卻什麼也不想地只是坐在這裡，這也讓我生氣——你看起來就像停滯了。」

旺季睜大眼睛。腦海中響起好久好久之前，自己的聲音。

『現在的你只是待在那裡，什麼都不做，只會在後宮裡閒晃……』

對一切毫不關心的戩華，曾經讓過去的白己那麼生氣。

……這次輪到自己了。簡直就像個圓環，走了一圈又回到原地。

「……對不起……我擅自說了這些，其實自己還不是站在貶抑您的那一方……」

旺季從椅子上起身。

蘇芳只覺旺季瞬間移動到自己身前，哇地驚叫失聲。那不只是貴族優美的姿態，而是更迅速，更沒有一絲拖泥帶水的無聲動作。

（對了，這是武官特有的動作——不、比那更高明……很像燕青……）

萬一隨便亂動，說不定自己就要人頭落地了。有生以來第一次產生這種感覺。

「……人數呢？」

「咦、啊、呃？山賊的人數？還是我方的人數？不對……是兩者的人數吧！我想想……從紅州邊境東坡一路追他們過來，當中也零零星星逮過幾次……他們的總人數卻還是捉摸不定……感覺一點也沒有減少似的……又或是有微妙的增減……總之，我們的估計是大概五十人左右。」

旺季摸著下巴，用動作表示「繼續說」。

「我方的話嘛，原本雖然借了紅州軍，進入紫州之後他們就回紅州了，現在……紫州軍還沒借到，若是從各郡村調派人手，現在又正值秋收時分……」

「紅秀麗一定會說不願意，所以只剩下你們兩人了吧？」

「……是的。小姐說在靜蘭帶兵回來之前只要監視對方動靜就好，兩個人也沒問題。」

「五百人。」

「咦？什麼五百人？」

「對方的人數，不是五十人，是五百人。被監視的人是你和紅秀麗才對。我猜你們至今待過的地方全都在對方掌握之中。」

「……請問，您真的沒有老人癡呆嗎？」

「滾。想死就去死好了。」

「對不起！是我說得太超過了！不過再怎麼說五百人也太多了吧？」

「這是我很熟悉的兵法，不過……是很久以前的事了。」

旺季用手指敲桌面，葵皇毅也有相同的習慣，嚇得蘇芳反射性地挺直背脊。

「你說那是山賊吧？不過其中有一人很詭異……應該是經歷過戰爭的人。」

「戰爭……您是指五丞原嗎？」

「那哪叫戰爭了？根本還沒開始就結束啦。是更久之前的戰爭，名副其實的戰爭。以為對方勢單力薄，追上去卻發現人數始終捉摸不定，就算有人被逮也會立刻補充，不管抓住多少人都掌握不住確切情報。這是常見的撒網捕魚法，引誘對手入網後，再一網打盡。慧茄就很擅長這種戰術。最可怕的一次，敵軍以為他只率領五十人，自以為游刃有餘地派了兩百人追殺，沒想到慧茄那傢伙手下整整有五百人，把對方打得落花流水。」

「五百？」

「那傢伙就是這麼個行事謹慎的討厭傢伙啊……人稱『凶運慧茄』，只要遇到他就沒好事。他自己就是隨便散個步也會接二連三遭遇不幸的傢伙，最慘的是，每次他總能四肢健全地脫身，遭殃的反而是周遭的人。」

「……啊，這個我在朝廷裡經常聽人說……」

只是要交文件給他卻掉進地洞，只是站在他身邊，頭頂就有鳥糞落下，往椅子上一坐才發現下面有整人放屁座墊等等。所以，那些愈是與慧茄地位相當的高官愈希望他永遠是個到處奔波的「飛天副宰相」，最好不要回來。

「你以為對方人數只有五十，頂多一百，所以即使紅秀麗再小心，向紫州借兵的人數也差不多落於一百五十到兩百之間吧？」

「……是的。靜蘭還嘮叨地說，只是應付山賊，不可能派出這麼多正規軍。」

「即使如此，還是不能排除借到一百五十名正規軍的可能性。如果我是山賊頭子，想殺死紅秀麗的話，至少需要三百個山賊才能應付一百五十名正規軍。因為在面對正規軍時，不少山賊會臨陣脫逃。更小心的話就會準備五百人了……不過，要養這麼多山賊手下不容易，就算有幕後黑手的中央官員當金主，也很難找到容納這麼多人的巢穴。應該是將人手分散在各地廢村或山中……」

蘇芳臉色刷地變白。旺季再次用手指敲桌子，催促著他：

「……你是不是還知道什麼？」

「知道我為什麼會認為有人要構陷你嗎？追蹤山賊到五丞原附近時，即使是腦筋動得那麼快的小姐，頂多也只是懷念起十年前發生過的事罷了……十年前那個被凌晏樹燒掉的隱密山村，如今已成無人的廢村……」

僅是聽到這裡，旺季就明白蘇芳要說什麼。

「那裡原本是隱居了五百名左右村人的隱密山村……有豐富的鐵與煤炭，也有水田，儲備了足夠的油和煤炭……如果是那座山村，容納五百個山賊也沒有問題吧……更別說那座山除了位置隱密之外，地勢更是易守難攻……」

蘇芳接著這麼說：

「等等……因為火燒村的緣故，村人避難之後，那裡不是『封山』了嗎？那個隱村有特殊機關，只要全部啟動就能『封山』，封山之後誰也無法進入。」

那裡原本是「無名的大鍛造師」獨自居住的隱密之地，旺季又派悠舜設計製作，四處設置了許多令人迷路走不進去的機關。

「除了少數村人之外，沒有人知道『開山』的方法。你們也不知道吧？」旺季問。

「是的，可是……前陣子我和紅御史去探勘了。請那位獄卒大叔幫忙打開機關，因為聽說現在山裡還有一個老婆婆獨居……記得嗎？和『無名的大鍛造師』住在一起的老婆婆。她怎麼也不肯離開那座山，在大鍛造師過世後，仍一直自己住在裡面。」

旺季輕輕點頭。

「山賊在附近出沒太危險，村人們也去說服她離開避難，可是不管跟那個老婆婆說什麼她都馬上忘記，不然就是完全沒聽懂，加上她整天到處亂跑，光是要找到她人就費盡千辛萬苦。結果找到了，她還是說什麼也不離開山村，無可奈何之下，現在小姐只好陪在她身邊。」

蘇芳全身發抖，像遇上什麼怪事似的，嘴唇發白。

「……我們也順便檢查了村子現在的狀況。火燒村之後，又建了新的倉庫。因為去照顧老婆婆時，村人會順便砍柴打獵，或是巡視森林……沒想到一去檢查卻發現倉庫的門鎖被人打開了，據獄卒大叔說，儲存在裡面的糧食有減少的現象。」

「——」

「可是，不可能有人知道入山的方法啊。除了村人和……你。」

「……是啊。」

「我太低估山賊數量，以為只有五十人，如果真的有五百人潛伏在那座山中……朝廷一定會認為那是『你的人馬』。畢竟在你的領地上，又是與十年前相同的場所……」

落魄的大貴族做出這種事也未免太窩囊了。找來不成氣候的一幫盜賊，做出連謀反都稱不上的最後掙扎。看起來就像一個被朝廷排除的老人悽慘落魄的窮途末路。

這麼一來，就連外孫璃櫻也保不了他。

「中央官員甚至不用弄髒自己的手，正規軍就會出面收拾你了。還有比這更輕鬆的方法嗎？這是接收你的領地、財產、奪走『莫邪』與『紫戰袍』的大好藉口。不過，你不可能做出這麼難看的事……辦得到這些事的，除了你之外，還有一個人才對。」

蘇芳抹去冷汗，直視旺季，然後開口：

「還有一個人對吧？除了你之外，能夠解除機關入山的人……凌晏樹，他現在人在哪裡？」

旺季想起外出的晏樹，難得看他做出遠門的打扮。

『是啊，我去山上一趟，您得看家一下了。』

「最近他一直沒出現在門下省，我已經請人證實過，大概從朝廷裡消失一個月左右了。雖然那個人原本就神出鬼沒，但這次離開得實在太久。誰都不知道他去了哪裡，這不是很奇怪嗎……再說，那個人肯乖乖擔任門下省長官這麼多年也很奇怪。」

『……現在也是，從來不問我為何從朝廷回來。』

端上苦得嚇人的藥湯，露出謎樣笑容的晏樹。

『所以我才更想結束一切……』

彷彿代替最後的致意般，在旺季太陽穴上印下一吻後離開。

「葵長官曾言外有意地對我說過，已故的鄭尚書也是。說如果晏樹大人他……做出什麼跟您有關的奇怪舉動，就要向他們報告。他說，那傢伙雖然會珍惜喜歡的東西，一旦不喜歡了，就會全部破壞，然後自己消失無蹤。」

以前孫陵王也說過類似的話。他說「總覺得你有一天會被晏樹殺掉」。悠舜一定也這麼想過吧。皇毅也是。或許，連晏樹自己都這麼認為。

事實上，晏樹好幾次都想殺死旺季，也曾好幾次從旺季眼前消失。那幾乎都是在旺季無法完全滿足晏樹期待的時候。

旺季無法為晏樹改變，晏樹總是離開這樣的旺季，但最終還是會回來。無論多少次。

「……如果晏樹是離家出走的話，這應該是最後一次了吧。」旺季只這麼說。

最了解晏樹的人就是旺季。

「——請快逃吧。」

榛蘇芳用沙啞的聲音這麼低喃。痛苦的，深切的悲嘆，臉上露出同樣痛苦悲嘆的表情。對旺季來說，這是非常懷念的聲音和表情，再熟悉也不過。

總是有人不斷地不斷地對旺季這麼說。有時是家臣們，有時是荀馨，有時是皇毅、陵王。

請你逃走吧。只有你，一定要活下來。

「請快逃吧。現在立刻，逃到任何地方都可以。我今天其實就是來告訴你這個的。老婆婆那邊我會馬上回去，說好說歹也要和紅御史一起拉她下山，找個安全的地方三個人躲起來。就算被山賊占據一兩座山頭也不要緊，以後還是有機會奪回來。可是，如果晏樹大人的目標是您，那就一定會想辦法把您引出來殺——」

「我不要。」

「殺掉——咦？」

「我已經厭倦逃避了。」

旺季說得斬釘截鐵。

「什麼？」

「再說，有哪裡是安全的？你心裡根本沒有個底吧？」

「這……」

「有五百個山賊的話，這附近的所有村子一定都被盯上了，逃不出去的。再說還要拖著三個累贅。

你如果是個御史，就不要隨便抱著樂觀的心態採取行動。」

老婆婆就算了，看來連蘇芳和秀麗在他的心目中一樣是累贅。

「不過，能擅自決定到這裡來的你比紅秀麗或茈靜蘭好多了。該說是過往慘敗人生累積的敗犬直覺發揮了效果嗎？」

怎麼覺得好像被說了很過分的話？蘇芳這麼想，忽然悲從中來，旺季跟葵長官真是一模一樣。

眼前這個矮小的老人，瞬間增加了一點份量。

在緊張的氣氛中，黑暗增加了密度，回過神時蘇芳竟忘了呼吸。靜謐的霸氣籠罩，旺季的威嚴與冷酷，在在令蘇芳脈搏加速。他和朝廷裡的任何一個人都不同，那種令人忍不住想屈膝臣服的「什麼」，連在葵長官身上都不曾感受過。

現在的朝廷已經沒有這樣的人了，最後的大貴族就在眼前。

獨一無二，唯一僅有的大貴族。

即使如此，蘇芳還是得甘冒不諱，吞吞吐吐地說：

「……拜託您了，請快點逃吧……沒辦法的，鐵定沒辦法。您想做的是去救出小姐和老婆婆吧？絕對有人埋伏在那裡等著對您下手啊。您到底想做什麼？都已經是個老先生了，現在反悔還來得及，我就當您剛才說的是癡呆老人的胡說八道。」

「你說誰是癡呆老人啊！難道想對紅秀麗和那老婆婆見死不救嗎？你的直覺沒錯，那兩人現在就是為了引我入甕的人質。對方是故意放你來這裡通風報信的，敵人就是如此了解我。」

「您明知如此，還是要孤身前往嗎！至少等靜蘭回來再一起——」

「笨蛋，我不是說了嗎？中央官員最大的目標是謀殺紅秀麗。解決我只是順便而已。對方怎麼可能乖乖等茈靜蘭帶著紫州軍前來？到時候紅秀麗和老婆婆就成為屍體了。」

蘇芳腦中一片混亂，自己到底該如何是好？要是上次來的時候能堅持跟旺季說上話就好了。不，要是能有勇氣一再對秀麗和靜蘭說明自己內心的不安就好了。都是自己不好，一定是自己做錯了，總是給自己找藉口——

「可是……可是……！」

「冷靜點，她們兩人現在在哪？山中小屋嗎？」

「是的……因為老婆婆不肯離開那間山中小屋……小姐在那裡照顧她。還有，至少在今天中午之前，隱村還是空的……我巡視了整個山村一遍……沒有看到半個人。」

「……既然如此，就還有希望救她們出來。山賊不可能一次大量入山，頂多一次一百人。除了那傢伙之外，其他人對山裡的情形也不熟悉。」

旺季大跨步橫過房間，走到書架旁，抽出插在大甕裡的幾卷巨大紙捲之一，再走回來攤在桌上。是那座山的地圖，比蘇芳看過的地圖還要精密。

「留在山中小屋是不幸中的大幸。那裡和山村不同，是建立村子前就已存在的地方，和山村的建造方式不一樣，到了現在，知道那間山中小屋的村人也不多了。」

蘇芳點頭。事實上，秀麗和蘇芳也是因為這次的事才第一次知道有那間山中小屋。

「要去那裡的路……相當不好找……得先從瀑布後方的繩梯上上下下幾次……要不是有獄卒大叔帶路，我絕對無法再自己去一次。」

「是啊，而且大鍛造師住在山中小屋時，自己雖然偶爾會去山村露臉，卻很討厭別人擅自闖入山中小屋，所以幾乎不肯告訴別人通往那裡的路怎麼走。說得更簡單一點，現在敵人一樣不知道怎麼過去，你上次走過的路，對方恐怕還找不到。只要途中轉錯一個彎就到不了山中小屋了。」

蘇芳彷彿看見希望之光。

「這麼說來，只要繼續待在那裡，誰都拿她們沒辦法……」

「不，十年前，紫劉輝曾說自己不知怎地，回過神來時人已經到了山中小屋，遇到大鍛造師還聽他說了話不是嗎？」

「啊，是的……咦？這麼說來，表示他並非走瀑布後的繩梯和隱藏通道囉？那麼國王到底是從哪裡過去的……？」

「……我想，從山腳下一定有另外一條可通往山中小屋的路。只要夠幸運就找得到。」

旺季自己就曾是那樣。

天明前，下著大雪的闇夜，孤身一人奔馳的他。

騎著有著烏鴉般暗黑皮毛的馬。

……已經是好久好久以前的事了。

「你留下紅秀麗自己出來的事已經被發現了，紅秀麗又不在山村裡，這麼一來，對方一定會在山中展開地毯式的搜索。儘管山裡的地勢有如迷宮，找到她們也只是時間的問題。一旦找到那個地方，就有可能硬逼著她們離開山中小屋。」

「怎麼會這樣……」

「不過，在那之前還有時間。只是一次斬殺五百人，對我來說已經是太吃力的事了。」

……蘇芳瞠目結舌。他剛才說了什麼？斬殺五百人……什麼意思？後半部的話聽在耳裡只是令人想吐槽。

「……什麼？」

「趁現在……頂多百人，還有辦法應付……要是賊人陸續呼朋引伴，這把老骨頭就撐不住了……最好不要演變到那個地步……所以在我抵達山村之前，要盡可能正確地掌握各處山賊巢穴……」

旺季喃喃自語，拿筆在地圖上四處寫了什麼。接著又拿出新的宣紙，龍飛鳳舞地快速寫下好幾封信。

「——榛蘇芳，我宅邸人手不足，只好請你幫忙跑腿了。以最快速度將這些信送到，不是紫州府，而是送去給守在近山要塞的將軍們。」

「對了！還有這方法！只要請求附近要塞將兵支援——雖然是不按規矩來的做法，但我還有身為御史的軍權可用！」

「不對，那樣還是來不及。我剛才不是說了嗎，現在入山的話，要應付的山賊頂多百人。其他的山賊還分散潛伏在附近，最怕的是這些人一舉入山，所以要拜託各邊塞將軍的是：派兵將分散附近的四百山賊一一擊破。」

「咦？可是又不知道他們潛伏在哪裡？」

「我都在地圖上標明了。只要搜遍這些地方，一定能揪出他們，不會差太多。在這麼冷的氣候下，那些膚淺的小嘍囉淌著鼻水能躲的地方用膝蓋也想得出來。」

「為什麼！」

「歹徒喜歡當作巢穴聚集的地方都差不多。無論御史如何掃蕩，那些地方就是會有髒東西聚集。還有，我自己過去也曾長年在那些地方棲身啊！」

旺季自暴自棄地大吼。

「——要是有比我更好的方法就提出來，好得夠令我意外的話就用你的方法。」

「……您、您真的打算一個人入山？我才想問是不是有什麼令人意外的戰術？就像從前厲害的軍師靠少數將兵虛張聲勢，嚇退敵方大軍的那種戰術？」

「只有一個人是要怎樣虛張聲勢啊？笨蛋。」

你才是笨蛋吧！蘇芳心底如此吶喊，沒想到旺季竟然沒有絲毫對策。

「別說廢話了，快去吧。你也想救出老婆婆和紅秀麗吧？沒時間了，旺家第二快的馬就讓你騎吧。要好好駕馭牠啊，一定能幫上你的忙。」

說著，旺季將那些信件塞給蘇芳。蘇芳瞬間為之語塞。老婆婆和紅秀麗。

關於自己，旺季隻字未提。蘇芳又懊悔，又生氣，覺得自己太沒用，忍不住流下眼淚。握緊那些信，用力擠出聲音：

「可是……這麼一來，不就正中……朝廷那些傢伙的下懷了嗎……？」

蘇芳的表情令旺季產生一股懷念之情……他一直活在這些表情下。

「……笨蛋，別露出那種表情。我早就習慣這種事了，也很習慣注定失敗的戰爭。」

旺季說得不當一回事。沒錯，早就習慣這種事了。一而再、再而三地經歷過同樣的事。

「還有，被自己侍奉的朝廷設計陷害這種事也很習慣了……到底發生過多少次，我都已經數不清了。」

打從第一次上戰場就是如此，貴陽攻防戰也是，雪夜逃離後宮那天也是，只剩下自己一個人苟活那天也是……

總是如此，自己的人生一直都是這樣的，直到最後。

蘇芳喉頭哽咽，胸口湧上一股說不出的悲哀與憤怒。對無能為力的自己，也對朝廷。工作上不管看到多不合理的事，早就因司空見慣而心冷。那些短暫的憤怒，也在不知不覺中刻意忽視。熱情沉澱在心底深處，結了礎石一般的硬塊，今後永遠也不會消失。那驅使他今後仍繼續向前的熱情。

蘇芳收下旺季的信，低下頭，一陣躊躇之後，提出最後一個問題。

在朝廷裡那些關於旺季的，毫無根據的謠言中。

在那之中，只有一件事令蘇芳掛懷。

「請問……聽說您生病了……是真的嗎？」

旺季嗤之以鼻，笑著趕跑蘇芳：

「全是編出來的，你看我哪裡像有病的人？——好了，快去吧！」

草庵外，陸續飄落雪花。

晏樹動動指尖，黑暗中便傳出喀啦聲響。

一盞燈火旁，飛起一隻黑色蝴蝶。

晏樹閉起慵懶的雙眼，傾聽下雪的聲音。

晚秋。旺季孤身一人逃離王都，下落不明時，也是如今這個季節。

當時晏樹不在旺季身邊，不在他身邊很長一段時間。

第六妾妃死去那天，晏樹戴上狐狸面具離開。心想，這次再也不要回到他身邊，就這樣離開了超過一年。

……從來沒想過，再也不回來的有可能是旺季。

得知他逃離王都的消息，回過神時自己已策馬狂奔，踏上那條以為再也不會踏上的回頭路。和皇毅會合後，拚了命地找尋，可是，怎麼也找不到旺季。

他不在世界上的任何地方，當時的心情至今難忘。

那個如果沒有人好好珍惜就會無法活下去，像櫻花一樣突然零落的人。

「旺季大人……」

晏樹低喃。沒想到自己會活到現在。

陪伴他到現在。

「旺季大人……」

讓晏樹活到今天的人。

「……不過，讓一切都結束吧。」

解開指尖撥弄的繫帶，在燈火照耀下，喀啦一聲戴上罩住上半張臉的老舊狐狸面具。

只要戴上這個面具，視野角落總能瞥見一隻黑色烏鴉，靜靜蹲踞在屋內一隅。彷彿只有透過狐狸面具才能看見的烏鴉。下肢融入地面的黑暗，看不清有幾隻腳。

那雙凝視晏樹的眼睛，是太陽一般的金黃色。

令人聯想起曾幾何時旺季騎過的馬，有著金黃色鬃毛，漆黑如闇夜的馬。

晏樹起身，對烏鴉報以豔麗的微笑。

「想看的話就跟來吧。不過，這次我什麼都不會再給你了。雖然之前把朔洵給了你……這次不行，我全部都要帶走。」

這次，全部。晏樹說著轉身。

❖ ❖ ❖

劉輝有段難忘的記憶。

那應該是旺季以御史大夫的身分回來，以處決所有人的方式平息皇子之爭之後，父親戩華駕崩之前不久的事。

庭院裡，枯葉發出聲音滾動，天明前。

不知為何，旺季出現在後宮那個偏僻的角落。

只有他一個人，站在那裡仰望天明前的夜空。

劉輝緊盯著他的側臉，移不開視線。旺季正靜靜地哭泣，只是默默流淚，不發出聲音。

像是忘了自己即將何去何從，站在那裡動也不動。

難以衡量的喪失感。感覺像是看見深不見底的黑暗。

很想知道什麼。

『孤想再次召旺季回朝廷。你能幫孤嗎？慧茄。』

這不是詢問，是來自國王的命令。

慧茄從沒想過自己會被這個國王的氣勢壓倒……不，悠舜死後，看到他將彼岸花一朵不留地處分掉時，也曾有過這種感覺。

璃櫻鐵青著臉在一旁微微顫抖。慧茄也知道旺季的身體狀況。

「……璃櫻皇子，可以請您稍微迴避一下嗎？一下就好。」

璃櫻默默走出涼亭。

到了這一刻，慧茄才終於願意對國王毫不保留地坦白一切。

「……您說，想召旺季回王城是嗎？」

「是的，準備官位給他，照他的希望去做，想要什麼官位都給他。」

愚蠢又荒唐。他明明知道現在旺季在朝廷裡的地位是什麼樣的。十年前，旺季確實為了奪下王座而率領禁軍前往五丞原。最後雖然因璃櫻皇子成為國王養子而獲得恩赦，但也因有鄭君十條阻擋，使得旺季的地位與權限陸續被剝奪，最後不得不自請還鄉。現在國王說的話等於是要推翻這一切，當作全部沒發生過，朝廷會接受才怪。

「……慧茄，這件事景柚梨不可能答應，所以孤不能拜託他。然而，如果是熟知旺季的你，一定願意幫孤吧。再說，十年前比起孤，你更希望旺季勝利不是嗎？」

「是的。」慧茄回答。

調查之後劉輝得知，旺季和慧茄一直以來亦敵亦友。那場貴陽完全攻防戰時，為旺季請命的人就是慧茄。之後，討厭旺季在朝廷製造派系的做法，不時與他衝突，抱怨不斷的人也是慧茄。

——十年前發生五丞原之變時，有個唯一也是直到最後都沒有採取行動的州。那就是連悠舜都動不了的碧州，當時碧州的州牧就是慧茄。

現在，劉輝從慧茄身上感受到的是憤怒。從十年前的那時起，慧茄似乎就一直在生氣。對當時的結果生氣，對劉輝生氣，對主動放棄勝利的旺季生氣，也對旺季失去權力地位後成為笑柄的下場生氣，更對容許這一切發生的朝廷、現實，以及自己的無能為力生氣。

所以，劉輝才會一直叫慧茄來見面，不是別人，而是慧茄。

「……如果你是出於同情或憐憫才叫旺季回來，我可是會離開朝廷的喔。」

「……你這麼認為嗎？」

國王與慧茄視線交會。從國王的眼神中，確實已看不出過去只為了一個女人就要強行舉辦女人國試時的膚淺。如果他的眼神透露出一絲憐憫或同情，慧茄一定當場拂袖而去。會讓國王提出這麼愚蠢要求的，另有別的原因。他是認真的。

「……我不知道。如果不是為了同情或憐憫才召他回朝廷，那麼你究竟是為了什麼？不可能讓旺季恢復原本的地位吧？」

「…………」

「再說，你或許曾經讓旺季失敗，但你可無法令他屈服。」

就連霸王戩華，直到最後還是做不到這件事。慧茄發出嘲笑。

「你所能做的，頂多就是……讓旺季停下腳步罷了。」

「……孤知道，孤是不行的，十年前就被這麼說過了。」

過去問「孤就不行嗎」時，旺季甚至沒有回答。

不管拉扯他的袖子幾次，旺季絕對不會看劉輝。只看前方的旺季不會回頭看。劉輝做得到的，正如慧茄所說，頂多只是讓他停下腳步。

就連十年前，自己也不過是剛好經過那裡，看到旺季從身邊經過，只能匆匆忙忙追趕上前。絕不可能發生旺季反過來追趕他的事。

旺季眼中看的不是劉輝，而是未來的世界。

而自己身後，還拖著巨大的，詭異的，不斷延伸的……另一個黑影。

你對旺季有什麼要求。慧茄這麼問。

劉輝低聲說了起來，這是第一次。覺得現在不說，大概沒有第二次機會說了。

「……過去，每次看到旺季，孤都會覺得自己悽慘無用。」

環繞涼亭的六盞燭火燃燒得像是篝火。慧茄默默聽他說。

「皇子之爭過後，旺季剛回貴陽那陣子，是孤最不想見他的時候。那時候，孤好幾次想從王城逃走，卻每次都被黑白大將軍抓回來。然而，只有旺季連一次也不曾將孤帶回來。就算見面了，還是連看都不看孤一眼，只是淡然地從孤身旁走過。彷彿在他心中，孤的份量還不及一片落葉……現在也是。」

即使旺季把自己當作不存在，劉輝卻完全無法像兒時那樣變成一個鬼魂。正好相反，別說變成鬼魂了，每次遇到旺季，瞬間只會感到無法呼吸，身後那個黑影彷彿變得更沉重。明明把劉輝站在原地不動的樣子看在眼裡，對待劉輝的方式卻像沒有一件事值得一提。劉輝那對一切都不關心、無所謂，怠惰度日的真面目，在遇到旺季時總被毫不留情地凸顯出來。

「真是不可思議呢，慧茄。」

劉輝低喃。

「只要一和旺季見面，孤總是自覺悲慘地停下腳步。等到旺季離去後，就會被暴風雨般莫名其妙的情緒耍得團團轉，結果，又帶著窩囊的心情回到原本該走的路上。」

「……嗯？這有什麼好不可思議？」

「現在回想起來覺得不可思議，每次孤想逃的時候，總會遇見旺季，也不知為什麼，就這樣停下來了。」

「…………」

「……放棄想逃的事，帶著想哭的心情，結果還是回到原本的路上。」

往事歷歷在目。

追著琴聲跑的童年。在後宮中的重逢。旺季看也不看一眼有氣無力的劉輝，轉身就走的那天，睡不著的心情。反覆逃離王都的皇子時代，聽到某人冷冷說著「下次皇子再逃就不用去追他了」時，那種羞恥的感覺。蝗災前夜，被他當面說出「想逃也沒關係」時，不甘心得哭了起來……

旺季耳環的輕響、腳步聲、眼神，一次又一次地拉住劉輝，讓他回到原本的路上。

只要旺季一出現眼前，除了站在原地不動之外，劉輝什麼也做不了。明明他並未對自己伸出手，一點都不溫柔。明明總是被他忽略，被他拒絕，也知道他一點都不喜歡自己。

終於知道「希望他回來」這句話為什麼聽起來這麼不對勁了。

旺季總是站在劉輝的前方。

所以劉輝希望他能在那裡，站在劉輝正在走的這條路前方——那個他一心想追上的地方。

不是像對悠舜那樣把他關在牢籠裡。也不是把他往後拉到自己身邊。

只要追逐走在前方的旺季，劉輝自然就能前進。十年前，劉輝只不過是想逃得遠遠的，和總是想前往某處的旺季不一樣。沒有他那麼強烈的意志力。逃走了又回來，追在旺季身後，踏上從紅州到五丞原的路。就這樣一路往前、往前，回過神時，已經走到今天這個地方。

劉輝想再一次那麼做。想看到旺季的臉，就算被他討厭也無所謂。

如果他能回來，劉輝有想告訴他的話，也有想問他的事。很多很多。

「孤很想知道。慧茄。」

天明前，那個秋天的尾聲，孤單仰望夜空，靜靜哭泣的旺季。

那時不經意看見的深深的失落感到底是什麼。劉輝還沒有問過。

「……想追上他，問清楚那些想知道的事。」

「什麼事。」慧茄這麼問，國王卻不再開口，沒有回答。慧茄唯一知道的只有，國王之所以要旺季回來，不是為了旺季，而是為了他自己。

……璃櫻皇子回到涼亭，轉告慧茄有人找他的事。慧茄站起來。

國王仍然什麼也沒有說。

❖ ❖ ❖

要榛蘇芳離開後，旺季告訴僅存的幾個家僕自己要外出，然後便走向臥室。

打開房門，濃稠的黑暗從屋內傾瀉而出。冷酷而炙熱的黑暗包圍全身，令全身細胞一一覺醒。好久沒有這種感覺了。

藤紫色的「紫戰袍」和平日完全不同，散發出妖異淒絕的美麗光芒。旺季看過紫戰袍散發兩次這種光芒。一次是第一次上戰場那天，看著父親的背影時。

另一次是貴陽完全攻防戰那天，自己穿上紫戰袍時。

（這麼說來，五丞原那時沒看到這種光芒啊……）

以為自己一定會獲得勝利，那是多大的誤會。

之前因為缺錢而賣掉的那套正裝也在這裡。因為後來悠舜他們堅持調查衣服的下落，全部買齊了回來，強迫旺季收下。然而，旺季原本個子就不高，全部穿上身實在太笨重了。嫌煩地拆掉體面但沉重的護腿之後才輕鬆了一點。穿上帶點陰乾過的味道，最熟悉的那件戰袍用內搭襯衣，熟練地省略幾個步驟穿上整套戰袍。

手的動作自然流暢，彷彿昨天還上過戰場似的。鎧甲雀躍地貼上身體，很快地，鼻尖已嗅到戰場上鮮血的氣息。

要是此時旁邊有人，或許會以為自己在作夢吧。旺季的動作就是迅速得如此令人訝異，轉眼已完成一切準備。

佩上弓與箭筒，確認護臂的狀況，最後瞄了「莫邪」一眼。

旺季嘆了一口氣。現在自己手邊只有這把劍了。

一直以來，旺季的愛劍都是死去三哥的蒼劍。雖然第一次上戰場時被戩華斷成兩截，後來旺季找到「無名的大鍛造師」，低頭求他重新打造，把劍接了起來。此後，這把蒼劍便隨旺季征戰所有戰場，如果說為旺季守住身後的是陵王，那麼為他守住前方的就是這把劍。

在旺季的人生中，稱得上「自己的劍」的也只有這把蒼劍……然而，這把劍也在十年前，被戩華的兒子斷成兩截了。

那之後……旺季不再修補斷劍，除了遵守和大鍛造師的約定之外，旺季自己也已經不想這麼做了。那並不是出於周遭以為的太平安寧或時代改變之類的原因，只是一種失落與放棄的情感使然。宛如自己人生的劍。和斷折的蒼劍一樣，旺季的心也有了無法修補的缺陷。

慧茄說過，說旺季現在過著什麼都不是的人生。他說得沒錯。過去不管失去什麼，都有無法被任何人奪走的東西，連戩華都無法奪走。然而現在，終於連那東西都失去了。

「莫邪」在旺季眼前發光。如果真拔劍，實是打從第一次上戰場以來，睽違五十年的第二次。

（…………）

旺季不喜歡這把劍。第一次上戰場時這把劍異樣的沉重，經過五十年的歲月仍無法遺忘。那是斬過人數的重量。每揮一次劍都得屏住呼吸，因為實在太重了，讓旺季討厭得不得了，不知不覺放下這把劍。

第二次近看「莫邪」是在下著不符季節大雪的偏僻後宮。

彷彿等待著旺季似的，在最小的皇子寢宮中散發光芒的「莫邪」。

再來就是現在。盯著眼前的「莫邪」，旺季終於放棄。

「……你也真夠纏人了……沒辦法。」

現在的旺季需要一起上戰場的夥伴。為了找一把堪用的劍翻遍了整個儲藏室，到頭來還是只有「莫邪」。

沒辦法。旺季挺喜歡這句話。他所喜歡的漢詩同一節裡依稀也有這句話。沒辦法。沒辦法……沒辦法。

如果是紅秀麗，一定會厭惡到底吧。不過。不過。總有一天她會明白的。只要一直往前走，一直走，不斷地走，直到筋疲力盡，無法再繼續往前時，一定會變成喜歡。

旺季拿起「莫邪」，就像那只是普通的日常用品，不帶一絲敬意。

瞬間，他睜大雙眼。

……好輕。比長年愛用的蒼劍更輕上許多。老實說，原本還曾擔心因為這把劍太重，萬一舉起時傷了腰就無法前往救援了。沒想到舉起來卻是這麼輕，完全出乎意料。

怎麼會有這種事。現在的自己已是年過六十的老人，還過了這麼多年廢柴生活，衰退的臂力與體力絕對比不上十三歲，然而，現在舉起這把劍，卻遠比當年輕鬆不費勁。這怎麼可能。

（……難道是最近我睡著時，小偷潛進來偷走劍鞘裡的劍，再用一把假劍調包了？不會吧！）

真心懷疑起來，慌忙拔劍一看——耀眼的光芒從劍柄與劍鞘之間散發，紛紛散落黑暗地面。旺季還劍入鞘。

……和上次保養時的光芒完全不同。這麼說來，小偷用來調包的一定是更好的劍，沒得抱怨。

桌上的小草人和葉笛映入眼簾。拾起葉笛，放到嘴邊吹了一聲。

——你真正想做的是什麼？

旺季板著臉，摸了摸小草人的頭。

離開前，回頭一看，這四個角落都像有黑暗掩蓋的小房間。

這裡就代表了旺季過去的十年。在來到這裡之前，別說領地，旺季甚至很少停留在一個地方。總是不斷前往不同的場所，騎著馬奔馳全國上下。總是想非到哪裡去不可，非做什麼不可。幾十年的人生中一直如此奔波……然而，真正的自己不過是個微不足道的老人，就算被迫過著這種什麼都不是的卑微人生也無所謂。

關上房門，再也不回頭。

一走到宅邸外，深夜裡幾乎結凍的屋外寒氣刺痛臉頰。不像晚秋該有的寒氣，腳下踩碎的是剛結的霜。

夜晚一天比一天長，距離天亮時分還很遠。不過，總覺得造成四周黑暗的不只有這個原因……或許要下雪了，旺季心想。

沒錯，一定會下起不符季節的大雪。

家僕們照他的吩咐備好馬匹，也裝好所有該有的馬具。水、食糧、火把、打火石，連除雪裝備都有。

大概是察覺了異樣的氣氛，愛馬興奮嘶啼。

還年輕有活力的雄馬，是現在旺家最好的一匹馬。旺季雖然莫名適合白馬，卻是第一眼就看上了這匹黑馬……這匹馬總讓他想起陵王。除了顏色之外，那充滿活力的個性更是如此。

不經意地，往背後一看。

……那裡什麼都沒有。只有張開空洞大口的黑暗。

外套被風吹得啪啪作響，孤獨的聲音，真的只有自己一個人了。

現在才察覺，過去無論經歷多麼慘敗的戰場，身後總有誰跟著。

……五十年的歲月中，始終跟在旺季身後的隨從已經不在了。

沒有任何人在了。就像陸續折斷的梳齒，到最後只剩下自己。斷齒的梳子也不中用了。

「……我的夥伴，只有你了啊……呵呵……算了，沒辦法。」

摸摸馬的脖子。這匹馬會是旺季此生最後一匹馬了吧？過去曾有無數匹馬協助過他，第一次上戰場那天、逃離王都那天……因為多半是慘敗，也苦了身邊的馬。不斷地逃離、逃離、逃離。

旺季這一生總在盡全力逃離。

——請您快逃吧。

耳邊彷彿聽見這樣的聲音。

總是有人這麼對旺季說。請您快逃吧，只有您一定要活下去。

骷髏發出喀啦喀啦的聲音，相對於跨過眼前骸骨向前走的戩華，一路慘敗的自己，則在走過的地方留下許多所愛之人的骸骨。

只會為別人帶來死亡。這點旺季也一樣。失去重要的人，守護不了誰，拖著黑影獨自向前走。和戩華不一樣，什麼都辦不到。

多麼地——

多麼地令人不甘心，眼前一陣暈眩，內心懊悔得幾乎流下眼淚。

像是要彌補那些被自己丟下的骸骨，旺季一直沿著戩華走過的地方撿回貴族子弟。

「……已經夠了，夠了吧。我已經厭倦了，不要再叫我逃了。」

已經……決定不再逃避。

已經夠了，絕對不要再將紅秀麗和老婆婆的骸骨放在自己身後。

旺季帶著神清氣爽的表情，虛張聲勢。

反正只剩下自己一個人了，不用再聽誰抱怨了吧——

『——旺季大人。』

乘著凍結大地的寒風，飄到耳邊的遙遠聲音，令旺季倒抽了一口氣。這聲音是……

回過頭。

剛才沒有任何人的地方，現在站著一個微笑的青年文官。作軍師打扮，乘著一匹栗色毛的軍馬，身上穿的是舊時代的服裝。荀馨大人。旺季喊他。

風呼嘯吹過，站在風中的荀馨將軍微微一笑，身影漸漸消失。隨後，軍馬陸續浮現視野。眼前，現在已經哪裡都看不到的「旺」字軍旗隨風飄揚。

比荀馨更早守護旺季的家臣們，所有人都被殺了。

他們不斷出現眼前又不斷消失，那些過往用自己的生命守護旺季的人們。

和從前一樣跟在旺季身後的他們接二連三地出現又消失。

一直以來，旺季走的就是這麼一條路。把大家丟下往前走的路。原以為身邊再也沒有任何人了，此時旺季不禁低聲呻吟……是啊。

「……大家，都在那裡。」

最後聽見的，是陪伴旺季最久也離他最近的鎧甲與劍的聲音。

並肩作戰幾十年，無論多麼慘烈的戰爭都若無其事地存活下來，絕不丟下旺季一個人，總是身先士卒將旺季從死裡救回來的那個男人。

好幾次，好幾次，為了讓旺季活下去而拚命。

旺季沒有回頭，只有那傢伙的臉是絕對不想看見的。絕對。

感覺得出來，因為旺季沒有回頭，那傢伙露出有點困惑的表情，隨即又發出光明磊落的笑聲。

『——我們走吧，旺季。』

白雪在風中翩翩飄散。那個最愛花下的男人，第二愛的是雪下。

……已經沒有人再對他說「快逃」了。沒有任何人。

這令旺季感到欣慰。從來沒有這麼欣慰過。

因為自己再也不用丟下誰。

這次，一定要盡情地笑。

「……嗯，是啊。」

聲音沙啞，不過他不在意。瀟灑地翻身跨上愛馬。

忽然之間，像是看見那匹曾幾何時騎過的，有著金黃色鬃毛的闇夜黑馬。一時之間雖然有些驚訝，不過，這樣也好。

「走吧。」

旺季策動手中的韁繩，奔進深夜中，開始飄起小雪的世界。

孤身一人。

似乎因為屬下收到了緊急送給慧茄的書信，所以才臨時請他過去。

雖然想著得快回去才行，慧茄還是忍不住在走廊上停下來。

身為戰敗武將卻得到赦命後，旺季與陵王不斷遭貶抑，輾轉流離全國偏遠領地，由於以荒地取代俸祿的緣故，總是得為錢發愁。

即使如此，旺季仍沒有中斷文官的工作。無論被官員們如何嘲弄為敗將，如何遭到眾人忽視仍不屈不撓。就算所作所為全部招人反感，還是堅持留在朝廷。四處撿回那些被戩華冷酷拋棄的貴族子弟，加以照顧，堅決反對戩華殘忍無情的做法。一次又一次。

當所有人在戩華面前只有崇拜與死兩種選擇時，唯有旺季一人絕對不認同戩華，無論敗在他手下多少次也不屈服。

——為了什麼而活？

那時的慧茄，或許早已知道答案。

慧茄抬頭仰望星星。想起剛才，璃櫻將酒杯端給自己的時候。

……看見璃櫻的臉時，頓時陷入錯覺，彷彿回到貴陽攻防戰的前一夜。

——花發多風雨。

旺季對前來說服他降伏的慧茄搖頭，取而代之的是端上一杯酒。

——人生足別離。

在那之前，慧茄總是心血來潮地選擇仕官的對象，因此和旺季曾經是敵人也曾經是朋友。不過在最後一刻，慧茄選擇背棄當時的朝廷，跟隨戩華。

那時，旺季和陵王都還不到二十歲。甚至有傳聞說是最後的寵姬紅玉環在枕邊唆使國王派旺季赴這一場必死之戰，那個昏君也接受了。

國王也好，朝廷也好，貴族也好，官員也好，全都一樣。當時這個國家就是如此腐敗。慧茄在即將開戰前的最後一刻冒著危險潛入敵營，試圖說服旺季。

然而旺季依然留在那個夕陽朝廷，無法拋棄即將落敗的王都，對敵人慧茄吟唱那首獻給朋友的餞別漢詩。

笑著喝下那杯酒，說他會在一切結束之後的地方等待慧茄。

慧茄這輩子從來沒聽過那麼揪心又美妙的歌聲，胸口一陣痛楚。

現在慧茄之所以不願待在朝廷，就是因為眼前的景況總是使他想起當時的朝廷。當年那個國王與朝廷把所有麻煩事推給旺季，最後還要他去打那場形同送死的貴陽攻防戰，而如今的朝廷呢？那些嘲笑旺季的失敗，將他逐出朝廷的官員們和國王的近臣，他們的所作所為和過去那些人有什麼不同？

遠方，小蒼星閃爍著光芒。

……旺季至今失去了多少東西，慧茄知道得很清楚。

家、族人、財產、名譽、無可取代的監護人、朋友、屬下、心愛的女兒……每一次的失敗都讓他不斷失去更多。

如果沒有陵王，旺季早就死了吧。慧茄心想。

（一直是這樣……）

旺季的人生一直是這樣。

「有你在，我想死也死不了。」旺季曾這麼對荀馨抱怨過。荀馨那時是怎麼回答他的？孫陵王又對他說了什麼？

……只要活下去就好。在那場最後的戰役，慧茄為旺季向戩華王請求赦命。

然而，看到後來旺季是怎麼活下來的——走在原本不該走的道路上，不受重用，遭到種種嘲弄——看到這樣的他時，慧茄才發現自己硬塞給他的選擇是多麼自私。無論怎麼彌補，終究只是讓他活在失敗的悲慘與痛苦中。

從此之後，慧茄決定再也不強迫旺季做他不願意做的事。

……可是，從什麼時候開始，他甚至不知道旺季想做的是什麼。

慧茄只知道旺季不是那種無所事事，腦袋空空地和外孫躲起來隱居，像行屍走肉一般活著的男人。燃燒熱情，貫徹信念，克服人生所有艱難活下來，這才是旺季。與戩華王對峙到最後一刻也不曾退卻的男人，深知如何活得如同燦爛隕落的煙火。慧茄熟悉的是付出全身心靈奔馳於白骨鋪成的大地，總是為了什麼而活的旺季。

就像緩緩停下的鐘擺，曾幾何時……旺季變了。

（如果是從前的你，在五丞原時一定會打敗劉輝陛下。）

如果懷有決不退讓的願望，他就絕對不會放棄。慧茄認識的那個旺季，不管用什麼手段都會奪下王位。對只帶了一名隨從的國王，只要嘲笑著打敗他就好。

所以十年前，在碧州的慧茄才沒有採取行動。

他以為時候終於到了。以為旺季獲勝的那天終於來臨了。

為什麼放棄了呢。慧茄不明白。

……衛士呼喚自己的聲音令慧茄回神。似乎因為怎麼也等不到慧茄，乾脆直接把書信送過來了。

慧茄邁開大步向前，接過書信。

琴弦劈哩一聲斷裂。

「……真奇怪，明明有好好保養了啊……？」

緊繃的琴弦彈斷了一根，璃櫻皺起眉頭，神情凝重地檢視撫琴的中指。不知是在發呆還是沉思的國王也回過神來，頻頻詢問「沒事吧？」璃櫻點點頭，忽然察覺天色已改變。

仰望天空，灰色的烏雲正以非常快的速度飄過，滿天星斗與月亮彷彿被烏雲推開，又像在黑墨塗抹之下失去光芒。璃櫻全身起了惡寒。

「……這陣風吹得真詭異……總覺得會是個討厭的夜晚。回屋內吧——」

就在此時。

「——這種事為什麼不早點向我報告！」

慧茄非同小可的怒斥聲，從迴廊的方向傳來。

「笨蛋！旺季怎麼可能做出那種事——被陷害的——葵皇毅人呢？現在這時期跑到紅州去——凌晏樹呢？去給我找！儘快給我找回來！」

風開始發出淒厲的呼嘯聲，璃櫻的目光追著快速飄過的烏雲。

——五丞原，外公的領地。

……剛才慧茄口中提到的確實是外公的名字。璃櫻嘴唇發白，聲音沙啞。

「……外公？」

深夜裡的朝廷陸續點亮一盞又一盞燈，人們一個接一個醒來。

國王搖搖晃晃地從石椅上起身。

手肘順勢不小心撞上了璃櫻剛才彈的琴中琴，斷了弦的琴應聲落地，摔得四分五裂。

再也無法恢復。

第六章 紅雪孤影

天明前。

大雪紛飛的原野上，一匹黑馬跳躍奔馳而過，掀起漫天雪霧。

旺季感覺自己像是回到三十幾歲，逃離王都的那一天。這麼多年來沉澱於身體深處的混濁血液此刻正發出沸騰的聲音滾滾流遍全身。已經那麼久沒騎馬了，卻一點也不感到疲倦，身體甚至比從前還輕盈。

逃避是一件太沉重的事，或許因為這次少了那份沉重吧。

和當年一樣足以遠遠甩開近衛羽林軍的神速，朝那座山中隱村飛奔。

說到馬術，無人能出旺季之右。若是乘在馬上交手，就算是陵王也能打成平手。

（……大概可以平手個二十回合吧。）

老實地在心中加了這麼一句附註。超過二十回合，就會因劍技與體力逐漸拉開差距而落敗了。

——既然如此，在五丞原時你為何要下馬？

不知從哪裡聽說了當日的情形，慧茄曾如此詰問旺季。如果是乘馬交手，那個國王根本不是旺季的對手，慧茄知道得很清楚。

——是誰先下馬的？

你是故意的？慧茄毫不客氣地質問，旺季沒有回答。

「…………」

雪下得愈來愈大了。看來今天會持續下一整天。

很快地，已經可以看見那座隱山的山麓。榛蘇芳快馬加鞭花了半天才能到的距離，旺季只用了不到一半的時間。

放鬆手裡的韁繩，雪打在身上的感覺也沒有先前那麼痛了。

不過，仍有無數大顆大顆的雪飄落。

旺季仰望天空，眯起眼睛，腦中浮現傻氣的念頭。真想找個地方好好賞雪。

在某個安靜的，小小的——對，就像悠舜那間草庵一樣乾淨的地方。

旺季從以前就很喜歡聽下雪時啪啦啪啦的聲音。儘管被貶到北方時，雪天裡的生活確實很辛苦，也常對悠舜說「春天就快到了」。

可是，旺季最喜歡的還是冬天。即將迎向春天時的冬天。

總覺得好像有什麼好事即將發生的季節。

回想起來，這不就是自己的一生嗎？就快了，馬上就要有好事發生了。

一輩子奔波在尚未入春的冬季裡，拚命向前。從最初……到最後。

（……看這狀況，山上已經開始積雪了吧……）

拍掉鬍子與眉毛上的雪片，以免結成冰柱。也幫馬拍掉鬃毛上的雪花。從這天候看來，一定是榛蘇芳離開山裡不久後就飄起雪了。

（不熟悉這座山的那幫山賊勢必無法順利展開搜山……）

別說找到紅秀麗和老婆婆棲身的山中小屋了，昨天一整天恐怕都花在找個讓自己不至於凍死的躲藏處吧。

（……這麼說來，他們今天才會開始搜山……不過，這雪看來不到半夜不會停，在那之前山賊動彈不得。得等到雪停月現，他們才會有所行動……）

一旦開始搜山，找到山中小屋後，就會強迫她們離開。

（最快明天天亮前，紅秀麗就會被發現了……）

還有正好一天的緩衝時間。

在那之前，旺季也得從山麓深入山中，找到那棟山中小屋才行。

進入隱山之前，旺季瞄了一眼露出肩頭的「莫邪」。身材不高的旺季，與其將劍插在腰間，不如揹在背上更方便使用。話說回來，這劍還是那麼輕哪。

不過，現在的旺季已經隱約明白為什麼這把劍拿起來這麼輕了。

……問題是紅秀麗對狀況究竟掌握到什麼地步。

「……太好了，終於睡著了……還以為她都不用睡覺……」

半夜，照料完老婆婆的秀麗，一心只想把頭塞進稻草被裡。比起老婆婆，自己差點更快昏迷。

原本以為老人家過的是早睡早起的生活，沒想到完全不是那麼一回事。住在山中小屋的老婆婆直到半夜仍四處遊走，安靜不下來，或是到處翻找東西，說些莫名其妙——而且不斷重複——的話，早上卻又起得異常地早。才照顧了她幾天，秀麗已經身心俱疲。

（……嗚嗚……快睡著了……年近三十的女人果然完全不能熬夜啊……）

十幾歲的時候，就算幾天幾夜不睡覺，也能憑著一股毅力撐下去，現在身體卻一點也無法配合。疲憊毫不留情地出現在臉和身體上，根本不可能憑毅力撐下去。

秀麗在淺眠的老婆婆腳邊放入一塊溫熱的石頭，再幫她多蓋一條被子，看到老婆婆枯枝般的手上緊握的束口小布包。

老婆婆總是把那個小布包掛在脖子上，萬分珍惜地到處帶著走。這謎樣的布包已經很髒了，看不出原本的顏色，裡面到底裝著什麼也是個謎。

蘇芳離開後，有一次繫住布包的繩子斷了，布包不知道掉在了哪裡。老婆婆以為秀麗偷走布包，哭喊了一整天。好不容易秀麗在屋後的菜園裡找到，說要幫她重新縫好繩子也不行，哄了一天才好不容易願意將布包交給秀麗。找回布包後，老婆婆檢查過內容物便不再哭叫，可見裡面的東西還完好無缺。

（到底裝了什麼……？）

一頭白髮的老婆婆外表看來差不多八十多歲，可是身體還很硬朗，也沒有駝背。有幾次秀麗心想，或許只是長年辛苦的生活在她臉上刻劃了蒼老，使她做出難以解釋的謎樣行為，實際年紀說不定才剛超過六十而已。

（……旺季大人也差不多是這歲數了……）

來到這令人懷念的隱山後，秀麗經常想起昔日發生在五丞原的事，還有旺季。

在老婆婆身上蓋上許多稻草，只留下最低限度的火，熄滅其他所有燈光。確認門窗緊閉後，再謹慎巡視一次整間屋子，確定沒有任何聲音光線外漏。

蘇芳說了那麼多次事態有異，自己和靜蘭就是聽不進去。

忘了過去有多少次在蘇芳的直覺下得救，這次竟然連聽也不願意聽他說。

到最後，蘇芳只留下一句「有無論如何都放不下心的事」，要秀麗小心就離開了。

……他走了之後，立刻察覺奇怪的變化。

「封山」已久，誰也無法進來的這座山，出現詭異的騷動。鳥群莫名爭相飛過，發出聒噪的鳴叫聲。遠遠還能看見有幾隻鳥被飛箭射落。也聽見過不只一匹馬的嘶啼，入山的絕對不只一人兩人。

簡直就像算準時機，蘇芳一離開就進來的那群人。

他們的目標是自己吧。原本追捕的山賊卻反過來包圍了自己，現在終於發現原來是個陷阱。

昨天中午過後下起雪，拜此之賜，對方可能暫時放棄搜山。山腹附近應該早已下起大雪，不可思議的是山中小屋這邊卻沒什麼風雪。因地形奇特之故，風雪不怎麼吹進來。曾聽說過這裡是大鍛造師為了居住方便而特地找的地方。話雖如此，小屋外的積雪仍已及膝。

不過，這場雪現在也停了。

秀麗抬頭望向天花板，屋頂因為積雪而發出承受不住的聲響。明知該去清除積雪，又想盡量延長大雪遮蔽這間小屋的時間。猶豫的結果，秀麗只在後門附近做了不被積雪掩蓋的預防措施。

蘇芳回來前，只能在這裡繼續等了。雖然沒問他到底去了哪。

（……就算是到最近的要塞請求援軍……去程一天，準備一天，回程又要花上一天……再加上這雪延緩速度……連用來說服對方的時間也算進去的話，呆呆起碼得花上四、五天的時間才會回來。不過，這樣還是比等靜蘭回來快。）

等到今天，也才過去了兩天，連一半都還不到。不只如此，隨著時間的流逝，秀麗內心不好的預感也逐漸加重。

原本估計山賊的人數約是五十人，如果那是對方故意造成的誤判，實際人數有一百人的話，搜山的時間頂多一兩天，自己和老婆婆就會被找到了。一想到這裡，秀麗不免背脊發涼。

即使今晚勉強平安度過也還有兩天。和老婆婆兩個人能躲到什麼時候，秀麗自己也沒有把握。

就在此時。

門口傳來咚咚的敲門聲。

秀麗心頭一驚。

天還沒亮，誰會在三更半夜裡來到這種被遺忘的山村？

（呆呆嗎……不可能……他不可能這麼快回來……）

一定是風聲。秀麗這麼告訴自己。那肯定是風吹得門板撞擊發出的聲音。

可是。

隔了一會兒，門上再度響起一樣的聲音。咚咚。

咚咚。莫名客氣有禮的敲門聲。

身體微微顫抖。山中小屋裡沒有任何可供藏身之處。秀麗盡可能用稻草蓋住嬌小的老婆婆，希望至少能藏起她。

戰戰兢兢地回頭，敲門聲同時停下來。

四下安靜得彷彿剛才的敲門聲是秀麗的幻聽。正當她真的要以為那是幻聽時。用來卡住廚房排煙小窗的棍子咻地飛開。

嘰噫一聲，窗戶從外側被人打了開。

火把照耀下，一張狐狸面具從黑暗中浮現。

「——」

秀麗以為自己發出尖叫聲，實際上並沒有。

狐狸面具環視屋內，視線最後停留在秀麗身上。

那一剎那漫長得彷彿永遠。

狐狸面具再度慢慢沒入黑暗中，窗戶碰地一聲關上。

（是那個狐狸面具……）

心跳加速。秀麗在五丞原看過相同的面具。

屋頂上傳來雪堆崩落的聲音。除此之外，沒有其他聲響。

（對方……在等我出去……）

如果不出去，不離開這座小屋，死的就不只是秀麗。秀麗回頭看了老婆婆一眼，抿緊嘴唇。

踉踉蹌蹌地站起來，幸好，腿還沒軟。

拿起掛在牆上的蓑衣，把腳套進陳舊的雪鞋。在沒有任何對策的情況下貿然出去，這是年輕時才

會做的事，秀麗已經很久不曾這樣了。身體不免顫抖了起來，但是沒辦法。沒辦法。

……沒辦法。

因為還有必須守護的人。所以不去不行。

口中吐出雪白的氣息，秀麗推開栓緊的門，走了出去。

雪已經停了，天空很亮。

雪光與滿天星光下，秀麗眼前是超過十柱熊熊燃燒的火把，以山中小屋為中心，排成了一個半圓形。

雖然緊閉門窗，秀麗還是一直留心外面的動靜。沒想到已經來了這麼多人，自己卻渾然未曾察覺。下雪前在屋外拉起的簡易警報器也完全沒起任何作用就被拆掉了。秀麗咬緊牙根……這群人不是普通的山賊。

至少，現在圍住小屋的這些人不是——每個人都戴著面具，和秀麗之前追蹤的那些粗魯愚蠢的三流盜賊完全不同。

（……有另一股力量，從其他地方介入了……）

秀麗心裡有數，畢竟「官員殺手」這個名號，現在指的是自己。

想找出剛才那個狐狸面具，卻怎麼也沒看見。

「……沒錯，她就是紅秀麗。」

不知是誰這麼低喃。除此之外不多說一句廢話。這群人就像紀律森嚴的武官。

「在殺了我之前，先告訴我你們受誰所命，隸屬那支軍隊吧。」

故意用帶點輕蔑的語氣這麼說。對方的回應只是簡潔的一句：

「殺了她……已經天亮了。」

聽了這句話，秀麗稍微鬆了一口氣。因為這表示對方接獲的是天亮前必須撤退的命令。既然能在大雪完全止息之前找到山中小屋，也表示他們有一定程度的實力。看來這群人下手的目標只有自己，達成目的後就會立刻撤退，不會傷這棟屋子或老婆婆一根寒毛。乾淨俐落，就像一切沒有發生過似的。

光是知道這一點也值得了。死不足惜。

朝腳下望去。諷刺的是，剛才以為守護了小屋的大雪，現在卻成了自己逃跑的絆腳石。高度及膝的積雪地上，怎麼也跑不快。現在的自己成了最好的箭靶。

不出所料，耳邊傳來拉弓搭箭的聲音。

秀麗笑了。這種時候還能笑得出來，自己也不可思議。

「……要射準一點喔，最好一箭取走我的性命。要是弄出一具滿佈箭孔的屍體，會被我的『雙玉』嘲笑喔。想找御史台的麻煩，好歹讓人看看這種程度的實力吧。」

秀麗氣勢凜然，鎮壓全場。

弓弦發出緊繃的聲音，像是受到她的震懾一般。

瞬間之後，一箭射穿夜幕飛來。

——橫過秀麗眼前。

士兵橫躺在地，箭矢貫穿他的身體，宛如釘住蝴蝶標本般將他的身體釘在雪地上。士兵手中的弓箭沉入雪中，中箭的是剛才瞄準秀麗的弓箭手。

短暫停頓之後，耳邊響起的是弓弦連發的聲音。聲音來自……山中小屋之上。

賊人紛紛走避，其中三人沒能躲開，當場被箭矢貫穿殞命。

「——怎麼回事？」

這時士兵們終於露出緊張神色。

秀麗朝箭矢飛來的方向仰頭望去，箭從離小屋稍遠處的懸崖上射下。

層層疊疊的高崖絕壁，愈靠近崖下愈往內側凹縮，怎麼看也無法從那裡騎馬下來。事實上，眼前的士兵們就沒有一個人騎馬。

然而。

黑色的馬影如飛一般地衝下懸崖。

「發射——擊落對方！」

騎士的身影悠然自在地穿過齊發的箭矢，時而伸手斬落欺身而來的飛箭，最後縱馬一跳，落在白雪大地上。在漫天揚起的雪霧中，二話不說地朝士兵們衝去。

夜晚的雪原上，秀麗眼前血花四濺。

馬踢倒士兵，踩踏士兵。士兵們一一喪命，或是帶著被踏爛的顏面和手腳狂奔竄逃。只要看到還會動的，騎士便揮劍上前刺殺。眼前是秀麗有生以來一次也沒親眼目睹過的情景。那是為了存活而不得不展開的無情殺戮。

現在這個時代幾乎沒有人經歷過的——「戰爭」。

黑馬優雅地跳起，朝秀麗奔來。

天明前的世界裡，終於看清馬上騎士的形貌。

月光與火把照耀下，浮現美麗的淺紫色「紫戰袍」。

馬上的人影看來像個三十幾歲的青年，本該及腰的長髮高高綰在頭頂，沒有一絲笑容，冷酷俊俏的面容，低頭俯瞰秀麗的人是璃櫻皇子——不對。

轉眼之間，青年的面貌轉變為六十幾歲的端正樸實容貌。

「……剛才的氣勢很不錯。拜此之賜，他們的注意力都集中在妳身上，我才能不被察覺地靠近。」

嘴唇顫抖。他是秀麗睽違許久的人。

上了年紀，看起來更瘦了。可是，威嚴與身影依然不變——

「旺季……將軍。」

變得像個女人了。旺季也看著秀麗這麼想。即使穿著那身似曾相識的，令人懷念的簑衣。

「過去曾經有過相反的情景吧？」

旺季發出嘲諷的笑聲。

『過去曾經有過相反的情景吧？』

秀麗的記憶迅速回到過去。十年前，蝗災過後那時，也曾有過這樣的事。

從紅州回貴陽的旺季在廢寺遭到包圍時，秀麗和燕青騎馬衝入重圍相助。遠日的記憶浮現，令秀麗內心一陣激動。

秀麗想笑，卻無法成功擠出笑容。

她現在已經知道蘇芳到底去哪了。的確，這是僅存的一絲可能。不過秀麗比誰都清楚，遭朝廷放逐的旺季身邊不可能還有一兵一卒。

「……我、我才不會做出一個人孤身救援……這種有勇無謀的事……當時前往廢寺途中，一路上可是撿了不少跟不上某人快馬的士兵呢。」

旺季露出不滿的表情，喃喃地說：

「……最不想被妳說我有勇無謀。老婆婆沒事吧？」

「是。」

「那就好。對方的目標是妳，絕對不要再回小屋去了——過來！」

旺季伸長手臂，單手將秀麗拉上馬鞍。

視線倏地提高，秀麗過去騎過的馬，沒有一匹比得上這匹漂亮的黑馬。

瞬間似乎瞥見火焰般金黃色的鬃毛，不由得揉了揉眼睛。不對，肯定是火光造成的錯覺。

「抓緊了——要睜眼還是閉眼，妳自己決定。」

旺季沒有給她反問的時間。耳邊聽著他淡然又冷酷的獨白：

「……大概已經解決了十二、三人了吧……剩下……大概二十多人。我不會手下留情的。」

揮起手中的劍，揮去劍刃上的鮮血。只消揮這麼一下，劍刃立刻光芒再現，秀麗這才終於察覺，

這是「莫邪」。可是——為什麼呢？

情不自禁打了個哆嗦。當年在五丞原，劉輝單挑旺季時，他用的也是同一把劍。

（……看起來像是……完全不同的劍……）

沾染了鮮血反而更顯蒼白，散發光芒，透露一股不祥的喜悅。

和十年前不同的還有旺季。事實上，和當年不同的只有一點，那就是此時的他騎在馬上。可是，

光是這點不同，就令他判若兩人。只不過站在他旁邊，全身便顫抖不停。

在場所有人都將被他殺死，秀麗不由得這麼想。應該阻止他才對。就算對方是賊人，也該想個理由阻止他。比方說可以從敵人口中逼供之類的。可是，敵我雙方的人數差異之大，根本不允許旺季這麼做。如果無法殺死對方所有人，死的就是自己和旺季。現在的狀況無法要求他不殺人。

——不，不對。這份恐懼所為何來。

無論對方是五個人還是五百人，對現在的旺季來說都沒有差別。秀麗已經明白這一點。

他不打算讓任何人一個人生還。

秀麗沒有發出任何聲音。

馬微微屈膝，秀麗的胃也跟著一起重重下沉。

❖ ❖ ❖

刺殺最後一人之後，旺季用力喘息。

再怎麼說，身體還是快撐不住了。氣喘吁吁，全身熱氣蒸騰。派來包圍山中小屋的都不是普通士兵，如果沒有騎馬，旺季頂多只能斬殺七、八個人，現在說不定已經送命。然而，當騎在馬上的旺季對付的是沒有騎馬的士兵時，戰況又得另當別論了。

周遭從原本一片銀白的雪世界，變成充滿血污，散落屍體的悽慘場所。

（……真不想……讓老婆婆看見……）

旺季知道老婆婆看過多少悲慘的戰爭，才會變成今天那樣。話雖如此，雖然為了怕她觸景傷情而想處理掉這些屍體，卻一點也不後悔殺了他們。旺季對這樣的自己感到錯愕。

揮舞「莫邪」，甩掉劍刃上的鮮血，毫髮無傷的劍身立現。再一次，就像第一次上戰場時那樣。「莫邪」最大的長處就是無論斬殺多少人都不會受損的劍刃，謎樣的強韌。

紅秀麗完全沒有發出聲音。既然乘在同一匹馬上，別說殺戮的情景，就連馬蹄踐踏敵人四肢時的感覺，她一定也毫無保留地感受到了。雖然不清楚到底有沒有閉上眼睛，總覺得她應該全部看進眼底了。

對於她到現在還未發火的事感到驚訝，但也可能是驚嚇過度，說不出話來而已。

旺季先下馬，因為身材嬌小的緣故，積雪立刻堆到膝下，真是令人生厭。

天亮前的世界，彷彿緩緩掀開夜幕般，天邊開始染上淡淡的藍色。紅秀麗的表情也能看得一清二楚。

旺季抬頭看著那張和這世界一樣蒼白的臉，淡然地伸出手。

「這就是我的做法。」

幾十年前的做法。旺季的做法從幾十年前便是如此，就像時間靜止在當時一般。和十年前只帶了一個隨從前往五丞原的國王完全不同的做法。

這就是自己，也沒打算改變。旺季現在清楚承認自己已跟不上這個時代。逝去的大鍛造師說得沒有錯。

接下來的未來，旺季已經無法前往。

「我是和妳的國王完全不同的男人。妳選擇了國王而不是我，或許是正確的決定。」

紅秀麗保持沉默，不置可否。旺季以為她不會接受自己伸出的手，正因如此，當紅秀麗輕輕把手放上來時，他有一點驚訝。

「……今天的事，不是你的錯，全都該怪我思慮不夠周到導致。今天你救了我……這是你的做法。既不是我的做法……也不是國王的做法。」

紅秀麗輕聲加上最後一句時，旺季總覺得，她說不定察覺了另一個國王的存在。

面對說「什麼都不要給他」的戩華，這個丫頭會怎麼做？旺季忽然冒出這個念頭。

將秀麗抱下馬，和少女時代的輕盈不同，現在的她豐滿許多。臉上也是看過大風大浪，已經不再一味追逐夢想的成熟女人特有的表情。現在的她，一手抓著夢想，一手抓著現實。

和過去的旺季一樣。明明只要丟掉其中一樣，就能輕鬆許多。

「謝謝您，旺季大人。」

面對道謝的秀麗，旺季重新握好劍柄。

「等等……是不是真能救得了妳，還很難說。」

「咦？」

旺季伸手將紅秀麗拉到自己身後，口中呼出輕煙般的白色嘆息。

「……你差不多該現身了吧。」

樹叢密集處，仍籠罩在夜幕之下的某個角落，浮現了什麼白色的東西。躲在旺季身後的秀麗差點驚呼出聲。

狐狸面具。

宛如滑行一般，狐狸面具自黑暗中緩緩接近。脫離濃重的黑暗後，出現的是全身黑衣，戴著狐狸面具的男人。男人右手抓著一把柴刀。

秀麗臉色發青。埋伏的應該不會只有這個狐狸面具男。自己一路追逐的不肖惡徒，和死在這裡的那群殺手完全不同，一定還有躲在哪裡的黨羽。懷著絕望的心情環顧四周，不懂為什麼旺季要特地下馬。如果還騎在馬上，不是更方便逃離嗎——

旺季把「莫邪」插在雪地上。接著嘆了長長一口氣。

「——你是最後一個了。」

一時之間，秀麗不明白這句話的意思……他說什麼？

狐狸面具男小心翼翼地接近，第一次聽見面具底下傳出模糊的聲音。

「……分散埋伏山中那群人，旺季大人都趁白天下雪時一個不留地解決掉了吧？雖說只是一群嘍嘍，好歹也聚集了一百五十人左右……」

「別說得像我把他們全殺光了似的。看到我的馬一發狂，一半的人自己就嚇得爬下山了啊。剩下一半不是掉進陷阱跌死，不然就是和掉下山谷懸崖的夥伴自相殘殺而死。真正死在我手中的，頂多只有三十人。」

「騎在馬上的您判若兩人……驍勇善戰的程度，就連孫陵王大人也未必贏得了吧。」

「各個擊破分散各地的敵人輕鬆多了。突襲也好，猛攻也好，雪中戰也好，對於習慣打敗仗的我來算是家常便飯。只不過，沒想到你會這麼做啊——貘。」

男人當著秀麗的面拿下狐狸面具。面具下的臉，秀麗是見過的。

一道深深的傷痕從臉頰橫過脖子，除此之外給人的盡是稀薄的印象，年紀也不甚清楚。和十年前相比，看起來竟似一點也沒有變老。

秀麗肩上的舊傷忽然發燙發疼。

在五丞原時，替國王擋下貫穿肩膀的一箭時所留下的傷。

射出那把箭的人，就是這個男人。

那天之後，這個男人忽然消失。拚了命地搜尋，他卻像是化成一陣煙，十年來不知去向。

「我可是給過他們忠告的喔。不過他們打從心底瞧不起你，根本聽不進去。」

男人將狐狸面具丟在染滿血污的雪地上。接著低聲繼續說：

「……不過我也沒刻意忠告第二次就是了。」

旺季彷彿看見那個曾在夢中出現，總是到處找尋自己的獏。始終跟隨旺季，獏就像個身後安靜的影子。

現在的獏，看起來則像個因為第一次離開主人而徬徨無措的迷路影子。

「我好想再看一次第一次上戰場時的你……或許因為這樣才故意不說的吧。如果你已經變了，那就讓你死在這裡吧……我最喜歡的還是戰敗時的你，還有殺人無數時的你。」

「……我說你啊。」

旺季憤慨不已。戰敗時的自己就算獲得稱讚也沒什麼好高興的。

「可是……你完全沒變。無論兵力差距多大，無論這場戰爭多麼沒有勝算，你還是會說句『沒辦法』，孤身一人衝進戰場。」

獏的低語難以捉摸，聽起來隨時可能被風吹散。同時，聲音裡透著一股絕望。

「為什麼會這樣呢……無論失敗多少次還是想待在你身邊……這樣的人我第一次看見。明明我可是以助人致勝聞名的呢。」

「獏。」

旺季的目光望向插在雪地上的「莫邪」。

「……你對我來說就像這把『莫邪』，打從一開始就是這樣。」

「……我早就知道了。既沉重又沒必要的存在——」

為了貘，十三歲的旺季點頭說了「嗯」。

沒辦法，沒辦法……沒辦法。旺季最愛的餞別漢詩。

曾幾何時，貘也愛上了那首詩。

一直這麼活下來的他，貘最喜歡看著這樣的他。

可是，十年前，貘第一次主動離開旺季。

貘原本不是會揣測主君心意的人。他只要看到旺季實現心願，跟著他往前走就好了。就像一把劍，這就是自己。

因為認為旺季的心願就是坐上王位，所以貘除掉悠舜，也對那女孩射箭。

就連旺季自己都不愛惜自己的時候，貘還是擅自將他看得比什麼都重，在一旁守護，盡一切能力。

（然而。）

那時。

第一次搞不清楚了。不懂旺季……也不懂自己，什麼都搞不清楚了。

還以為那次一定會贏得勝利，旺季卻自己放棄。看到那個國王把「莫邪」——以及「挫敗」——硬推給旺季的時候。

貘內心似乎有什麼斷裂了。回神時，手上的弓箭已對準國王。

過去不管旺季失敗幾次，貘都能隨他一起接受那失敗。唯有這次無法。

一旦接過「莫邪」，旺季將無法從那裡離開一步。

射出箭的同時，內心浮現強烈的念頭，啊，自己直到最後仍什麼都幫不了他。旺季今後的人生一定也不再需要自己了。難以抑制想哭的心情。

垂下頭的貘耳邊，傳來旺季沉穩的聲音。

「貘，晏樹和悠舜他們都是為了自己才幫助我活下來，對他們而言，王位根本不重要。」

「…………」

「然而你不同。你認為我需要王位……你知道得很清楚，知道我是為了什麼一路拖著踉蹌的腳步走過生不如死的人生，知道我為了什麼活下來。」

旺季不應該是和外孫一起過著放空腦袋隱居生活的人。

可是，自從某年秋天結束時，旺季的心真的少了一半，只能欺瞞著自己往前走。為了讓剩下的另一半也往前，無論如何他都需要王位。

「……你說得沒錯，貘。那時，如果你的箭貫穿國王的心臟，我或許會鬆一口氣，立刻坐上王位。告訴自己沒辦法，再次逼自己過起往前奔馳的人生。騎著快馬，奔馳過滿佈白骨的大地，不斷往前，朝想看到的世界前進，直到生命終結為止。」

旺季彷彿嘆氣般地說：

「……沒能選擇這麼做的人，是我。」

無論遭遇幾次冷落，只要內心還有心願就不會放棄，不管使用何種手段都想在最後獲勝。原本一直是這樣的。最後，不是自己這麼做，而是讓貘這麼做的時候，旺季就已經不是原本的旺季。

選擇停下來不再前進的，是旺季自己。

「我是個不及格的主君。」

貘意外地抬起頭，像個哭得眼淚鼻涕直流的小孩。

「貘。我的人生不需要『莫邪』，但是你不同。對我來說，你的重量是必要的東西。」

一路失敗的人生，丟下身後無數白骨骷髏向前走。帶著與死者同樣數量的絕望，生不如死的人生。一直都是這麼認為的。

不知道想過多少次，如果能就此結束該有多好。

可是，總是有個重量拉住旺季。

想逃的時候，重重絆住他的腳步，將他留在這個世界的重量。始終跟在身後的貘。

父親曾說，「貘願意守在你身旁，一定也有他的理由」。只要貘還留在旺季身邊，旺季就必須做個主君。是這份沉重的責任，讓旺季活了下來。

好幾次想放棄仍沒有放棄，就這樣拖著沉重的腳步一路走到了這裡……回過神來才發現，第一次上戰場時拿起「莫邪」時那可怕的重量，如今也已完全消失——唯有為人主君者，才承受得住那重量。

旺季已經不會再被「莫邪」所用。如今劍的主人就是旺季，貘的主君也是。

「貘，對現在的我來說，就連『莫邪』也一點都不沉重，更何況只是多帶一個你。」

旺季的寶箱裡什麼都不剩了。為了救身後這丫頭的命，旺季把所有能拿出來的東西都拿出來了。自己、「紫戰袍」，以及硬要跟來的「莫邪」。只有這些了。這些是旺季擁有的全部，僅有的三樣東西。

可是，再多裝一樣也沒問題。多一個貘也不算什麼。

「想回來的話，不用這麼繞遠路，厚著臉皮回來就是了。」

雪停後的世界，只有天亮前的夜風吹過。貘的表情扭曲。

貘出現的理由，旺季全都明白。

旺季直視貘，眼神彷彿要射穿他。像過去一樣，雙眸裡有一半冷酷，一半溫柔。

「貘，你的主君是我。讓我實現你的願望吧……過來。」

右手與左手，分別放上生存與死亡的理由。

面對回頭救援自己的家臣時，少年把兩者都給了他們。現在，旺季用同樣的眼神對貘說一樣的話。

貘順服地前進，將提在手中的柴刀朝雪地拋去。

旺季沒有問貘什麼，無論是從身邊消失的原因，或是現在在這裡做什麼。問不問都一樣，那些原因全都薄弱得好比蛋殼，一點也不重要。

離開旺季後，這十年活得像個被切割的影子。現在貘終於能回到原本的地方了。他雖然高興，但也有些沮喪。

這真的是第一次，待在旺季身旁卻什麼也幫不了他。看著他不斷失敗，卻不能帶給他勝利，不受他所需。即使如此還是想回來。

……好希望能幫助他得勝。貘懊悔不已。

只要一次就好，真想將至高無上的勝利獻給他。這位至今最愛的主君。

「對了，貘。有件事我忘了說。」

「……是。」

「我要訂正之前說過的話。除了削芋頭之外，『莫邪』還是派得上其他用場。真令人意外啊，拜此之賜，我獲得勝利了喔。」

貘睜大眼睛，很快地又破涕為笑。

看到貘一臉得意的樣子，旺季實在難以理解，他到底有多喜歡「莫邪」啊。回想起來，在五丞原時也是，旺季一被硬逼著收下「莫邪」，貘就消失了蹤影。旺季覺得好笑起來。

「我想起來了，第一次見到你的時候，還以為你是從『莫邪』裡跑出來的呢。」

貘再次露出微笑。

生存的理由與死亡的理由。現在，兩者都立在貘的面前。

即使身在伸手不見五指的雪夜中，依然無數次摸索著朝某處前進的少年，已走到路的盡頭。

……結束即將來臨。

為了陪伴旺季到最後一刻，貘回來了。

旺季拔起插在雪地上的「莫邪」。

身後的秀麗臉色鐵青。心想，得阻止他才行。那是在五丞原時企圖射殺國王的人，那件事背後的主使者、證據、證人等等……都與他有關。最重要的是，這種解決方式完全違背秀麗自己的生存之道與人生信念。必須想盡所有藉口挺身而出，保護那個戴狐狸面具的男人才行。

然而，秀麗完全發不出聲音。一句話也說不出口。

彷彿發生在眼前的是另一個時代的光景。都什麼時代了，回來陪侍主君到最後一刻？這種想法未免太愚蠢了吧，一點也不正確。可是，秀麗絞盡腦汁所能想出來的話語，每一句聽起來都淺薄如紙。

「莫邪」無聲揮過。

……貘的臉上仍帶著微笑，人頭落地。

秀麗不曾經歷過大業年間，然而這一瞬間，她似乎聞到了血腥、死亡與戰場的氣味。

『這就是我的做法。』

耳邊彷彿響起旺季說這句話的聲音。

❖ ❖ ❖

……靜寂籠罩。

遠方傳來類似地鳴的微弱聲響。從山麓的另一端，五丞原的方向傳來。

地鳴逐漸轉變為馬蹄與鎧甲摩擦的騷動聲。天明前的深藍色世界中，雪霧濛濛之中，無數火把閃動火光。

原野上紅旗飄揚，旗面上寫著「荀」字。是現在的紅州州牧，荀彧。

現在這個時期，皇毅正因商討蝗災對策一事待在紅州。紅秀麗和榛蘇芳開始追蹤山賊的地方也是紅州。看來是皇毅與州牧兩人察覺事態詭異，趕緊追了上來。

太遲了。身為兩人前上司的旺季內心有些失望，在心中給他們評了分數，頂多三分。

令人懷念的「荀」字旗。

（這次趕來救援的是兒子啊。）

旺季第一次上戰場的東坡戰役中，旺家一族前往救援的荀馨留下的後人正是荀彧。

十三歲那年，第一次上的戰場。悲慘的東坡殲滅戰。

當時，旺季真的完全沒想到荀馨將軍會回頭趕來救援。

擦身而過的荀馨將軍早已經歷好幾個月的孤獨攻防戰，落得身心俱疲的慘狀。然而，他竟然選擇回到那個不知反覆承受過幾次絕望的地方。對此感到意外的旺季，在一切結束後曾問過他為什麼。

得到的是一樣的回答。

我也沒料到會有人來救我啊，旺季皇子。

這就是原因。寡言的荀馨將軍這麼說，眼神凝視旺季。不，他眼中看著的或許是為了讓這位歷代罕見足智多謀的將軍得以生存，甘願付出生命做為代價的旺家一族。

……荀馨或許也聽見了。聽見他們祈願的聲音，執拗地說著「請活下去」。

換成現在，說不定每個人都想問旺季。

為什麼？你明明可以活得更輕鬆自在。

旺季會怎麼回答呢。

旺季瞇起眼睛，眺望雪中奔馳而來的軍隊。不過，這也已是最後一次。

朝紅秀麗望去，只見她滿臉絕望。

既不願意認同、無法諒解，又無法否定旺季的做法。

反對戩華的做法卻無法阻止他時的自己，臉上是否也有這樣的表情。回過神來才發現，自己的做法已經不符合這個時代。

……是時候了。

旺季老實地承認。是時候了。看著貘斷頭的屍體，擦拭「莫邪」劍刃後，收入劍鞘之中。

「……荀彧和皇毅就要到了，妳在這裡等他們就行了。」

「旺季將軍。」

紅秀麗只說了這句話，就又陷入沉默，像是不知該說什麼才好。沒能阻止自己殺死貘，令她露出泫然欲泣的表情。她無法認同，所以說不出道謝的話。可是，自己受旺季相助又是不可否認的事實。自己的無能為力，力量與經驗的不足，理想與現實的距離，內心的糾結。

……她真的是個和年輕時的旺季一樣的「官員」。

旺季只問了她一件事。

「……為什麼兩手空空地出來？」

「咦……？」

「妳從山中小屋出來時，一定認為自己代替老婆婆死也無妨吧？」

秀麗變了臉色，因為被說中痛處了。

這看來很像她會做的事，其實不像。

她是個直到最後的最後也不放棄的人。如果是旺季認識的她，應該會不斷找尋老婆婆和自己都能得救的方法，而不是像這樣毫不掙扎，束手就擒。

然而，走出山中小屋時的紅秀麗，一點也看不出這種氣概。那時的她，看來就像懷著「算了，已經夠了」的心情。

紅秀麗臉色蒼白，轉過頭想逃避旺季的視線。

……旺季這輩子失去過許多女人。母親、姊姊們、妻子和女兒。

大家都比旺季先離世。或許因為這個緣故……旺季隱約看得出來。死去的飛燕在嫁往縹家之際，也曾露出相似的表情。

紅秀麗一定還沒告訴任何人。

頂多還有一年或兩年吧……總覺得，大概就是這樣了。

「……妳快死了嗎？」

一陣沉默之後，頂著蒼白的臉，紅秀麗喃喃抱怨了起來。

「……一般人會這麼問嗎？你的這種地方……和璃櫻真的一模一樣……」

「原來真的是這樣啊。」

「我還什麼都沒說吧！」

秀麗凝視著雪，過了一會兒抬起頭，筆直的視線盯著旺季。

「……我不會死。」

露出微笑。

旺季第一次看到這樣的表情。如此燦爛的笑容，這是知道所有悲傷與痛苦的女人才會展現的表情。

「我已經決定了，一定會長命百歲。活得很久很久，做很多很多工作，經歷許多快樂與悲傷，不斷向前走。」

「走到什麼時候？」

毫無預期地，旺季問了曾經問過紫劉輝的同一個問題。她做出回答。

「到我變成滿頭銀髮的老奶奶為止。到時候如果累了……我就休息。」

這是多麼美好的夢想。

旺季莫名覺得欣慰。他周圍的女人全都死得早，旺季不知道她們到底活得幸不幸福。妻子也好，女兒飛燕也好……曾是黑狼的姊姊也是。

妳們真的幸福嗎？被留下的旺季，經常在她們墳前這麼思考。

……總覺得，眼前的秀麗回答了這個問題。在那個無法實現的夢想盡頭。

旺季伸出手。

畢竟這是殺了那麼多人的手，本以為她會閃避，但秀麗不逃不躲。

指尖觸碰臉頰，撫摸髮際，再摸摸她的頭。

就算那不是真的。

「這樣啊。」

旺季仍願意相信那個幸福的夢想。在他走的這條道路盡頭。

……已經看不到的，未來的世界。真希望秀麗的夢想能成真。

「……累了就休息，那也是沒辦法的事。」

「是的，沒辦法。」

對。沒辦法。沒辦法……沒辦法。旺季喜歡的詞彙。

天空發白，世界即將迎向天明。

旺季執起韁繩。

「那麼，我要走了。」

「咦？呃？去哪裡——？」

「接我的人來了。」

「接你的人？」

紅秀麗做出怪表情，旺季轉過身，外衣卻被一隻不滿的手抓住。

心不甘情不願地回頭。

「……幹嘛？」

「……那個……那個……請你去……劉輝的……」

「誰要見他啊。」

旺季二話不說地拒絕。

俐落地翻身騎上黑馬，馬下的紅秀麗把嘴抿成了一條直線。

……這個女孩和旺季不同，最後一定會妥協的吧。大概，就像悠舜那樣。

可是，旺季不一樣。

「就算失敗，就算輸，就算會死，我也不要屈居他的手下，絕對不要。這是超過二十年前就決定好的事。」

「二十年前？不，不是什麼屈居啊，只是去劉輝的——」

「我追隨的不是這個國王。」

旺季只丟下這句話，看著前方，再也不打算回頭。

「不過，妳可以轉告他，想要追隨我是他的自由。」冷淡說完後，又附加一句：「……還有，老婆婆就拜託妳了。」

說完，旺季拉動韁繩，策馬離去。

第七章 天明前的藍色箱子

那是一口藍色箱子，宛如天明前的濃重深藍。

——誰殺了戩華王。

那天晚上，旺季忽然醒來。

屋內咻地吹進一陣詭異的風。定睛一看，房中的黑暗角落裡，有個比漆黑更深濃的黑色影子佇立。過去旺季看過好幾次這個影子。在第一次上戰場時，在攻防戰時，在第六妾妃死時……不過當時只是看見，不像現在這樣正面相對。

黑色的人影凝視旺季。接著，黑影忽然邁開腳步。規規矩矩地穿過房門，就這樣消失。不知道上哪去了，那模樣彷彿邀請旺季跟著他一起走。

或許因為看見那影子的「臉」。

旺季走下床，很快地換好衣服，抓起外套，從同一扇門離開。

四處張望，黑影站在走廊轉角處，似乎在等旺季。旺季追上前，跟在影子身後。

這時的旺季剛從御史大夫升為門下省首長，位於貴陽的私人宅邸中，一天二十四小時都有隨從隨侍在旁。奇怪的是，這時四下卻連一人也看不見。

走出宅邸，影子步行於城中。

城中也空無一人。簡直就像這裡是個仿造真正的世界打造出的贗品。黑影的世界。零星的燈火與無聲拉長的光影，緩緩引導旺季前進。

那是個很冷的夜晚。

腳底傳來踩碎秋霜的觸感。銀杏樹的葉子掉了一半，地上到處都是金黃色的柔軟葉片與松果。

這是旺季走慣了的道路。隱約明白黑影要帶自己去哪裡之後，仍然默默跟著走。通過外朝，進入後宮，每靠近那座離宮一步，旺季的腳步就愈加緩慢。漸漸地，雙腿膝蓋開始發抖。

戩華的身體受到詛咒腐蝕已經好幾年了。

儘管有時因為工作關係還是會見面，不知為何，現在旺季腦中浮現的只有偶爾擦身而過時，劉輝皇子低頭佇立不動的模樣。

不出所料，黑影像被吸入一般消失在離宮中。

黑暗的離宮，最適合那個彷彿由黑暗打造而成的國王。

「…………」

只停下一次腳步，旺季朝戩華的寢室走去。

……似乎聽見哪裡傳來烏鴉振翅的聲音。

旺季站在那男人沉眠的寢床旁。

即使夜已深，屋內依然點亮所有燭台，旺季能將國王看得一清二楚。

戩華已完全失去昔日形影與風采，現在躺在那裡的是變了一個樣的他。

這幾年來，旺季目睹精氣一天天自他身上流逝。體重暴跌，原本像根強韌鞭子的身體力氣盡失，再也不是當年那個殘殺旺家一族的霸王。臉上還看得出幾許過去的美貌，但也已因憔悴與病弱而形容枯槁。臉頰凹陷，嘴唇乾裂，眼尾像被烏鴉踩過一樣充滿皺紋。意識在模糊的深淵徘徊，即使將被殺害恐怕也不會醒來。

躺在那裡的，不是宛如黑暗火焰的妖皇子，只不過是一介老人。

剛回到王都那陣子，見到他的時候確實還曾產生即將被他砍頭的恐懼，然而現在，就算靠得這麼近，從戩華身上也感受不到任何生命威脅。

旺季將棉被掀開一半。和以前一樣拉開衣襟，瘦得肋骨分明的胸口滿佈詛咒圖樣，已經完全侵蝕了心臟。

比旺季更早來到的黑影，站在戩華床邊。

旺季低聲問：

「……戩華快死了，是嗎？」

頓了一頓，黑影說聲「對」。

旺季空洞的眼神落在戩華沉睡的臉上。

（戩華快死了？）

他快死了啊。現在，馬上。死於女人的詛咒。代替清苑而死。戩華的生命何時結束，竟然掌握在別人手中。

——開什麼玩笑。心底湧現憤怒。

被縹家那種女人詛咒，代替清苑承擔詛咒——這個男人就要因此而死了嗎？

道路前方。毀滅一切，馳騁過骸骨鋪成的路。

（開什麼玩笑。）

你不該是輕易被那種女人殺死的男人。

殺死所有兒子可以，但不該是代替兒子而死。你不是這種人。

活成這副模樣的你，不該讓別人看見，不該讓旺季看見。

旺季耗盡一生，不斷追趕，不斷追隨的男人。

「———」

同時也捫心自問，那麼他該怎麼死，自己才會滿意？

從前，戩華要他下手殺的時候，旺季沒能真的殺了他。早知道他會衰弱至此，倒不如早點死。

在那之後，看著一天比一天病弱衰竭，失去力量的戩華，旺季想過好幾次，或許該殺了他比較好。

這個男人已經不是戩華。然而，每次來探望他，最後還是什麼都沒做地離開，這樣的事一再反覆。羽羽說，詛咒侵蝕整個身體，帶來的是連呼吸都會引起心臟疼痛的痛苦。儘管過著生不如死的每一天，戩華看來依然不變，一副無所謂的模樣，彷彿一點也不覺得痛苦。看到這樣的他，旺季總莫名鬆一口氣。只有時間在無為中緩緩流逝，該怎麼做卻是一點頭緒也沒有。就這樣，終於這天來臨。

到底他該怎麼死，自己才會滿意？

（都不對。）

怎樣都不對。病死也好，受詛咒而死也好，老死也好，都不是令旺季滿意的死法。

宛如黑暗火焰般，充滿毀滅性的妖皇子。

總是擋在旺季面前，臉上浮現弦月般的微笑。奔馳於骸骨堆砌的大地，不知前往何方。殺死所有阻礙他的人，繼續往前。旺季從未想過自己會是例外。

戳華永遠會是那個樣子，而自己一定會比他先死。

像個傻瓜似的，一直這麼以為。

……不知道站了多久。

幾盞燭火閃爍晃動。

站在一旁的黑影，忽然動了一動。簡直就像他一直和旺季思考著相同的事，而現在比旺季早一步做出決定似的。

黑影滑向戳華，黑色的手指朝心臟伸去。

當旺季問戳華是否快死了，做出肯定回答的黑影。一直跟在國王身邊的影子。

「——等一下。」

影子回頭看旺季，那張「臉」看著旺季。

說不定這個影子比旺季更有那個資格。

在縹家女人的詛咒下，代替兒子而死。在他死得這麼窩囊之前，在那之前。

讓自己……

旺季發出沙啞的聲音，即使如此，還是說出那句話。

「讓我來。」

影子停下移動的手指。

已經記不清影子是什麼時候後退，自己又是怎麼上前為戩華縮短那最後的空白。手指纏上戩華的脖子，旺季的體溫流向冷若冰霜的戩華身體。

世界彷彿染成一片雪白。

『……你就是旺家最小的兒子季嗎？』

絲毫不把旺季放在眼中，只輕輕給予反擊的妖皇子。好幾次，好幾次都是那樣。

『我就是王，臣服於我，聽我吩咐。』

始終站在旺季前方的男人。

堆起小山高的白骨，如黑暗火焰般馳騁戰場。誰也不知道他的目的地是何方，誰也無法左右他，誰也不能支配他……

水滴落在戩華臉上。滴滴答答。

就連這個，看在旺季眼中都像置身事外。

……這水滴是什麼？這無以名狀的情感是什麼。

無論結束得多窩囊，這天本來就會來臨。為什麼自己感覺像是永遠輸了。

看到他悽慘的臨終，自己應該高興的不是嗎。只要笑就好了，侮蔑之後離去就好了。雖然自己總有一天也走向這個結局，現在嘲弄一下又有何妨。就算不用專程下手，只要冷笑著旁觀他窩囊地死去就好。什麼責任都不必背負。不……

——無法忍受。

「——」

內心深處發出有什麼被捏碎的聲音。那樣就永遠輸了。

黑暗突然加深，旺季專注地俯瞰戩華。

每當這雙黑夜般的眼瞳一睜開，一切就會置於這男人的掌控與支配之下。

就算他已經變成這樣。

「旺季。」

男人黑夜般的雙眼，沙啞的聲音，將支配整個世界。

滴滴答答掉下的眼淚，使戩華看起來像是微微瞇起眼睛。

淚眼模糊了世界，旺季恍如看見好久好久的從前，只要一個眼神就能讓所有人臣服的妖皇子。他的聲音也在耳邊響起。

「你曾問過我，為何而生。」

想起來了。旺季曾憤怒質問那不知從何時起毫無作為的國王。

當時戩華是這麼回答的。

他說，因為有想看的東西。

「……你看到了嗎？」

「是啊，看到那個之後，不知不覺活到了今天。」

不管那是什麼，旺季都想親手殺了對方。

都怪那個吸引了國王注意力的東西，戩華才會落到今天這般田地。

雪白的世界中，最後，旺季絞盡手指的力氣。

「戩華，為什麼只放著我不殺？為什麼總是讓我活下來？」

戩華慵懶地抬起睫毛，看起來好像很疲倦。

他的手指無聲地，羽毛一般掠過旺季的臉頰。

臨終之際，唇邊揚起一抹弦月般的微笑。

「————」

輕聲低喃。

……手指，慢慢垂落。

一陣風吹過，一盞不留地吹滅所有燭火。

濃暗的世界中。

旺季知道自己做了什麼。

聽見屋外傳來大鳥振翅的聲音，旺季這才抬起頭。

黑暗中，旺季默默為戩華整理好紊亂的衣服，把棉被照原樣蓋回去。

朝視野角落投以一瞥，黑影變成比黑暗更深的黑色，依然站在那裡。

旺季短暫凝視黑影，接著便轉身離去。

天還沒亮。

漫無目的地，走在刺骨寒風中。

也不知道是怎麼走的，回過神時，自己已經茫然地佇立在後宮偏僻的一隅。

抬頭仰望天空，深藍色的天空出現只在秋冬之際露臉的星座。

秋天的尾聲，當這個星座出現在天空中時，旺季的命運總會產生劇烈變動。

而這劇烈的變動，往往會讓他喪失寶箱中的重要寶物。

不過，這次沒有喪失。只是自己卻損壞了。

「——」

旺季無聲哭泣。那是自己的半個心。放在微暗中的寶箱，偷偷藏在最深處，不讓任何人看見的東西。

無論失敗多少次，無論失去多少東西，走在伸手不見五指的世界中，依然朝著某處前進。正因為有那樣東西，所以能不斷向前，不斷奔馳。

旺季擁有最久的寶物，和戩華的生命一起，永遠地喪失了。

——該怎麼做才對，旺季也不知道。

但那肯定是自己錯誤百出的人生中，最正確也最愚昧的解答。

不後悔，今後一定也不會。然而，旺季眼前已沒有道路。

……一路追隨而來的對象，已不存在世界上任何地方。

永遠不會天亮的黑夜來臨。從今以後，旺季將一直待在天亮之前。

「旺季大人。」

即使如此。

旺季望向晏樹，擦乾眼淚，拖著背後的黑影往前走。

即使如此，旺季還是非向前走不可。無論多少次，就像一直以來他所做的那樣。

在這個沒有戩華的世界裡。

直到筋疲力盡，再也走不動為止。

『你為何而生？』

耳邊響起戩華的聲音。

❖❖❖

旺季離開山中小屋，走進掩埋於白雪和黑暗中的昏暗樹林。

那裡有一條細細的小路，只要夠幸運就能發現的路。

揹著「莫邪」，一步一步，走得比一般人更慢。

一張狐狸面具，從前方的暗影中浮現。

只遮住上半張臉的，令人懷念的另一隻狐狸。來接旺季的人。

「旺季大人。」

這隻狐狸總是會來迎接旺季。那個寒秋的夜晚，晏樹也這麼說著，上前迎接了他。

晏樹踩著輕微的腳步，緩緩靠近。

……旺季的身體隨即從馬鞍上滑落。

這幾十年來從不曾落馬的旺季，身體從馬上滑落。

晏樹伸出手，接住旺季的身體。

「……嗯……我累了。」

旺季輕聲低喃。上次承認自己累了，是什麼時候的事？

不過，全身骨頭真的像是快散開了。如果沒有晏樹來接他，恐怕連一步也走不動。

晏樹抱住旺季的手染成鮮紅。那不是敵人濺到身上的血，是旺季自己的血。

「因為您太亂來了。」

「……嗯。」

拿下狐狸面具，出現晏樹的臉。旺季忽然覺得想笑。

晏樹講了很正常的話呢，表情也很正常。扭曲的表情，緊皺的眉頭，像個正常人。

「您太過分了吧，旺季大人。我這個月來一直照料您的病，所以連朝廷也沒去，您卻故意不跟我說。這下我又要被大大冤枉了。」

「反正你……平常做了那麼多壞事……沒關係啦。」

「哪裡沒關係。」

晏樹真的說著好正常的話。這世界要毀滅了吧？旺季噗哧一笑。

沒錯，世界要終結了。旺季的世界，即將迎向終結。

……突然想起陵王。

因為他嚷著想死在花下，旺季無視醫生的勸阻，將他抱到戶外。

那是三月初，櫻花已開了五分，無數花瓣在風中紛飛。旺季一說討厭櫻花，陵王就笑了。俺可是很喜歡呢，只要來到櫻花樹下，不管多糟糕的現實，看起來都會覺得好一點。

就像在你身邊一樣，所以很好。若無其事地說著這種蠢話。

這麼一來就能遵守約定，不用看到你的死了。他笑著這麼說。

那個男人，真的就像睡著了一樣，死在櫻花樹下。

就這樣，旺季的寶箱裡又失去了一樣重要的東西。

現在箱子裡，已經什麼都沒有。

不再會有人對他說，快逃吧。

……旺季總算也來到這一天。失去一切之後，終於。

（……好漫長的一段路啊……）

真的是太漫長了。自從那個國王死去後的這段路。

從那時起，旺季的時間就一直靜止。

今天，時間稍微前進了一點。失去的兩樣東西，有一樣回到手中。

戩華一定又會發出嘲笑，笑他拋棄不了眼前的東西。笑他老是想伸手抓住一切。不過，這就是自己。

憑著這份熱情，才能一路奔馳至今。除了戩華之外，旺季的另一條重要的導火線。

最後還能再次擁有，旺季感到很開心。

『到什麼時候？』

聽見這個聲音，旺季做出回答。

直到這個國家不再需要自己為止……現在就是那一天了。

旺季無法再往前走。

「還不行喔。」

晏樹祈求似的這麼說。輕輕抱起他，放在馬上。

「旺季大人最愛雪了吧？您想看雪對不對？我把悠舜那間草庵整理好了喔。」

那很好。旺季笑著說。

在那間小草庵內，從屋內望向圓窗外，覆蓋了白雪的李樹，是旺季挺喜歡的風景。

啪答啪答下起了雪。

總覺得，一定很快就會有好事發生。

「旺季大人。」聽見晏樹呼喚自己，旺季不討厭這個聲音。

某處傳來大鳥振翅的聲響……那是從哪裡傳來的呢？

在抵達草庵前，先休息一下吧。

旺季靜靜地閉上眼睛。

❖ ❖ ❖

從前天慧茄接獲急報之後，朝廷便陷入了騷動。

儘管御史台與紅州府紛紛派出快馬傳訊，收到的情報內容卻是錯綜複雜。紅秀麗的安危依然不明，鐵礦山附近似乎發生了什麼騷亂，榛蘇芳前往各要塞請求支援等等，各種瑣碎的情報紛至沓來。

在這團混亂中，中央官員們集體上奏時，國王的怒氣更是非同小可。

——旺季謀反？率領一群不成氣候的山賊聚集山中？開什麼玩笑！

若還有人提起關於旺季的無聊閒話，就會立刻被他毫不留情地解除職務。

烈火般的暴怒氣勢，連近臣也不禁為之驚愕，震撼了整個朝廷。

天亮前，劉輝像個壞掉的人偶，漫無目的地在城裡四處走動。這兩天坐在王位上時一直是如此。

絳攸和楸瑛有時會來說些什麼，但到底說了什麼，劉輝一個字也不記得。

不知不覺，劉輝來到兒時住過，現在已無人使用的偏僻後宮。

根據今天接獲的報告，旺季不在紫州私人宅邸，也遍尋不著他的身影。劉輝什麼也不願思考，失魂落魄地在無人的寢宮中徘徊遊蕩。就在此時。

耳邊傳來美麗的琴聲。琴中琴。

——蒼遙姬。

過去曾聽過一次的音色。

劉輝跑了起來。從迴廊上跳下庭院，踩在剛結霜的地面上，循著聲音前進。

就像小時候，在那個雪夜裡奔跑的自己。

很快地，聲音傳來的方向浮現若隱若現的燈火。

六角形的涼亭，除了劉輝之外沒有人會來的那座涼亭，六盞燭台全點上了燭火，一個男人正在其中奏琴。或許是火光搖曳的緣故，感覺眼前的景象如幻影般不斷改變。男人看起來像是五十幾歲，又像六十幾歲，但也像是三十幾歲的俊美青年。

身穿美麗藤紫色的「紫戰袍」，背上揹著莫邪。

已經八年不見的那個側臉。

「旺季！」

琴聲靜止。

男人停下手，板著一張臉回頭看劉輝。

「……好久不見了。」

『好久不見了，劉輝皇子。』

劉輝耳中同時響起六歲時，那個雪夜裡聽到的聲音。

旺季從椅子上站起來，重新轉向國王。睽違八年的紫劉輝果然一副漏洞百出的窩囊表情。和以前一樣……不，旺季錯愕地想，五丞原時他的表情還比較像樣。那個要自己跟隨他的紫劉輝。

（十年前。）

旺季反覆思考過好幾次。如果——

如果在五丞原，那個年輕的國王帶著大軍前往會怎麼樣。

……那麼自己肯定會高興極了。

如果是戩華，不管當時人在哪裡，一定都會率領全軍前進五丞原。若是從王都出發，那就是五十萬大軍，若是從紅州出發，那就是五萬。總之，他會率領身邊能動員的所有士兵，徹底打敗敵人。

然而，旺季和戩華完全不同。

因為如此自負，所以旺季選擇帶了與紅州軍力相同的五萬人，前往五丞原。

認為自己能比戩華走得更遠。

（……然而，這個國王卻……）

竟然只帶了一個隨從，大搖大擺地來了。

或許就是那一刻，令旺季心生下馬的衝動。

五十也好，一百也好，只要劉輝以開戰為目的帶了士兵，旺季就會淡然應戰，然後獲得勝利，取得王位。因為戩華的死而失去的那一半，就由他的兒子來多少彌補一點，然後自己以國王的身分繼續往下走。

不料，這個國王和戩華不一樣，他不是戩華，完全不是。

旺季在不知不覺中下了馬。

不管怎麼走都無法離開天亮前的世界，只能追在戩華身後的自己。光憑自己，已經無法走下去了。

一對一決鬥中折斷了蒼劍。斷劍的人不是紫劉輝。

是戩華的影子和……旺季自己。

「旺季……」

國王那張漏洞百出的臉步步逼近。

他一靠近，旺季就後退。國王露出受傷的表情。

不過，只有旺季不會上那張臉的當。

配合對方塑造自己形象的皇子，至今仍沒什麼太大改變。

可是，旺季曾見過真正的他。孤獨地，哭著找尋什麼，在冷清迴廊的角落，一個人蜷曲著身體睡著。

……找尋的是能填補寂寞內心的東西。現在仍在各種嘗試與錯誤中繼續找尋著。

「旺季，孤就不行嗎？」

國王問。和十年前一樣的問題。旺季也給了相同的答案，毫不留情地。

「不行。」

「即使如此，孤還是要說，不管幾次都要說。」

旺季睜大眼睛。十年前，對著琴中琴畏縮哭泣的年輕國王，沒有繼續往下說的話。

這時，旺季才終於發現，這個國王一直追尋的是自己。

從不間斷的書信與禮物，明明一次也沒回應過他，他卻毫不氣餒。

從來不曾搭理他，他也絕不放棄。旺季第一次察覺，他簡直就像過去緊咬戩華不放的自己。

不由得感到沮喪……這個像隻喪家犬的沒用國王，竟然和自己一樣？雖然絕對不想承認，不過，如果他不是想要什麼，只是想追上自己的話。

彈了他三下額頭，還真是抱歉。

刻意不去看討厭的東西，只知一味逃避的皇子。也曾經從旺季身邊逃避。不過，五丞原那時，這個國王曾有一次回到過去逃避的地方。回到這座城。

軟弱的地方和年幼時幾乎沒有不同。但是，這個國王仍一點一滴地改變了，靠自己的力量。儘管有時也會失敗。

原本心想，既然最後特地繞過來看他了，就回答一個問題也無妨。不過，就算旺季給了答案，那也未必是這個國王的正確答案。正如即使走在同一條路上，戩華與旺季的答案就完全不一樣。想起這理所當然的事實，旺季放棄了回答。

國王那張沒用的臉，又稍微靠近了一點。

──即使如此，孤還是要說，不管幾次都要說。

呵呵一笑。

「……隨你高興。反正我是絕對不會跟你一起去餵鯉魚的。」

旺季追隨的國王不是這個國王，就算輸給他，也沒打算屈居在他之下。

心裡只想著一件事。對戩華下手的那個寒秋之夜。做了那件事，到現在旺季仍不後悔。只想知道，在五丞原時為了守護寶箱，選擇以放棄取代獲得的國王會怎麼做？明明軟弱又總是想逃避，一旦旺季讓步了，他又會做出不同的答案。令人生氣。下定決心死也不要和他一起餵鯉魚。

……同時也無法再繼續待在這個國王面前。

晚秋的風吹過，六盞燭台的火光伸縮搖曳。旺季懷念地撫摸涼亭裡的桌子。

──結束即將來臨。

「……我非走不可了。」

國王臉色發青。

聽見來自遙遠過去的聲音。旺季與年幼皇子的聲音。下雪的夜晚，天明前。

『是啊。天亮之前。』

非走不可。

我將不在這座城裡，比數到一百更長的日子。

……結束即將來臨。

「旺季，不要，不會這樣的。孤已拜託慧茄——」

面對如孩子般哭叫的國王，旺季吹響手中的葉笛。國王嚇了一跳。

『即使一個人也一直思考……我現在，要好好告訴你。我真正想做的事。』

旺季的嘴唇離開葉笛，以冷淡的語氣說：

「即使一個人也要一直思考。你真正想做的事是什麼。等到說得出口了再來吧。我對你這次的答案感興趣。在那之前，別來找我。」

「——你、你明明說過……跟你一起去也可以的！」

『……到時候，我還可以跟你一起走嗎？你願意等我嗎？』

旺季揚起眉毛。當時，旺季的回答是肯定還是否定？

他沒有說，只是已決定好下次的答案了。

背對紫劉輝，吹響葉笛代替別離的話語。

「不要，我不等。我要先走了。因為我要去的地方和你不一樣。」

「——不要。」

劉輝伸出手，因為在那之後，旺季明明是這麼說的：

『……不過在那之前，我都會陪著你的，好嗎？只要你願意的話。』

因為看到旺季要走而露出沮喪的樣子，旺季答應留下來陪到劉輝入睡。父親不在了之後，旺季還留在朝廷裡。直到最後一刻，這次一定也會這樣。

每次想接近，琴聲就會中斷。追尋著那聲音，回過神時，才發現自己已經衝出只和喜歡的東西在一起就好的封閉世界。

不惜打敗旺季也要選擇的東西。劉輝要去的地方。還什麼都沒能讓旺季看看。還太早了。

「孤還有好多想跟你說的話，想問你的事，想讓你看的東西——孤還沒——」

『因為我想知道。』

那個寒秋之夜，看到旺季即使靜靜流著眼淚仍拖著身後的影子，想繼續朝某處走下去時，劉輝胸口一陣激動，忘了自己要逃避的事，沿著旺季走過的路回來了。希望他能告訴自己。

為什麼能那樣向前走？明明臉上寫著他已失去在這世界上最重要的東西。

要怎麼做才能像他那樣？劉輝完全不懂。

伸出的手只抓住空氣——非走不可了……

無人的涼亭裡，只有劉輝茫然跪地。

天亮了。

耳邊響起曾幾何時旺季的聲音。

『天終究會亮——站起來。』

即使只有一個人。

無論何時都牽引劉輝向前走的旺季已經不在了。只要一句話就能讓劉輝站起來往前走，始終站在道路前方的他，已經從這世界上消失。

連一盞燭台都沒有點亮的涼亭。

堆積的落葉上，放著一個壞掉的琴中琴。

仰望天明時的天空……無數雪花正紛紛飄落。

『和我一起，離開這座城，捨棄一切。你願意嗎？』

——你願意和我一起走嗎？

如果有人問的話，大概會說是因為放不下吧。

即使想放棄，旺季終究還是維繫住太多東西。太多呼喚自己的聲音，再怎麼想逃，他們也不讓自己逃。

不知不覺中，就這麼過了一個傻瓜般的人生。

不過或許，有這麼多放不下的事……是啊，其實也不壞。

走在最後一段路上的旺季，聽見孩子哭泣的聲音。抽抽噎噎的嗚咽聲，和清苑消失時，彷彿一百年沒那麼哭過的痛哭聲一樣。

稍稍停下腳步，不過沒有回頭。就算放不下。

旺季已經不能再走到他面前，要他站起來了。

對停滯不前的戩華滿腹怒火時，旺季還是往前奔馳了。

戩華說，因為還有想看的東西所以活著。

一副很有趣的樣子盯著旺季的臉，那麼說。

……和戩華不同，旺季這十年來什麼也沒想，只是放空恍惚地度過。只要旺季還活著，就擅自追隨上來的那個誰，是否因此能稍微前進了一點呢。縱使失敗不斷，仍努力想縮短絲毫無法縮短的距離。

聽著遠方的哭泣聲，旺季吹了一聲葉笛，口中吟起漢詩。

——勸君金屈卮，滿酌不須辭。

為離別的你，獻上這永遠的一杯酒。

攻防戰前夕為慧茄獻上的這一杯酒。在五丞原時與陵王乾了的這一杯酒。

這輩子到底喝了多少餞別的酒。

——花發多風雨。

花之季節，風雪之夜。戰亂不休之庭，鳥聲已止，只願隨你千里遠征。

漫長的旅程，直到生命的盡頭。

——花發多風雨，人生足別離。

花之季節，風雪之夜。離別的你，將有何言。

這實在是一趟太漫長的旅程。寶箱裡的東西都喪失殆盡，大家都死了。

從頭徹底輸到底，不知逃離了多少次。

可是，最後的最後，自己成功保護了兩個女人。即使只有自己一個人。

所以，旺季能抬頭挺胸地對即將去見的人們說，我勝利了。

把葉笛、貘……還有那奇怪的小草人一起放入寶箱，闔起來。

看著路的盡頭那些人們的臉，旺季笑了——你在結束的前方等待。

……接他的人來了。

來接他了。

旺季大人。如此呼喚他的名字。

❖ ❖ ❖

在山中小屋前與紅秀麗道別後，旺季就失蹤了。

無論在那座隱山中怎麼搜尋，還是連個影子也找不到。接著，葵皇毅也不告而別地消失了。再出現時，手中抱著旺季的遺體。

不管誰怎麼問，葵皇毅都不回答究竟在哪裡找到旺季。

看到外公的遺體，璃櫻先是愣了一愣，而後哭得不成人形。

遺體除了在山中小屋應戰時受的嚴重刺傷外，幾乎還可說是遍體鱗傷。不過，所有傷口都仔細包紮過。真正的死因是在山裡受的傷，還是在那之前早已侵蝕身體的病魔，誰也不得而知。

為了搭救紅秀麗，帶著所剩無幾的生命一個人趕赴山中小屋，獨力殺了五十幾個人。此外，對榛蘇芳的指示精確到可怕的地步，旺季親筆寫的書信也發揮作用，盤據各地的山賊黨羽一掃而空。

同一時間，榛蘇芳暗中追查出中央哪些官員是那群山賊的背後金主，儘管其中不乏新銳官員與高階貴族，蘇芳仍毫不妥協，將他們全數舉發。從這件事之後，榛蘇芳留下流芳後世的數不清功績。

震怒的國王嚴厲肅清了蘇芳舉發的官員，據說國王原本下令將那些人全數處以極刑。雖然在景宰相與慧茄的勸說下減輕了刑罰，國王的憤怒仍非同小可。從此之後，再也沒有人敢提起關於旺季的不實謠言。

打敗旺季，放逐旺季的雖然是紫劉輝，令人不解的是，只要聽到誰侮辱旺季就會怒不可遏的也同樣是他。另一方面，擅長將敵人懷柔為同伴的紫劉輝，直到最後仍無法收服的少數幾個人中，堪稱以旺季為首。

有實力也有實際政績的旺季，晚年在國王近臣的策動下被奪走所有權力，只能隱居領地，過了十年不受重用的清閒生活。然而，他的死確實改變了朝廷。

由於事後查明陰謀策劃山中小屋一事的多半是國試派的官員，旺季過世後，憤怒的貴族派官員一口氣奮起，壓倒了原本稱霸朝廷的國試派勢力。

長達十年的安定期因而瓦解，為了抑制雙方高漲的緊張氣氛與取得兩大派系的平衡，景柚梨將葵皇毅升格為宰相。從此之後，朝廷中同時立有貴族派宰相與國試派宰相，揭開兩大派系長期對立與緊繃關係的序幕。

……旺季的死充滿謎團，大多數至今懸而未明。

紅秀麗在山中小屋見到那個臉上有一條傷疤的男人，據說與十年前在五丞原襲擊國王的殺手是同一個人。儘管紅秀麗證實那人已被旺季斬首，匪夷所思的是，不管怎麼找也找不到他的屍體。

此外，旺季持有的名劍「莫邪」也下落不明。

有傳聞說葵皇毅在找到旺季遺體時藏起了「莫邪」，然而，這把劍直到皇毅死後仍遍尋不著。

種種謎團之中，最大的一樁非凌晏樹的下落莫屬。

繼旺季之後接掌門下省的他，從山中小屋之變的一個月前起，就從朝廷裡消失了身影。

從那天起，再也沒有人見過他。

也有人說凌晏樹才是山中小屋之變的幕後主謀。真相如何，誰也無法肯定。

©KEIICHI SIGSAWA 2016

Kadokawa Light Novels

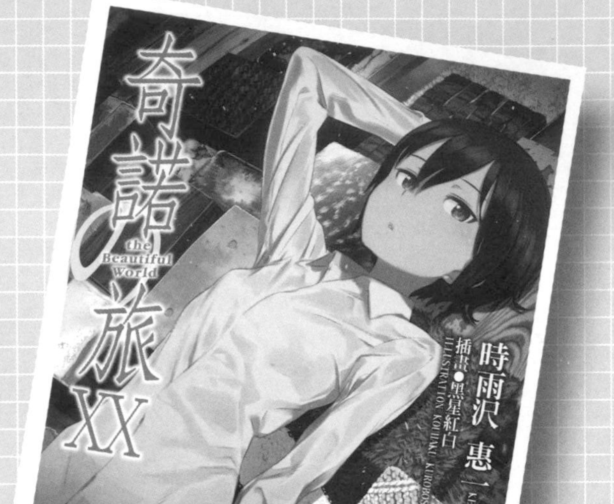

奇諾の旅 I~XX 待續

作者：時雨沢惠一　插畫：黑星紅白

奇諾の旅豔遇篇！被男子搭訕要求當女朋友？
20集的後記請在本書的每一個角落仔細檢閱！

「旅行者！妳男性化的形象真是太美了！我就單刀直入地問了！要當我的女朋友嗎？」奇諾被一名男子搭話。「什麼？」只見對方不自然地微笑道：「還有，妳生氣的表情也很美麗喔。」在對方猛烈的攻勢下，奇諾會被攻陷嗎？奇諾の旅豔遇篇登場！

各 **NT$180~260/HK$50~78**

台灣角川

©SATOSHI WAGAHARA 2016

Kadokawa Light Novels

打工吧★魔王大人

和ケ原聡司 插畫■029

Satoshi Wagahara Illustration■Oniku

16

Kadokawa Fantastic Novels

打工吧！魔王大人 1~16 待續

作者：和ヶ原聡司　插畫：029

魔王收到某個女孩的巧克力？
情人節大騷動熱鬧登場！

為尋找「大魔王撒旦的遺產」，魔王等眾人從位於日本的魔王城搬到安特．伊蘇拉。然而魔王為參加正式職員的錄用研修而獨自留在空蕩蕩的魔王城。之後魔王意外從研修的某位女孩那裡收到人情巧克力。這事在被艾契斯散播出去後，讓女性成員們大為動搖！

台灣角川

各 **NT$200~240/HK$55~75**

國家圖書館出版品預行編目資料

彩雲國秘抄：願乞骸骨 / 雪乃紗衣作；邱香凝譯
. -- 初版. -- 臺北市：臺灣角川, 2017.10
冊；　公分
譯自：彩雲国秘抄：骸骨を乞う
ISBN 978-986-473-917-2(上冊：平裝). --
ISBN 978-986-473-918-9(下冊：平裝)

861.57　　　　　　　　106014865

彩雲國秘抄

願乞骸骨（上）

（原著名：彩雲国秘抄 骸骨を乞う 上）

2017年10月23日 初版第1刷發行
2024年4月30日 初版第2刷發行

作　者：雪乃紗衣
插　畫：由羅カイリ
譯　者：邱香凝
發行人：台灣角川股份有限公司
總　監：呂慧君
總編輯：蔡佩芬
主　編：林秀儒
編　輯：黎夢萍
設計指導：陳晞叡
美術設計：宋芳茹
印　務：李明修（主任）、張加恩（主任）、張凱棋
發行所：台灣角川股份有限公司
地　址：104台北市中山區松江路223號3樓
電　話：（02）2515-3000
傳　真：（02）2515-0033
網　址：www.kadokawa.com.tw
劃撥帳戶：台灣角川股份有限公司
劃撥帳號：19487412
法律顧問：有澤法律事務所
製　版：巨茂科技印刷有限公司
ISBN：978-986-473-917-2

※版權所有，未經許可，不許轉載。
※本書如有破損、裝訂錯誤，請持購買憑證回原購買處或連同憑證寄回出版社更換。

SAIUNKOKU HISHO GAIKOTSU WO KOU Vol.1
©Sai Yukino 2012,2016
First published in Japan in 2016 by KADOKAWA CORPORATION, Tokyo.
Complex Chinese translation rights arranged with KADOKAWA CORPORATION, Tokyo.